九曲黄河万里沙

黄河文库 •
　　文学黄河

孟宪明　总主编

# 黄河古代词曲选

HUANGHE GUDAI CIQU XUAN

朱淑君　选注

河南大学出版社
HENAN UNIVERSITY PRESS
·郑州·

## 图书在版编目（CIP）数据

黄河古代词曲选 / 朱淑君选注 . — 郑州：河南大学出版社，2020.7
（黄河文库 . 文学黄河）
ISBN978-7-5649-4404-9

Ⅰ.①黄… Ⅱ.①朱… Ⅲ.①古典诗歌－诗集－中国 ②词（文学）－作品集－中国－古代 ③散曲－作品集－中国－古代 Ⅳ.① I222

中国版本图书馆 CIP 数据核字（2020）第145652号

| | |
|---|---|
| 丛书策划 | 孟宪明　于华龙 |
| 责任编辑 | 薛建立 |
| 责任校对 | 柴桂玲 |
| 装帧设计 | 翟淼淼　高枫叶　郭 灿 |

| | |
|---|---|
| 出版发行 | 河南大学出版社 |
| | 地址：郑州市郑东新区商务外环中华大厦2401号　邮编：450046 |
| | 电话：0371-86059750（高等教育与职业教育出版分社） |
| | 　　　0371-86059701（营销部） |
| | 网址：hupress.henu.edu.cn |
| 排　版 | 河南大学出版社设计排版部 |
| 印　刷 | 河南瑞之光印刷股份有限公司 |
| 经　销 | 全国各新华书店 |
| 版　次 | 2020年8月第1版 |  印　次 | 2020年8月第1次印刷 |
| 开　本 | 787mm×1092mm　1/16 |  印　张 | 20 |
| 字　数 | 305千字 |  定　价 | 168.00 元 |

（本书如有印装质量问题，请与河南大学出版社联系调换）

壶口瀑布　摄影 / 王伟

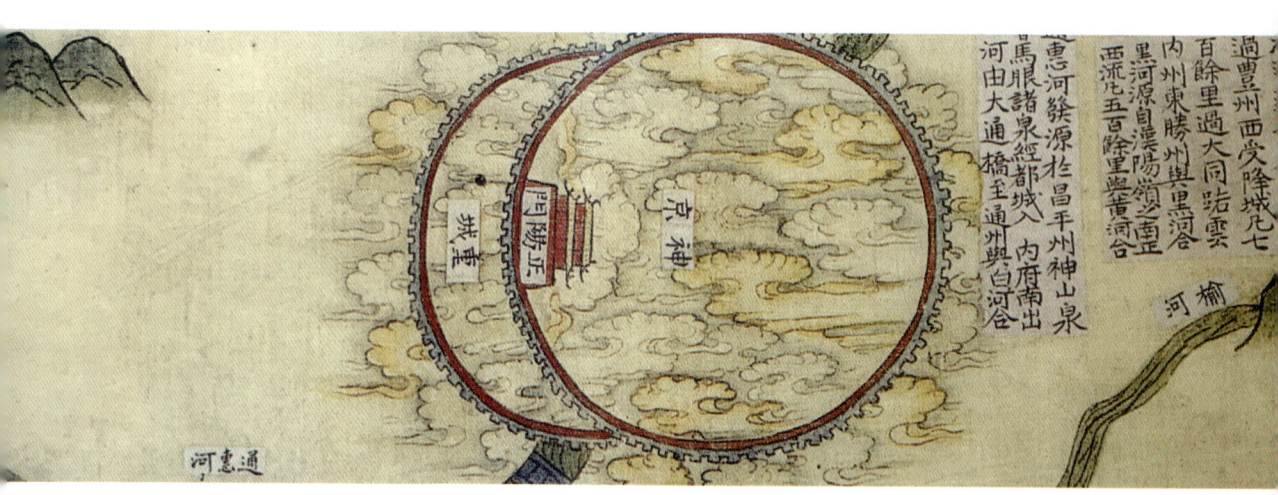

明代河防一览图（局部）

# 激情与涛声

孟宪明

## 一

1985年春天，上海一家出版社邀约一套姊妹书《黄河古诗选》和《长江古诗选》，我和朋友们选择了第一本。那时候年轻，对此书究竟意味着什么并不明晰，一做才发现此书之不易。此时，中国大型的古诗集只有《先秦汉魏晋南北朝诗》和《全唐诗》，其他诗作必须从各种各样的合集、别集以及个人的集子中寻找。我们在图书馆整整钻了三年，才对从《诗经》到清末历代诗人作品中的"黄河诗"有了一个大致的了解。此时的中国社会已经深深地进入了市场经济，"赚不赚钱"成了出版的重要指标。直到1989年，此书才由河南的中州古籍出版社出版。五年真诚的"黄河"追索，让我们对黄河文化的宽广度与幽深度有了深刻的洞悉，"黄河"，砥砺成之后我几十年生活中尖锐的警觉和敏感。

2020年1月3日，当我和郑州市惠济区的有关领导坐下来讨论"黄河"的时候，四千年前的大河村先民正在黄河边汲水晚炊，三千年前的商都天空上晚霞正艳，两千年前的《郑伯克段于鄢》正式开启春秋时代的瑰丽文脉，而黄河岸边的鸿沟里正飘荡着同楚汉相争时一样的暮云……亘古不息的黄河水在惠济区的土地上铺展着五十余里的激流与涛声。商定的结果，恰与两个月前我们策划的丛书不谋而合。天时。地利。人和。一套丛书悄然启动。

谁也没有想到，二十天后，十四亿国人会被一种无可感知的病毒所折磨、所震惊，会被一座坚强的城市所激动、所感奋。我们知道我们会胜利，但我们不知道我们会在何时胜利。时间停了下来，停在了这个猝不及防的时刻。

空间停了下来，停在了这个让人讶异的陌生之地。天下事变成了一件事。但是，我们的丛书没停。

## 二

河流产生文明。古巴比伦、古埃及、古印度、华夏中国，四大文明古国，无一不是河流的成功。

每条河流都有自己的性格和禀赋。这种独特的性格和禀赋必然赋予文明不同的基因，进而左右着文明的命运甚至生命。四大文明古国灭亡其三，难道与河流的性格和禀赋没有关系吗？换句话说，四大文明古国唯华夏之独存，中华文明与黄河的性格和禀赋没有关系吗？

黄河的独特之处在哪里？

此话题本应该先说黄河，但它让我想起来的首先是两则神话，一则是《女娲补天》，一则是《大禹治水》。

《淮南子·览冥训》云："往古之时，四极废，九州裂，天不兼覆，地不周载。火爁焱而不灭，水浩洋而不息。猛兽食颛民，鸷鸟攫老弱。于是女娲炼五色石以补苍天，断鳌足以立四极，杀黑龙以济冀州，积芦灰以止淫水。苍天补，四极正，淫水涸，冀州平，狡虫死，颛民生。"

面对超巨的自然灾害，伟大的女娲昂然而起，炼石补天，积灰止水。她没有逃避，没有退缩，更没有倒下。她是我们既高深辽远又近可视听的共同的老祖母。

四千年前的一场洪水，产生了华夏民族的又一个英雄，那就是从父亲的尸体边站起来的大禹。十三年治水不止，三过家门而不入。

《尚书·禹贡》云："导河积石，至于龙门；南至于华阴；东至于厎柱；又东至于孟津；东过洛汭，至于大伾；北过降水，至于大陆；又北，播为九河，同为逆河，入于海。"

司马迁的《史记·封禅书》说："昔三代之君，皆在河洛之间。"三代者，夏、商、周之谓也。夏、商、周者，中华民族之祖源也。而河洛，则是黄河与洛水的相会之处。"关关雎鸠，在河之洲。"中华民族第一部诗歌总集的第一首诗，就唱响在水汽氤氲的黄河沙洲。

可否这样想，如果没有女娲补天的心灵导引，没有大禹治水的宏伟实践，黄河会是今天的样子吗？中国的山川地域会是今天的样子吗？华夏民族的性格和命运会是今天的样子吗？

黄河造就了黄河流域。黄河产生了黄河文明。而我们这一切，包括女娲之补天、大禹之治水，皆是其性格所造成的。换言之，中华民族历数千年而繁荣不息，同样是黄河的性格和禀赋所造成的。黄河从源头起步，千转百绕，九曲回肠，接纳了无数的沟涧溪川、泉脉细流，奔腾而下，在无际的土地上走过千里万里，宽广而汹涌，宽阔而多变，宽厚而易怒，宏富而尖刻。它是阴阳之和、美丑之和、善恶之和，是深刻的对立统一的矛盾综合体。

"一石水，八斗泥。"民间的谚语准确地讲述着黄河的性格与特点。黄河不仅给我们送来了用之不尽的水源，还创造了下游数十万平方公里的冲积平原。正是永无止息的黄河水和黄河水带来的冲积平原，才在很大程度上决定了很早就起步了的农业文明。农业文明是聚居文明，是一家一户一氏族一部落的聚居文明。正是这样的文明形态，产生了"女娲补天"式的不朽的祖先崇拜。祖先崇拜的最大特点是不排他。我祖英明，你祖也可英明。我崇拜我的祖先，你也可崇拜你的祖先。正是这种不排他的信仰崇拜，使这块古老的土地上从未发生过灭绝人寰的宗教战争，而始终葆有旺盛壮健的民族血脉。这是一方面。

另一方面，在华夏先祖"近取诸身，远取诸物"的哲学意识观照下，定阴阳，作八卦，观察、思考周围的世界，黄河，必是先人们基本的对象。黄河接纳了无数的沟涧溪川而形成浩洋不息的奔腾之势，必定震撼过先祖们的英灵。大禹率领天下万邦合力治水而使万流归宗，更是在形式上、思想上、制度上，完成了千年以降的"融合和一统"。这是以接纳对接纳、以融合对融合、以一统对一统的治水战争，也是一场民族团结与民族融合的革命，更是一场对于黄河的学习、实践与礼遇。

站在大历史、长时空的角度讨论黄河与黄河文明,我们发现:

正是始于农业文明的不排他的祖先崇拜,而使很多个部落最后成为一个浩荡的民族。这是人类内心的动力驱使所致,属于主观世界的一次渐进式革命。

正是因为黄河的泛滥和对天下万邦的组织与引领,才使得无数个松散的部落与氏族最后成为一个浩荡的民族。这是对历史演进的客观概述。

主观意义的祖先崇拜和客观意义的万邦统汇,构成了华夏民族之所以绳绳不息的重要因素。华者,华胥氏之女娲伏羲之华也。夏者,大禹建夏而万邦一统之夏也。华夏,之所以成为中华民族的族徽与旗帜,实肇于奔腾的黄河和悠久的文明。我们说黄河是母亲河,不仅仅指"养育",更指的是"化育"。

## 三

黄河有两个标识:一是文字上的,一是地理上的。

文字上的标识穿透时空,占领的主属时间,历朝历代,垒垒如高筑之台。

地理上的标识穿透时空,占领的主属空间,大河上下,煌煌如不朽神谕。

搜集之。记录之。梳理之。研究之。这是我们必有的功课。我们的民族性格、文化心理、思想意识、精神现象,皆由此而源起。中华民族的伟大复兴皆应有此一课。记录重要的地理标识而使其文字化、数字化、抽象化;整理与研究历代的典籍,而使其清晰化、条理化、具象化。这是我们具体的方向与方法。

我们可以不做,或者浅尝辄止,像历朝历代那样,浑然于黄河之滨吗?

不能。

因为复兴之途的中华民族到了需要总结的时候。

我们要明晰我们的民族标识。

我们要准确我们的文化标识物。

包容与抗争。忍让与搏杀。博大与幽深。丰厚与锋利。阴阳表里虚实寒热。中华民族宽广幽微的精神世界皆由此而源起。

黄河里,有我们的民族属性。

尼罗河。印度河。黄河。底格里斯河和幼发拉底河。河流于茫茫时空中不息奔涌。古埃及，古印度，古巴比伦，血脉折断，高幕长谢，相继走进深渊般的历史，只留下一痕轻轻的涟漪。河水奔腾，涛声仍然。听涛的已非斯人。而跃下龙门口，穿越砥柱山的，还是那支"天下黄河几十几道湾"的船歌！这是我们的光荣与使命。

黄河，孕育了华夏文明和绳绳不息的华夏子孙，也养育了整个流域里的千亿万亿的生命，会飞的，会游的，会跑的和不会飞、不会游、不会跑的，甚至那些亿万年才可变化的山峰、石梁和岸边那一枚枚石子和沙砾。这是一个庞大的黄河家族，而黄河，是所有生命和生灵的家长。

我们是黄河的子孙。我们受赐于黄河。面对黄河，我们要有子孙的心态和子孙的思考。

## 四

河流产生于风云际会。如果风云际会的不是黄河，我们当然也会追上另一条河流。如果是那样，我敢保证，今天的我们肯定不是今天的样子。我不敢保证，我们不会像古埃及、古印度、古巴比伦那样高幕长谢。

历史像一条缥缈细弱的丝巾，随时都可能飘散或者折断。在时空的长路里，仅仅人类，就有过多次的飘散与折断。历久弥坚、历久弥新的，只有华夏，只有这一群黄皮肤的华夏子孙。而这群子孙的出发地和坚守地就是黄河和黄河岸边的这片黄土。

没有文字的时候，我们认那些用符号沟通天地的人为神。

不识电力的时代，我们称那些走过长空的闪电为神。

那么，从黄河到黄土，到黄帝，到黄种人，亿万斯年长流不止的河水变成一条穿越时空、奔流不息的血脉。生产。生活。生殖。生命。每一滴流出的鲜血都带有黄河嘈呔的涛声。在这个时空般生生不息的传递中，没有堪作"神明"的存在吗？怎样认识和理解？怎样继承与超越？未经证明的未必不存在。正因于此，国人才一次又一次地喊出了天地间的神秘之语：天佑中华！

黄河是人类文明史上唯一一条一直在哺育着同一个民族的大河。它像自己从无断流一样,用从无断流的黄河水哺育着一个从无断流的黄皮肤的民族。在我们的血管里,同时轰响着两道泉脉的亘古涛声。

我们要像对待伟大的先祖一样,常怀谦卑与景仰,跪下黄金般高贵的膝头。我们要从祈求、诅咒、治理甚至战胜的思考中走出来,上升为爱护黄河、保护黄河、尊崇与礼拜黄河的高度。

## 五

正基于此,我们组织编写了这套《黄河文库·文学黄河》。

《黄河文库》共有四部分内容,即:自然黄河,人文黄河,文学黄河,区域黄河。《文学黄河》是其规模化的起始,内容包括古代诗歌、古代词曲、古代谣谚、古代散文、神话、传说以及现代诗歌和散文等。挑选,依作品内容之质量;编排,依作者生平之先后。不以人废言,不以名取文。披沙淘金,艰难爬梳。因为我们都是黄河的子孙。

除了内容,书中还编配了两千一百余幅黄河或者与黄河有关的图片。标题图,张扬黄河;随文图,阐释黄河;而一千三百余幅页眉图,囊括了文化的、宗教的、艺术的、山石草木鸟兽虫鱼的诸多面貌。图片的内涵与张力自会溢出文字的叙述。图文并茂,互为助益,焕发出策划者与著者、编者的构想与神采。

面对黄河,我们神思飞越。

面对黄河,我们默然长醒。

这只是开始,前行的道路一定还远。

二〇二〇年八月十九日十二时卅分于豫州混沌斋初成。

廿五日午时四改。秋云如絮,七夕至矣。无不惬意。

无不舒服。感激之情沛然而生。

# 目　　录

## 汉魏晋南北朝

| 佚名古辞 | 长歌行（二首选一） | 002 |
| 蔡　邕 | 饮马长城窟行 | 003 |
| 曹　操 | 气出唱（三首选一） | 005 |
|  | 步出夏门行（四首选一） | 006 |
| 王　粲 | 从军行（五首选一） | 008 |
| 缪　袭 | 定武功 | 010 |
| 曹　丕 | 钓竿行 | 012 |
| 曹　叡 | 善哉行 | 013 |
| 陆　机 | 棹歌行 | 015 |
|  | 齐讴行 | 016 |
| 刘　裕 | 丁督护歌（五首选一） | 018 |
| 沈　约 | 临高台 | 019 |
| 谢　朓 | 从戎曲 | 020 |
| 萧　悫 | 济黄河 | 021 |
|  | 飞龙引 | 022 |
| 王僧孺 | 白马篇 | 024 |
| 王　融 | 青青河畔草 | 026 |
|  | 长歌引 | 027 |
| 吴　均 | 送归曲 | 030 |

| | | |
|---|---|---|
| 庾肩吾 | 洛阳道 | 031 |
| 刘孝威 | 公无渡河 | 032 |
| 谢　微 | 济黄河 | 034 |
| 萧　纲 | 乌栖曲（四首选一） | 036 |
| | 煌煌京洛行 | 037 |
| 费　昶 | 行路难 | 039 |
| | 发白马 | 040 |
| 庾　信 | 燕歌行 | 042 |
| | 从军行 | 044 |
| | 徵调曲（六首选一） | 045 |
| | 羽调曲（五首选一） | 046 |
| | 四举酒 | 047 |
| 王　褒 | 从军行（二首选一） | 049 |
| | 饮马长城窟行 | 050 |
| 江　总 | 济黄河 | 052 |
| | 骢马驱 | 053 |
| 沈君攸 | 桂楫泛河中 | 054 |
| 张正见 | 公无渡河 | 056 |
| 陆　系 | 有所思 | 057 |
| 陈叔宝 | 陇头 | 058 |
| 古　辞 | 木兰诗 | 059 |

## 隋唐五代

| | | |
|---|---|---|
| 虞世南 | 饮马长城窟行 | 063 |
| 杨　广 | 饮马长城窟行 | 064 |
| 张　说 | 舞马词（六首选一） | 066 |
| 王之涣 | 出塞（二首选一） | 067 |
| 李　颀 | 出塞（二首选一） | 068 |
| 常　建 | 塞下曲（四首选一） | 069 |

| 王昌龄 | 塞下曲（二首选一） | 070 |
| --- | --- | --- |
| 李　白 | 将进酒 | 071 |
|  | 公无渡河 | 072 |
|  | 北上行 | 074 |
|  | 北风行 | 075 |
|  | 行路难 | 076 |
|  | 发白马 | 077 |
|  | 塞上曲 | 078 |
| 高　适 | 九曲词（三首选一） | 080 |
| 杜　甫 | 后出塞（五首选一） | 081 |
| 崔国辅 | 白纻辞（二首选一） | 082 |
| 李希仲 | 蓟门行（二首选一） | 083 |
| 戎　昱 | 塞下曲（六首选一） | 084 |
| 李　益 | 塞下曲（二首选一） | 085 |
|  | 促促曲 | 086 |
| 孟　郊 | 羽林行 | 087 |
|  | 出门行（二首选一） | 088 |
| 释皎然 | 从军行（五首选一） | 089 |
| 令狐楚 | 从军行（五首选一） | 090 |
| 王　建 | 公无渡河 | 091 |
|  | 从军行 | 092 |
|  | 独漉歌 | 092 |
| 张仲素 | 塞下曲（五首选一） | 094 |
| 刘禹锡 | 浪淘沙（九首选一） | 095 |
|  | 七日夜女歌（九首选三） | 096 |
| 白居易 | 浩歌行 | 099 |
|  | 缚戎人 | 100 |
|  | 隋堤柳 | 103 |
|  | 古离别 | 105 |
| 姚　合 | 剑器词（三首） | 106 |

| 刘采春 | 啰唝曲（七首选一） | 108 |
| 张 祜 | 入关 | 109 |
| 王 叡 | 公无渡河 | 110 |
| 鲍 溶 | 苦哉远征人 | 111 |
|  | 塞上行 | 112 |
| 李 贺 | 塞下曲 | 114 |
| 温庭筠 | 公无渡河 | 115 |
|  | 河渎神（三首选一） | 116 |
|  | 塞寒行 | 117 |
| 王 偃 | 明君词 | 118 |
| 李商隐 | 李夫人歌（三首选一） | 119 |
| 薛 逢 | 凉州词 | 121 |
| 贾 驰 | 入关 | 122 |
| 贯 休 | 塞下曲（十一首选四） | 124 |
|  | 苦寒行 | 127 |
|  | 古塞上曲（七首选三） | 127 |
| 司空图 | 浪淘沙 | 130 |
| 周 朴 | 塞上曲 | 131 |
| 杜荀鹤 | 塞上 | 132 |
| 吴 融 | 水调词 | 133 |
| 吕 嵒 | 沁园春（二十首选二） | 134 |
| 孙光宪 | 杨柳枝（四首选一） | 136 |

## 宋金元

| 欧阳修 | 送张屯田归洛歌 | 138 |
| 范纯仁 | 龙门行 | 140 |
| 苏 轼 | 满江红 | 142 |
| 晁端礼 | 黄河清 | 144 |
| 贺 铸 | 黄楼歌 | 145 |

| 王齐愈 | 菩萨蛮 | 147 |
| 李　廌 | 无渡河 | 148 |
| 吴则礼 | 红楼慢 | 149 |
| 周紫芝 | 公无渡河 | 151 |
|  | 隋堤行 | 152 |
|  | 河伯小史白事歌 | 153 |
| 张继先 | 望江南 | 154 |
| 岳　飞 | 满江红 | 155 |
| 王　喆 | 黄河清 | 157 |
| 丘　崈 | 西河 | 158 |
| 林正大 | 括木兰花慢 | 160 |
| 冯延登 | 玉楼春 | 161 |
| 元好问 | 水调歌头 | 162 |
|  | 水调歌头 | 163 |
|  | 水调歌头 | 164 |
|  | 临江仙 | 165 |
| 段克己 | 满江红 | 166 |
| 段成己 | 鹧鸪天 | 168 |
|  | 鹧鸪天 | 169 |
| 师　拓 | 浩歌行 | 171 |
| 麻　革 | 关中行 | 173 |
| 王　恽 | 水龙吟 | 175 |
|  | 三奠子 | 176 |
|  | 西江月 | 177 |
|  | 浣溪沙 | 178 |
|  | 点绛唇 | 179 |
| 姚　燧 | 浪淘沙 | 180 |
| 赵　文 | 公无渡河 | 181 |
| 刘敏中 | 木兰花慢 | 182 |
| 文　质 | 公无渡河 | 183 |

| 张 炎 | 壶中天 | 184 |
| 宋 无 | 公无渡河 | 185 |
| | 枯鱼过河泣 | 186 |
| 张养浩 | 山坡羊 | 187 |
| 杨 载 | 塞上曲 | 188 |
| 胡 助 | 龙门行 | 189 |
| 贾 固 | 醉高歌过红绣鞋 | 190 |
| 许有壬 | 水龙吟 | 191 |
| 贡师泰 | 黄河行 | 192 |
| 王 沂 | 御街行（二首选一） | 194 |
| 周 权 | 百字谣 | 196 |
| 兀颜思忠 | 水调歌头 | 198 |
| 李 序 | 昆仑山牧童歌 | 199 |
| 邵亨贞 | 鹊桥仙 | 200 |

## 明清

| 刘 基 | 公无渡河 | 202 |
| 高 启 | 凉州词（二首选一） | 203 |
| 王 越 | 春从天上来 | 204 |
| 史 鉴 | 玉女摇仙佩 | 206 |
| 顾鼎臣 | 念奴娇 | 208 |
| 卢 雍 | 蝶恋花 | 210 |
| 陆 深 | 念奴娇 | 211 |
| 卢 襄 | 蝶恋花 | 213 |
| 夏 言 | 大江东去 | 214 |
| | 大江东去 | 215 |
| 何景明 | 公无渡河 | 216 |
| 胡 侍 | 凉州词 | 217 |
| 刘尧诲 | 大江东去 | 218 |

| 王翃 | 蝶恋花 | 220 |
| 来集之 | 应天长 | 221 |
| | 御街行 | 222 |
| 李渔 | 送入我门来 | 224 |
| 侯方域 | 塞下曲（二首选一） | 225 |
| 吴易 | 金缕曲 | 226 |
| 曹元芳 | 归朝欢 | 228 |
| 屈大均 | 念奴娇 | 230 |
| | 八声甘州 | 231 |
| | 满江红 | 232 |
| 曹贞吉 | 满庭芳 | 234 |
| 董元恺 | 永遇乐 | 236 |
| 赵执信 | 公无渡河 | 238 |
| 王时翔 | 应天长 | 240 |
| 纳兰常安 | 满江红 | 242 |
| 郑燮 | 贺新郎 | 243 |
| 黄图珌 | 千秋岁 | 245 |
| 董元度 | 金缕曲 | 246 |
| 张四科 | 台城路 | 247 |
| | 点绛唇 | 248 |
| 朱云翔 | 侧犯 | 249 |
| 许开基 | 蝶恋花 | 251 |
| 金兆燕 | 沁园春 | 252 |
| 张九钺 | 沁园春 | 254 |
| | 满江红 | 255 |
| | 满江红 | 257 |
| 靳荣藩 | 满江红 | 259 |
| 李焚 | 念奴娇 | 260 |
| 张埙 | 雪花飞 | 261 |
| | 阳关引 | 262 |

|  |  |  |
|---|---|---|
|  | 贺新郎 | 263 |
| 郑澐 | 壶中天 | 265 |
| 彭云鹤 | 声声慢 | 266 |
|  | 风入松 | 267 |
|  | 山花子 | 267 |
| 沈振鹭 | 水龙吟 | 269 |
| 孙 梅 | 沁园春 | 271 |
| 何承燕 | 浪淘沙 | 273 |
|  | 满江红 | 274 |
| 杨 抡 | 凤来朝 | 275 |
| 熊宝泰 | 桂殿秋 | 276 |
| 吴锡麒 | 满江红 | 277 |
| 张云璈 | 齐天乐 | 279 |
| 曹 玢 | 水调歌头 | 280 |
| 韦佩金 | 贺新凉 | 281 |
| 戴 澈 | 一箩金 | 283 |
| 唐仲冕 | 百字令 | 284 |
| 许肇封 | 贺新凉 | 285 |
| 李懿曾 | 喝火令 | 287 |
| 杨 揆 | 菩萨蛮 | 288 |
|  | 金缕曲 | 289 |
| 杨 涛 | 贺新凉 | 290 |
| 龚自珍 | 水调歌头 | 292 |
| 杨夔生 | 过硐歇 | 294 |
| 蒋敦复 | 大江西上曲 | 295 |
| 林寿图 | 塞下曲 | 297 |
| 王 拯 | 菩萨蛮 | 298 |

汉魏晋南北朝

青海玛沁县的河源牧场　摄影/董保华

# 佚名古辞

## 长歌行[1]（二首选一）

岩岩[2]山上亭，皎皎[3]云间星。
远望使[4]心思，游子恋所生[5]。
驱车出北门，遥观[6]洛阳城。
凯风吹长棘[7]，夭夭[8]枝叶倾。
黄鸟飞相追，咬咬[9]弄音声。
伫立望西河[10]，泣下沾罗缨[11]。

【注释】

[1]长歌行：乐府相和歌辞平调曲曲调名。约为两汉时期的作品，已佚作者名。 [2]岩岩：高貌。 [3]皎皎：明亮貌。 [4]使：用。 [5]所生：指生养自己的父母、家乡。 [6]遥观：远望，遥想。 [7]凯风：和暖的风，指南风。棘：泛指有刺的草木。 [8]夭夭：绚丽茂盛的样子。 [9]咬咬：鸟鸣声。 [10]伫（音 zhù）立：久立。西河：古称黄河在西部地方南北流的一段。 [11]罗缨：系结玉佩的丝带。

【赏析】

这首长歌具有浓郁的民歌风格，语言朴素流畅，而又透着悦人心目的自然之美。通过描写游子眼前的景和家乡的景，抒发了对父母、家乡的思念之情。

# 蔡邕

（133—192年）东汉时期名臣、文学家、书法家。字伯喈，陈留郡圉县（今河南杞县南）人。才女蔡文姬之父。董卓掌权时，被强召为祭酒。三日之内，历任侍御史、治书侍御史、尚书、侍中、左中郎等职，封高阳乡侯，世称"蔡中郎"。因言下狱，死于狱中。通音律、经史，善辞赋，精于书法，尤以隶书造诣最深，有"蔡邕书骨气洞达，爽爽有神力"的评价。有文集二十卷，早佚。明人辑有《蔡中郎集》。（下边这首歌辞作者不详，大概为东汉时作品，有人认为是蔡邕所作。）

## 饮马长城窟行[1]

青青河畔草[2]，绵绵思远道[3]。

远道不可思，宿昔[4]梦见之。

梦见在我旁，忽觉[5]在他乡。

他乡各异县，展转不相见[6]。

枯桑知天风，海水知天寒[7]。

入门各自媚[8]，谁肯相为言。

客从远方来，遗我双鲤鱼[9]。

呼儿烹鲤鱼，中有尺素书[10]。

长跪读素书，书中竟何如？

上言加餐饭，下言长相忆[11]。

**【注释】**

[1]饮马长城窟行：乐府相和歌辞瑟调曲曲调名。《古今乐录》曰："凡相和，其器有笙、笛、节歌、琴、瑟、琵琶、筝七种。"《饮马长城窟行》题下有解："一曰《饮马行》。长城，秦所筑以备胡者。其下有泉窟，可以饮马。古辞云：'青青河畔草，绵绵思远道。'言征戍之客，至于长城而饮其马，妇人思念其勤劳，故作是曲也。" [2]青青河畔草：河，指黄河。此句是起兴句。 [3]绵绵思远道：绵绵，形容连续不绝；思，思念；远道，遥远的道路。此处代指远方的亲人。 [4]宿昔：很短的时间。 [5]忽觉：忽，突然；觉（音jué），觉醒、醒悟。 [6]他乡各异县，

展转不相见：此两句意为在他乡经常变换不同的地方，展展转转不得相见。〔7〕枯桑知天风，海水知天寒：枯桑，干枯的桑树。此两句意为干枯的桑树知道大风的厉害，海水了解冬天寒冷的程度。〔8〕入门各自媚：进家门自己欣赏自己的美貌姣好。〔9〕鲤鱼：即黄河鲤鱼，尾和鳍呈金红色，又称红鲤或金鲤。黄河鲤鱼美味好吃，《诗经·衡门》中有"岂其食鱼，必河之鲤"的句子。〔10〕尺素书：用小幅丝织物写的书信。〔11〕长相忆：隔着遥远的距离相互思念。

【赏析】

　　这首歌词写女子对从军服役丈夫的思念。作者采用民歌手法，语言流畅，朴素直白。从梦中相会到收到尺素书，"宿昔梦见之，梦见在我旁"、"长跪读素书，书中竟何如？上言加餐饭，下言长相忆"，淋漓尽致地抒发出双方坚守爱情、长相思忆的情深意长的思想情感。

黄河下游开封黑岗口　　摄影／董保华

# 曹操

（155—220年）东汉末年著名政治家、军事家、文学家。字孟德，小字阿瞒，沛国谯县（今安徽亳州）人，曹魏政权的缔造者。谥号武，后追尊为武皇帝，世称魏武帝，庙号太祖。开创建安文学，主要作品有《观沧海》、《龟虽寿》等。

## 气出唱[1]（三首选一）

驾六龙乘风而行。

行四海外，路下之八邦。

历登高山临溪谷，乘云而行。

行四海外，东到泰山。

仙人玉女，下来翱游。

骖驾六龙[2]，饮玉浆，河水尽，不东流[3]。

解愁腹，饮玉浆。

奉持行[4]，东到蓬莱山[5]。

上至天之门。

玉阙下，引见得入。

赤松相对，四面顾望，视正焜煌[6]。

开王心正兴，其气百道至，传告无穷。

闭其口，但当爱气寿万年。

东到海，与天连。

神仙之道，出窈入冥，常当专之。

心恬澹[7]，无所愒[8]欲。

闭门坐自守，天与期气。

顾得神之人，乘驾云车，骖驾白鹿，上到天之门，来赐神之药。

跪受之，敬神齐，当如此，道自来。

【注释】

[1]气出唱：乐府相和歌辞相和曲曲调名。《古今乐录》曰："张永《元嘉技录》：相和有十五曲，一曰《气出唱》……" [2]骖驾六龙：六条龙驾的华丽马车。 [3]饮玉浆，河水尽，不东流：玉浆指美玉制的浆液，也用以比喻美酒和好水；河指黄河，传说黄河上通天河。此句意为，六龙渴饮黄河水，暂时水尽不再东流。 [4]奉持行：奉命随行。 [5]蓬莱山：古代神话传说中东海里的仙山，其中有使人长生不老之果。秦始皇寻求长生不老药到东海，他站在海边眺望大海，见海天相接处有金光闪烁，便问术士那是什么，术士回答是仙岛。秦始皇大喜，问仙岛叫什么名，术士不知如何回答，忽见水中漂浮的水草，灵机一动，便以水草之名答之：蓬莱。于是就有了"蓬莱仙岛"之名。《山海经·海内北经》有"蓬莱山在海中"之句。可见"蓬莱"之名在秦始皇之前就有了。 [6]焜煌（音 kūn huáng）：明亮，辉煌。 [7]恬澹：亦作恬憺，同恬淡。清静淡泊。 [8]愒（音 kài）：急。

【赏析】

此曲词中，作者写自己随神仙乘龙车遨游天上人间、陆地海上的情景。想象丰富，文字瑰丽，气势恢宏。展现了作者宽广的胸怀和宏大的政治抱负。

# 步出夏门行[1]（四首选一）

乡土不同[2]，河朔隆寒[3]。

流澌浮漂[4]，舟船行难。

锥不入地[5]，蘴藾深奥[6]。

水竭不流，冰坚可蹈[7]。

士隐者[8]贫，勇侠轻非[9]。

心常叹怨，戚戚[10]多悲。

幸甚至哉，歌以咏志[11]。

【注释】

［1］步出夏门行：乐府相和歌辞瑟调曲曲调名。夏门，今河南洛阳市东北汉、魏洛阳城北面西头门。　［2］乡土不同：各地的气候、水土、乡俗不同。　［3］河朔：黄河之北的地区。隆寒：严寒。　［4］流澌浮漂：黄河中漂浮流动冰块。　［5］锥不入地：土地冻硬，针锥都扎不进去。　［6］蓬蒌（音 fēng lài）：蓬同葑，草本植物芜菁；蒌即艾蒿。深奥：又深又密。　［7］冰坚可蹈：河流冰冻，可以在上面跳跃舞蹈。　［8］士隐者：有才华的隐居者。　［9］勇侠轻非：好勇斗狠之人轻易惹是生非。　［10］戚戚：忧愁、悲哀。　［11］歌以咏志：以唱歌来抒发自己的思想感情和理想抱负。

【赏析】

此曲词作者描写黄河沿岸广大地区严寒冰封、土地荒芜、民生凋敝的景况以及人才埋没、小人得志的社会不安定状况，抒发了自己心中忧国忧民的哀怨与悲伤。

黄河源头雪与石　摄影／王伟

# 王粲

（177—217年）东汉末年文学家。字仲宣，山阳高平（今山东邹城）人。有文才，在长安深得当时著名学者蔡邕所赏识。在文学上，与孔融、徐干、陈琳、阮瑀、应场、刘桢并称"建安七子"，与曹植并称"曹王"，其诗赋为建安七子之冠。有《王粲集》，现存诗词二十三首。

## 从军行[1]（五首选一）

朝发邺都[2]桥，暮济白马津[3]。
逍遥河堤上，左右望我军。
连舫[4]逾万艘，带甲千万人。
率彼东南路，将定一举勋。
筹策运帷幄，一由我圣君。
恨我无时谋，譬诸具官臣。
鞠躬中坚内，微画无所陈。
许历[5]为完士，一言犹败秦[6]。
我有素餐[7]责，诚愧伐檀人[8]。
虽无铅刀用，庶几奋薄身。

【注释】

[1]从军行：乐府相和歌辞平调曲曲调名。《乐府解题》曰："《从军行》皆军旅苦辛之辞。" [2]邺都：即古邺城，在黄河北、河南安阳北郊。东汉末年，曹操击败袁绍占领邺城，在此营建王都，成为曹魏都城。此后又有后赵、冉魏、前燕、北齐在此建都。 [3]白马津：黄河渡口名，在今河南省滑县北。 [4]连舫：并数船而连成的大船。 [5]许历：人名，战国时期赵国将领。 [6]一言犹败秦：讲的是许历献策破秦军的故事：周赧王四十六年（前270年），秦军围困赵城阏与（今山西和顺县），赵惠王派将领赵奢率军前往解阏与之围，许历当时为百夫长，随军出征。

秦军在围困阏与的同时，另发兵一支向东直达武安（今河北武安县西南），以阻赵国增援阏与的军队。赵奢得知秦军动向后，从邯郸出发三十里就停止前进，下令安营扎寨，加固营垒，修筑屏障。这样过去了一个月。秦将侦知赵军情况后，认为："（赵军）去国三十里而军不行，乃增垒，阏与非赵地也。"随放松了警惕。赵奢却突然率军向西急进，两日一夜便抵达距离阏与五十里的地方。武安的秦将听说赵军已到阏与，方知中计，急忙回奔阏与。而赵军孤军独进，远离后方，形势仍然危险。百夫长许历进见赵奢，说："秦人不意赵师至此，其来气盛，将军必厚集其阵以待之。不然必败。""先据北山上者胜，后至者败。"赵奢接受了许历的建议，立即发兵万人抢占了北山制高点。秦军后至，争夺北山而不得，拥挤于山下。赵军居高临下，伏击秦军，秦军大败，阏与之围随之解除。阏与之战，使威行诸侯的秦国在军事上遭受了一次重大挫折，多年不敢再轻举妄动。　　[7]素餐：没有肉的饭食，这里指无功空享俸禄。　　[8]伐檀人：代指劳动人民。

## 【赏析】

　　这首歌词作者写了军队雄壮、战船威武、进军神速，也写了圣君和武将的运筹帷幄、决胜千里。同时，抒发了自己要以先辈为榜样，在军中建功立业的理想抱负和雄心壮志。

暮济白马津　摄影／孟宪明

# 缪袭

（186—245 年）三国时期文学家。字熙伯，东海兰陵（今山东苍山兰陵镇）人。历事魏朝曹操、曹丕、曹叡、曹芳四代君主，官至尚书、光禄勋。有《列女传赞》一卷、《集》五卷。

## 定 武 功[1]

定武功，济黄河。

河水汤汤[2]，旦暮有横流波[3]。

袁氏欲衰[4]，兄弟寻干戈[5]。

决漳水[6]，水流滂沱，嗟[7]城中如流鱼，

谁能复顾室家。

计穷虑尽，求来连和。

和不时，心中忧戚。

贼众内溃[8]，君臣奔北[9]。

拔邺城，奄有魏国[10]。

王业艰难，览观古今，可为长叹。

【注释】

[1]定武功：乐府鼓吹曲辞汉铙歌曲调名。此为魏鼓吹曲中的第六曲，《晋书·乐志》曰："魏武帝（曹操）使缪袭造鼓吹十二曲以代汉曲：一曰《楚之平》，二曰《战荥阳》，三曰《获吕布》，四曰《克官渡》，五曰《旧邦》，六曰《定武功》……""改汉《战城南》为《定武功》，言曹操初破邺，武功之定始乎此也。"就是说，《定武功》鼓吹曲在汉代时已有了，不过那时曲名叫《战城南》，曹操让改为《定武功》，是为了彰显曹操攻下邺城，曹魏"武功之定始乎此也"。 [2]汤汤（音 shāng shāng）：水势浩大、水流很急的样子。 [3]横流波：横流的水波。河水不循道而泛滥。 [4]袁氏欲衰：袁氏指袁绍。袁绍为东汉末年军阀，是当时力量最强的诸侯。在建安四年（199年）六月至建安五年（200年）十月的官渡之战中，却以五倍余对方的兵力优势败给曹

操，其实力大大削弱。官渡兵败后不久，袁绍在邺城病逝，袁氏走向衰落。　[5] 兄弟寻干戈：袁绍死后，立其宠爱的三子为嗣，几兄弟开始为争权内斗，特别是其长子袁谭和三子袁尚为争夺邺城动起干戈。　[6] 决漳水：漳水即漳河，在黄河北，源出山西，流经河北河南两省之间。原为黄河支流，后黄河南徙，便脱离黄河加入海河水系。建安九年（204年）二月，曹操趁二袁混乱之机发兵围困邺城，在邺城周围四十里开挖堑壕，引入漳河之水，封锁了邺城。　[7] 嗟：叹。　[8] 内溃：内部崩溃。即内乱。　[9] 君臣奔北：邺城被曹操攻下后，袁尚与二兄袁熙领部下向北逃到辽西。　[10] 拔邺城，奄有魏国：奄有，全部占有。攻占邺城，基本消灭了袁氏力量，曹氏父子从此开始扩大势力和疆土，最终在邺城建都，建立曹魏政权——魏国。

【赏析】

　　这首曲词作者以写实手法描写了曹操破邺之役的过程，歌颂曹氏父子的征战之功，并感慨叹息古往今来创建王业的艰难不易。语言朴实，节奏铿锵，既气势雄浑，也有悲惋长叹，将一场战役描述得清楚明白。

济黄河　摄影/王伟

## 曹丕

（187—226年）三国时期政治家、文学家。字子桓，豫州沛国谯县（今安徽亳州）人，曹操次子、嫡长子。汉献帝建安二十二年（217年）被立为魏王世子，汉献帝延康元年（220年）继任丞相、魏王，同年受禅登基，建立魏国，年号黄初。推行九品中正制，同时完成北方统一，恢复西域建置。于诗、赋、文论皆有成就，与父曹操、弟曹植并称"建安三曹"。谥号文帝，庙号高祖。有著作及诗词《典论》、《燕歌行》、《寡妇诗》、《答临淄侯植诏》等。

### 钓 竿 行[1]

东越[2]河济[3]水，遥望大海涯[4]。
钓竿何珊珊[5]，鱼尾何簁簁[6]。
行路[7]之好[8]者，芳饵[9]欲何为。

【注释】

[1]钓竿行：乐府鼓吹曲辞汉铙歌曲调名，也作"钓竿"。《古今注》曰："《钓竿》者，伯常子避仇河滨为渔者，其妻思之而作也。每至河侧辄歌之。后司马相如作《钓竿诗》，遂传为乐曲。" [2]越：渡。 [3]河济：河指黄河；济指济水。济水是古代四渎之一，是黄河下游的一条重要支流，发源于河南省济源市王屋山上的太乙池。 [4]海涯：海边、海滨。 [5]珊珊：轻盈舒缓的样子。 [6]簁簁（音 shāi shāi）：鱼跃貌。 [7]行路：行路的人。 [8]好：喜好、喜欢。 [9]芳饵：芳香的诱饵。

【赏析】

这首歌词写一少妇对丈夫的思念和爽快拒绝路人的"芳饵"引诱，表现了她对爱情的专一。同时，女子直爽、开朗和纯真的性格也从词句中显露出来。语言简明、朴实而活泼，人物形象鲜明，感情真实。彰显出作者较强的文字驾驭能力。

# 曹叡

(204—239年)三国时期诗人。字符仲,豫州沛国谯县(今安徽亳州)人。曹魏第二任皇帝,魏文帝曹丕长子,制《魏律》,是古代法典史上的重大进步。庙号烈祖,谥号明帝。能诗文,善乐府,与曹操、曹丕并称"魏氏三祖"。作品主要有《善哉行》、《棹歌行》、《月重轮行》、《苦寒行》等。

## 善 哉 行[1]

赫赫[2]大魏,王师徂征[3]。

冒暑讨乱,振曜威灵。

泛舟黄河,随波潺湲[4]。

通渠[5]回越,行路绵绵[6]。

彩旄[7]蔽日,旌旒[8]翳天。

淫鱼[9]瀺灂[10],游嬉深渊。

唯塘泊,从如流。

不为单,握扬楚[11]。

心惆怅,歌采薇[12]。

心绵绵,在淮肥[13]。

愿君速捷早旋归。

【注释】

[1]善哉行:乐府相和歌辞清调曲曲调名。《乐府解题》曰:"又魏文帝辞云:'有美一人,婉如清扬。'言其妍丽,知音,识曲,善为乐方,令人忘忧。"魏明帝《步出夏门行》曰:"善哉殊复善,弦歌乐我情。"然则"善哉"者,盖叹美之辞也。 [2]赫赫:显赫盛大的样子。 [3]徂征:出征,前往征讨。 [4]潺湲:水慢慢流动的样子。 [5]通渠:畅通的河渠。 [6]绵绵:连续不断的样子。 [7]旄(音máo):古代用牦牛尾装饰的旗子。 [8]旌旒(音jīng liú):即旌旗,古代用羽毛装饰的旗子。 [9]淫鱼:

即鲟鱼。　［10］瀺灂：水流声。　［11］扬楚：皆地名。扬为古九州岛之一，大致为今苏、皖、赣、浙、闽地区；楚地为今湖北、湖南一带。　［12］采薇：是春秋时的一首民歌，《诗经·小雅》有《采薇》歌，是戍卒返乡诗歌。歌词共六章，每章八句，以一个戍卒的口气，以采薇起兴，写征战生活的艰苦、思乡之情以及久不还家的原因，表露了御敌胜利的喜悦和期望和平的思想。　［13］淮肥：皆水名。淮河源自河南省桐柏山，流经安徽、江苏两省入洪泽湖；肥水亦作淝水，源出安徽省合肥市西北，经寿县、八公山南入淮河。

【赏析】

　　公元226年，魏文帝曹丕去世，年仅22岁的曹叡继位，是为魏明帝。不久，蜀汉丞相诸葛亮率军北伐曹魏，南安、天水、安定三郡叛魏投蜀，一时震动关中。曹叡亲率大军西镇长安，派兵击退了蜀军。此后曹魏与蜀、吴不断征战，并讨伐平定内乱，不断取得胜利。这首歌词作者写了对蜀、吴的征战和对内叛乱的讨伐，有王师的威武雄壮，震慑四方；有黄河等美丽的自然景色；有心挂战场和早日得胜凯旋的期盼。语言明丽豁朗，气势雄浑，胸襟开阔。"赫赫大魏"，展示了年轻君王的气魄、自信和悠然。

随波潺湲　摄影／王伟

# 陆机

（261—303 年）西晋文学家。字士衡，吴郡吴县华亭（今上海松江西）人。西晋灭吴后，与弟陆云到洛阳，历任中书郎、河北大将军等职，后死于晋朝的内乱。少有文名，所作《文赋》为文学批评史重要著作。原有集，已佚。

## 棹 歌 行[1]

迟迟暮春[2]日，天气柔且嘉[3]。
元吉隆初巳[4]，濯秽[5]游黄河。
龙舟浮鹢首[6]，羽旗垂藻葩[7]。
乘风宣飞景[8]，逍遥[9]戏中波。
名讴激清唱[10]，榜人[11]纵棹歌。
投纶沉洪川[12]，飞缴[13]入紫霞。

【注释】

[1]棹歌行：乐府相和歌辞瑟调曲曲调名。棹歌：划船时唱的歌。　[2]迟迟：缓行的样子。这里形容春日的缓行慢移。暮春：即三月。　[3]柔：柔和。嘉：美好。　[4]元吉：大吉利。隆：盛大。初巳：即上巳节。本指农历三月第一个巳日，后来专指三月初三日。在这一天，人们到水边洗濯、饮酒，认为可以祈福驱邪。　[5]濯秽：用河水洗去污秽和病魔。　[6]龙舟：龙形的船只。鹢首：船头。鹢：水鸟名。古代常把鹢鸟的头形画在船头，所以得名。　[7]羽旗：用羽毛装饰的旗子。藻葩：水草花。这两句是说，龙形的长船浮扬着画了鹢鸟的船头，羽饰的旗子垂拂着美丽的水草花。　[8]宣：显示、赏玩。飞景：宝剑名。魏文帝曹丕曾有飞景、流彩、华锋三把宝剑。此处是泛指。这句是说，迎风赏玩精美的宝剑。　[9]逍遥：安闲自得的样子。　[10]名讴：名曲。清唱：清美的歌唱。　[11]榜人：船工。连上句是说，名曲激发了清美的歌声，船工纵情地引吭高歌。　[12]纶（音 lún）：钓丝。洪川：指黄河。　[13]飞缴（音 zhuó）：缴是射鸟时系在箭上的生丝绳。后两句是说，他们在河中钓鱼，在岸上捕鸟。

## 【赏析】

古时风俗，三月初三为上巳节。在这一天，无论官员或是百姓，都要到河中、水边洗濯祓除，洁净身体，驱除疾病和不祥。此诗写诗人于上巳节泛舟黄河的欢乐情景。

## 齐讴行[1]

营丘负海曲[2]，沃野[3]爽且平。
洪川控河济[4]，崇山入高冥[5]。
东被姑尤[6]侧，南界聊摄城[7]。
海物错万类，陆产尚千名。
孟诸吞楚梦[8]，百二侔秦京[9]。
惟师恢东表[10]，桓后定周倾[11]。
天道有迭代[12]，人道[13]无久盈。
鄙哉牛山[14]叹，未及至人情。
爽鸠苟已徂[15]，吾子安得停。
行行将复去[16]，长存非所营。

## 【注释】

[1]齐讴行：乐府杂曲歌辞曲调名。齐讴，即齐歌，《汉书》曰："汉王至南郑，诸将及士卒皆歌讴思东归。"颜师古曰："讴，齐歌也。谓齐声而歌。或曰齐之歌。"《礼乐志》曰："齐古讴员六人。"梁元帝《纂要》曰："齐歌曰讴。" [2]营丘负海曲：营丘亦名营城，在今山东临淄西北临淄故城，周武王封吕尚于齐，建都于此，后改名临淄；负，依靠；海曲，海边偏僻的地方。这句意为营丘靠近大海。 [3]沃野：大片肥沃的土地。 [4]河济：黄河与济水。 [5]崇山入高冥：崇山，高大的山；高冥，高空。此句意为高山峻岭上插入云空。 [6]姑尤：皆水名，均在今山东境内，至胶州东南入海。 [7]聊摄城：即聊城，在今山东境内。 [8]孟诸吞楚梦：孟诸，

亦作孟猪，古渊泽名，在今河南商丘东北、虞城西北；吞，容纳；楚梦，楚国云梦泽。　[9] 百二侔秦京：百二，以二敌百，后以喻山河险固之地；侔（音 móu），意为相等、齐；秦京，秦国之都咸阳。此句意为山河险固与咸阳相同。　[10] 惟师恢东表：师，军队；恢，宏大、发扬；东表，东方诸侯的表率。　[11] 桓后定周倾：桓后，指齐桓公小白，春秋诸侯五霸之首；周，周王朝。这句说齐桓公的诸侯霸主地位的确立，决定了周王朝的衰落。　[12] 天道有迭代：天道，大自然的规律；迭代，更替、轮换。　[13] 人道：人的情况和人类社会状态。　[14] 牛山：山名，又名金牛山、郁葱山。位于山东省肥城市城北。　[15] 爽鸠苟已徂：爽鸠，即爽鸠氏，少昊时居营丘；苟，姑且、暂且；徂，过往、逝去。　[16] 行行将复去：行行，走啊走、不停地前行；将复去，将要去了。

## 【赏析】

　　这首歌词作者以思乡戍卒的口气，备言齐地之美，崇山峻岭、河川湖流、沼泽平原、肥田沃土，物产丰富、位置重要，军事强大、民富国强。最后发出了"天道有迭代，人道无久盈"的自然历史自有其发展规律的慨叹。

河曲渡　摄影／王伟

# 刘裕

（363—422年）东晋至南北朝时期杰出的政治家、改革家、军事家。南朝刘宋开国君主。字德舆，小名寄奴，彭城郡彭城县绥舆里人，生于晋陵郡丹徒县（今丹徒区）京口里。执政期间，集权中央，抑制豪强兼并，实施土断，整顿吏治，重用寒门。庙号高祖，谥号武皇帝。著有《兵法要略》一卷，已佚。

## 丁督护歌[1]（五首选一）

洛阳数千里，孟津[2]流无极[3]。
辛苦戎马[4]间，别易会难得。

【注释】

[1]丁督护歌：一曰《阿督护》，乐府清商曲辞曲调名。《宋书·乐志》曰："《督护歌》者，彭城内史徐逵之为鲁轨所杀，宋高祖使府内直督护丁旿收敛殡埋之。逵之妻，高祖长女也。呼丁旿至阁下，自问敛送之事。每问辄叹息曰：'丁督护！'其声哀切，后人因其声广其曲焉。"《唐书·乐志》曰："《丁督护》，晋宋间曲也。今歌是宋武帝所制。"　[2]孟津：指黄河孟津古渡口，在黄河南岸今孟津县境内。　[3]流无极：流，指黄河水流；无极，没有尽头。　[4]戎马：军马，借指军事、战争，也指军旅生活。

【赏析】

作者这首歌词描写千里中原上，黄河水万世流淌，从而抒发了戎马生活的辛苦艰难和人生悲欢离合的思想感情。

# 沈约

（441—513年）南朝史学家、文学家。字休文，吴兴武康（今浙江湖州德清）人。家世显赫，祖、父均为宋高官。但他孤贫流离，笃志好学，博通群籍，擅长诗文。历仕宋、齐、梁三代。南朝梁开国功臣，助力萧衍夺取帝位。南朝文学"永明体"的代表作家之一；提出"四声八韵"，对汉语音韵学作出贡献。著有《晋书》一百一十卷、《宋书》一百卷、《齐纪》二十卷、《高祖纪》十四卷、《迩言》十卷、《谥例》十卷、《宋文章志》三十卷、文集一百卷，并撰写《四声谱》。作品除《宋书》外，多已亡佚。现有明人张溥辑的《沈隐侯集》。

## 临 高 台 [1]

高台不可望，望远使人愁。
连山无断绝[2]，河水复悠悠[3]。
所思竟所在[4]？洛阳南陌[5]头。
可望不可至[6]，何用解人忧。

【注释】

[1]临高台：乐府鼓吹曲辞汉铙歌曲调名。《乐府解题》曰："古辞言：'临高台，下见清水中有黄鹄飞翻，关弓射之，令我主万年。'若齐谢朓'千里常思归'，但言临望伤情而已。宋何承天《临高台》篇曰'临高台，望天衢，飘然轻举凌太虚'，则言超帝乡而会瑶台也。" [2]连山无断绝：重重叠叠的山岭，往前延伸不见断绝。 [3]河水复悠悠：悠长不断的黄河水，曲折蜿蜒地向前流去。 [4]所思竟所在：所思念的人在哪里呢？ [5]南陌：南边的道路。 [6]可望不可至：可以望一望，却不能到达。

【赏析】

登临高台之上，千里之遥思望亲人，但重叠的高山、宽阔奔腾的河流遮断了望远的视线，而望而不见，其悠悠思念之情便自然流淌出来。作者写景浑远，景中寓情，起始句和结尾句前后照应，其极目望远时那种望而不及的寂寥惆怅感让读者感同身受，离情愁绪自然显现。

## 谢朓

（464—499年）南朝齐诗人。字玄晖，陈郡阳夏（今河南省太康县）人。曾任宣城太守、尚书吏部郎等职。后被萧遥光诬陷，下狱死。诗词多描写自然景色、政治上不得志的苦闷和消极情绪。原有集，已散佚。后人辑有《谢宣城集》。

### 从 戎 曲[1]

选旅辞辕辕[2]，弭节赴河源[3]。
日起霜戈照[4]，风回连骑翻[5]。
红尘朝夜合，黄河万里昏。
寥戾清笳啭[6]，萧条边马烦[7]。
自勉辍耕愿[8]，征役去何言[9]！

【注释】

[1]《从戎曲》：乐府鼓吹曲曲调名。此首曲词为词人所作《齐随王鼓吹曲》十首中的第七首，作于齐永明八年（490年）赴荆州道中。　[2]选：齐整。旅：古代军队五百人为一旅，这里指军队；辕辕：古关名，在河南省偃师县东南。　[3]弭节赴河源：节为古代官员出行时所持的旌节；弭节，即官员在途中作短暂停留；河源，黄河的发源地。黄河发源于青海省巴颜喀拉山北麓，古时因受地理科学认识的限制，误认为西域的于阗和葱岭为黄河的源头。这里"河源"泛指西部边境地区。　[4]霜戈：凝霜的戈。这句说明行军之早。　[5]连骑翻：写战马在狂风中行进的艰难。翻：倒转。　[6]寥戾清笳啭：寥戾也作"寥唳"，形容声音清远；笳，管乐器名，古代流行于西域一带少数民族中间；啭，婉转地鸣叫。　[7]萧条：清冷寂寥的样子；烦：烦躁、烦闷。　[8]辍耕：中止耕作。这里指弃家从军。　[9]征役：行役。这两句是说，既然是自愿从军报国，行役劳苦又有什么可抱怨呢？

【赏析】

这首诗描写一支奔赴河源戍边的队伍沿黄河西进时所见的边地景象。"红尘朝夜合"以下四句，既写出了黄河的雄浑、苍茫，又写出了边地的萧条、悲凉。并歌颂了战士们自愿从军、甘于吃苦的爱国主义精神。

# 萧悫

（音 què）（生卒年不详）北朝齐诗人。字仁祖，兰陵（今江苏常州西北）人。官为太子洗马，后入隋朝。有集九卷。

## 济 黄 河[1]

### 奉 和 应 教[2]

大蕃连帝室[3]，骖驾奉皇猷[4]。

未明驱羽骑[5]，凌晨方画舟[6]。

津城度维锦[7]，岸柳夹缇油[8]。

钟声扬别岛[9]，旗影照苍流。

早光生剑服[10]，朝风起节楼[11]。

滔滔[12]细波动，裔裔[13]轻舷浮。

回桡避近碛[14]，放舳[15]下前洲。

全疑上天汉[16]，不异谒蓬丘[17]。

望知云气合，听识水声秋。

从君何等乐，喜从神仙游[18]。

【注释】

[1]济黄河：乐府杂曲歌辞曲调名。《乐府诗集·杂曲歌辞》题后解曰："杂曲者，历代有之，或心志之所存，或情思之所感，或宴游欢乐之所发，或忧愁愤怨之所兴，或叙离别悲伤之怀，或言征战行役之苦，或缘于佛老，或出自夷虏。兼收备载，故总谓之杂曲。" [2]奉和应教：和，依照别人诗的格律或意思作诗。"奉和"就是和地位比自己高的人的诗句；应教：承教。这首诗当是与太子唱和的诗。 [3]大蕃连帝室：蕃通"藩"，屏障；帝室即皇室。 [4]骖驾奉皇猷：骖驾，三匹马拉的车子；奉，奉行；皇猷（音 yóu），帝王的谋划、计划。 [5]羽骑：迅捷的骑兵。 [6]方：排列；画舟：彩画绘饰的船。 [7]津城度维锦：津城，渡口所在的城；度同渡；维，

语气助词,无实义;锦,指锦绣般美好的晨光。 [8]岸柳夹缇油:缇(音tí),橘红色;油,光亮润泽的样子。这句是说,岸上绿柳夹着一川桔红色的光亮润泽的河水。 [9]扬:飞扬、飘扬。 [10]早光:早晨的阳光;剑服:古指武士穿的衣服,就是现在说的军服。 [11]节楼:船楼。 [12]滔滔:水流的样子。 [13]裔裔:鸟儿飞翔的样子。这里指船的轻盈迅疾。 [14]桡(音ráo):船桨;碛(音qì):沙石堆成的浅滩。 [15]舳(音zhú):船尾。 [16]天汉:天河、银河。 [17]谒(音yè):进见;蓬丘:即蓬莱山,传说中的仙山。 [18]从君何等乐,喜从神仙游:此二句表现诗人喜悦快乐的心情。

【赏析】

这首诗描写一支军队晨渡黄河时的壮丽情景和河上秋天的旖旎风光,表现了诗人的欢悦心情。全诗色彩斑斓,颇富画面感。

## 飞 龙 引 [1]

河曲衔图出[2],江上负舟[3]归。
欲因作雨[4]去,还逐景云[5]飞。
引商吹细管[6],下徵泛长徽[7]。
持此凄清引[8],春夜舞罗衣[9]。

【注释】

[1]飞龙引:乐府琴曲歌辞曲调名。梁元帝《纂要》曰:"(琴)自伏羲制作之后,有瓠巴、师文、师襄、成连、伯牙、方子春、钟子期,皆善鼓琴。而其曲有畅、有操、有引、有弄。"《琴论》曰:"和乐而作,命之曰畅,言达则兼济天下而美畅其道也。忧愁而作,命之曰操,言穷则独善其身而不失其操也。引者,进德修业,申达之名也。弄者,情性和畅,宽泰之名也。" [2]河曲衔图出:河曲,黄河弯曲处。这句用的是龙马献图的故事。《尚书中候握河纪》曰:"尧即政七十年仲月甲日至于稷,沈璧于河,青云起,回风摇落,龙衔马图,赤文绿色,自河而出,临坛而止,吐甲回遁。甲似龟,

广九尺,有文,言虞、夏、商、周、秦、汉之事,帝乃写其文藏之东序。"后以"衔图"为仁君在位之典。 [3]江上负舟:江,指长江;负舟,驮舟。这句讲黄龙为夏禹负舟的故事。《淮南子》记载:夏禹到南方巡视,渡长江时忽遇风浪,危急之时一条黄龙游出水面将船背负托起,船上的人都吓得神色大变,禹却淡然地笑着说:"我受命于天,竭尽全力为百姓操劳。我活着寄寓天地之间,死后回归自然大地,生死哪能够搅乱我心境的平静呢!" [4]作雨:用法术来制造下雨。 [5]景云:瑞云、祥云。 [6]引商吹细管:引商,讲究声律、高质量的音乐演奏;细管,指管弦之乐,与锣鼓之乐相对而言。 [7]徵:古代五音之一,用来表示音调高低的词。《周礼·春官·大师》曰:"皆文之以五声:宫、商、角、徵、羽。"徽:系琴弦的绳,后用作抚琴标记的名称,古琴全弦共十三徽。 [8]引:此处指琴弦、琴声。 [9]罗衣:丝织品制成的衣服。

【赏析】

作者写雨后风和日丽,与朋友泛舟河中,操琴以声,随乐而舞,景色秀美如画,心情快乐安然。并以"衔图"、"负舟"的故事,抒发了自己以先贤圣杰为榜样为国为民建功立业的思想情怀。

滔滔细波动　摄影 / 孟宪明

# 王僧孺

（465—522年）南朝梁诗人、骈文家。其名不详，以字行。东海郯（今郯城）人。出身没落士族家庭，早年贫苦。因文才出众，被举荐入仕。曾任尚书左丞、御史中丞。好典籍，藏书万余卷，率多异本，与沈约、任昉并为当时三大藏书家。遍览群书，学识渊博。存诗三十多首。

## 白　马　篇[1]

千里生冀北[2]，玉鞘黄金勒[3]。

散蹄去无已，摇头意相得。

豪气发西山，雄风擅东国。

飞鞚出秦陇[4]，长驱绕岷僰[5]。

承谟[6]若有神，禀算[7]良不惑。

沸汩[8]河水黄，参差嶂[9]云黑。

安能对儿女，垂帷[10]弄毫墨。

兼弱不称雄，后得方为特。

此心亦何已，君恩良未塞。

不许跨天山[11]，何由报皇德[12]。

【注释】

[1]白马篇：乐府杂曲歌辞曲调名。《乐府解题》曰："鲍照云：'白马骍角弓。'沈约云：'白马紫金鞍。'皆言边塞征战之事。"　[2]千里生冀北：千里，这里代指千里马；冀北，本意为河北北部，这里指北方广大游牧地区。此句意为，冀北是产好马良驹的地方。《南齐书·王融传》曰："秦西冀北，实多良骥。"　[3]玉鞘黄金勒：玉鞘，玉制的剑鞘；黄金勒，用黄金制作的衔勒。　[4]飞鞚出秦陇：鞚（音kòng），驾驭意；秦陇，秦岭和陇山。　[5]岷僰：岷，四川境内有岷山和岷江；僰（音bó），古代西南地区的一少数民族。　[6]谟：计谋策略。　[7]算：计算、策划。　[8]沸汩（音zhì gǔ）：水流汹涌澎湃互相冲击的样子和声音。　[9]嶂：

高险像屏障一样的山。　[10]帷：帐幔、帷幕。　[11]天山：山名，在今新疆境内。天山是世界七大山系之一，东西横跨中国、哈萨克斯坦、吉尔吉斯斯坦和乌兹别克斯坦，全长五千华里，是世界上最大的独立纬向山系。天山呈东西走向，绵延中国境内三千四百华里，占新疆维吾尔自治区全区面积的约三分之一。　[12]皇德：皇帝的恩德。

【赏析】

　　这首歌词写军旅征战生活，写得意气风发、豪迈万丈；景色秀美壮丽。并表达了建功立业的雄心壮志。语言明朗，节奏感强。写景叙事与抒发情感相结合，浑然一体，入心入画。

沣汩河水黄　摄影／孟宪明

# 王融

（466—493年）南朝齐文学家。字符长，琅琊临沂（今山东临沂）人。"竟陵八友"之一。自幼聪慧，博涉古籍，富有文才。官至中书郎。存诗文五十多篇（首）。

## 青青河畔草[1]

容容寒烟起[2]，翘翘望行子[3]。

行子殊[4]未归，寤寐君容辉[5]。

夜中心爱促[6]，觉后阻河曲[7]。

河曲万里余，情交襟袖疏[8]。

珠露春华[9]返，璇霜秋照[10]晚。

入室怨蛾眉[11]，情归为谁婉[12]。

【注释】

[1]青青河畔草：乐府相和歌辞瑟调曲曲调名。《宋书·乐志》曰："相和，汉旧曲也，丝竹更相和，执节者歌。" [2]容容寒烟起：容容，烟云浮动的样子；寒烟，寒冷的烟雾；起，由下往上升，由小往大涨。 [3]翘翘望行子：翘翘，企盼的样子；望，希图、盼；行子，出门在外的人。此处当指丈夫。 [4]殊：长时间、超期。 [5]寤寐君容辉：寤寐，醒和睡，也即是白天和黑夜；君，指思念的人；容辉，仪容神采。 [6]夜中心爱促：心爱促，即爱心催促、爱意急促；夜里想念得厉害。 [7]觉后阻河曲：河曲，指黄河弯曲的地方。多指山西蒲州风陵渡一带，黄河自北向南流，至此折而向东形成一曲。这句是说睡觉醒来又有弯弯曲曲的黄河相阻隔。 [8]情交襟袖疏：襟袖，衣襟和衣袖。这句说虽然感情上想念得狠，但两人却离得很远。 [9]珠露春华：珠露，露珠的美称，即美如珍珠的露滴；春华，春天的花、春天的精华。 [10]璇霜秋照：璇霜，璇（音xuán），美玉。即美玉般的秋霜；秋照，即秋日、秋天的太阳。 [11]蛾眉：蚕蛾触须细长而弯曲，以此比喻女子好看的眉毛。借指女子容貌的美丽。 [12]婉：婉转、和顺，委婉、柔美。

【赏析】

　　这首歌词描写闺中少妇对行役在外的丈夫的思念。起始两句"容容寒烟起，翘翘望行子"写女子站在晚秋黄昏的萧瑟寒雾中，翘首以盼，望着远方，希冀能看到丈夫归来的身影。下边层层递进，写出女子思念之深、之切、之苦。以景叙情，景中有情、情中有景；叙情深沉细腻，柔情委婉，情真意切。最后两句"入室怨蛾眉，情归为谁婉"，发出红颜易老、无心妆容的叹息。词句华美艳丽，表情真切，感染力强。

## 长　歌　引[1]

周雅听休明[2]，齐德觏升平[3]。
紫烟四时合[4]，黄河万里清[5]。
翠柳荫通街[6]，朱阙[7]临高城。
方毂[8]雷尘起，接袖风云生。
酣笑[9]争日夕，丝管[10]互逢迎。
徂年[11]无促虑，长歌有余声。

【注释】

　　[1]长歌引：乐府舞曲歌辞杂舞曲调名。《通典》曰："乐之在耳者曰声，在目者曰容。声应乎耳，可以听知，容藏于心，难以貌观。故圣人假干戚羽旄以表其容，发扬蹈厉以见其意，声容选和而后大乐备矣。《诗序》曰：'咏歌之不足，不知手之舞之足之蹈之。'"　[2]周雅听休明：周雅，《诗经》部类名，包括《小雅》、《大雅》，共一百〇五篇。《小雅》主要是政治抒情诗，也有宴会酬答诗。《大雅》主要是中国古代史诗、政治讽刺诗和宴会酬答诗三部分。因《诗经》中均周朝时代的民歌和歌辞，故称"周雅"。休明，美好清明，用以赞美明君或盛世。　[3]齐德觏升平：觏，遇见。这句意为高行盛德遇见了太平盛世，是歌颂之语。《周易·乾卦·文言》说："'大人'者与天地合其德，与日月合其明，与四时合其序，与鬼神合吉凶，先天而天弗违，后天而奉天时。"　[4]紫烟四时合：紫烟，紫色祥云；四时合，四时合序。　[5]黄

河万里清：古人认为"圣人出，黄河清"，黄河水清是祥瑞之兆。这句歌颂万里太平、社会祥和。　［6］翠柳荫通街：翠柳树荫遮蔽一条街道。　［7］朱阙：宫殿前红色的柱子，借指皇宫、朝廷。　［8］方毂：两辆马车并驾同行。　［9］酣笑：尽情欢笑。　［10］丝管：弦乐器与管乐器，泛指乐器，亦借指音乐。　［11］徂年：流年，光阴。

【赏析】

　　这首舞曲词歌颂明王圣君和太平盛世。作品语言华丽，气势浑弘，开合自如，挥洒肆意，表现出作者豪迈乐观的气概和情绪。

黄河万里清　摄影／孟宪明

龙羊峡　摄影 / 王伟

# 吴均

（469—520年）南朝梁文学家、史学家。字叔庠，吴兴故鄣（今浙江安吉）人。出身贫寒，好学有俊才。官至奉朝请。注范晔《后汉书》九十卷，著《齐春秋》三十卷、《庙记》十卷、《十二州记》十六卷、《钱塘先贤传》五卷，志怪小说《续齐谐记》。其诗文自成一家，常描写山水景物，称为"吴均体"，开创一代诗风。有《吴均集》二十卷。

## 送 归 曲[1]

送子独南归[2]，揽衣空闵默[3]。
关山[4]昼欲暗，河冰夜向塞[5]。
燕至[6]他人乡，雁去[7]还谁国。
寄子两行书，分明达济北[8]。

【注释】

[1]送归曲：乐府杂曲歌辞曲调名。 [2]送子独南归：送孩子独自南归家乡。 [3]揽衣空闵默：闵默，忧郁不语。这句意为孩子牵着父亲的衣服忧郁不语。 [4]关山：关隘山岭。 [5]河冰夜向塞：夜间黄河水结冰把河道阻塞。 [6]燕至：燕子为鸟类的一种；候鸟，秋天飞南方，春天回北方。"燕至"的时候，北方已是春天了。 [7]雁去：大雁也是一种候鸟，到"雁去"时，北方就进入了秋末。 [8]济北：地名。在今山东肥城、东阿、阳谷一带。因在济水之北，故称。

【赏析】

这首曲词写作者送幼子独自南归回乡。寒冷的冬季，天暗日昏，黄河冰塞。幼子默默地扯着父亲的衣襟不愿松开，自己漂泊他乡，此后与孩子的联系只靠几行书信了。语言朴实，景中寓情。送别幼子的离情及对幼子的担心和不舍跃然纸上，自然而然给人以悲愁凄凉之感。

# 庾肩吾

（487—551年）南朝梁文学家、书法理论家。字子慎，一作慎之，南阳新野（今属河南）人，世居江陵。历仕太子中庶子、度支尚书、江州刺史等，封武康县侯。《书品》为其重要的书法论著。有《梁度支尚书庾肩吾集》。

## 洛 阳 道[1]

徼道临河曲[2]，层城傍洛川[3]。
金门[4]才出柳，桐井[5]半含泉。
日起罘罳[6]外，车回双阙[7]前。
潘生[8]时未返，遥心徒眷然[9]。

【注释】

[1]洛阳道：乐府横吹曲辞曲调名，为汉横吹曲第十二曲。《乐府诗集》横吹曲辞题下有解："横吹曲，其始亦谓之鼓吹，马上奏之，盖军中之乐也。"《乐府题》："汉横吹曲，二十八解，李延年造。魏晋以来，唯传十曲：一曰《黄鹄》，二曰《陇头》，三曰《出关》，四曰《入关》，五曰《出塞》，六曰《入塞》，七曰《折杨柳》，八曰《黄覃子》，九曰《赤子扬》，十曰《望行人》。后又有《关山月》、《洛阳道》、《长安道》、《梅花落》、《紫骝马》、《骢马》、《雨雪》、《刘生》八曲，合十八曲。"　[2]徼道临河曲：徼（音 jiào）道，巡逻警戒的道路。这句意为巡逻的道路临着黄河弯曲的边上。　[3]层城：古代神话中昆仑山上的高城。泛指高城。傍：靠近。洛川：洛阳地区的山川。　[4]金门：黄金装饰的门。泛指皇族富贵之家。　[5]桐井：古井。　[6]罘罳（音 fú sī）：古代设在门外或城角上的网状建筑，用以守望和防御。　[7]阙：皇宫门前两边供瞭望的楼，也泛指京城、宫殿。　[8]潘生：指晋朝人潘岳。潘岳，字安仁，河南中牟人，西晋著名文学家、政治家，西晋文坛三大家之一。貌美风雅，被誉为"古代第一美男子"。　[9]遥心徒眷然：遥心，心向远方；徒，白白的，无用的；眷然，顾念依恋的样子。

【赏析】

这首曲词写军旅戎马生活，大气开阔，自然流畅。写景叙情，自豪中又流露出思乡之情。

# 刘孝威

(约490—549年)南朝梁文学家。彭城(今江苏省徐州)人。官中庶子兼通事舍人。侯景作乱,他从围城中逃出,死于安陆。善写五言诗,原有集,已散佚,明人辑有《刘庶子集》。

## 公无渡河[1]

请公无渡河,河[2]广风威厉。
樯偃落金乌[3],舟倾没犀枻[4]。
绀盖空严祀[5],白马徒牲祭[6]。
衔石伤寡心[7],崩城掩孀袂[8]。
剑飞犹共水[9],魂沉理俱逝[10]。
君为川后臣[11],妾作江妃娣[12]。

【注释】

[1]公无渡河:乐府相和歌辞曲调名,又名箜篌引。崔豹《古今注》说:"《箜篌引》者,朝鲜津(渡口)卒霍里子高妻丽玉所作也。子高晨起刺船,有一白首狂夫,被发提壶,乱流而渡,其妻随而止之,不及,遂堕河而死。于是(他的妻子)援箜篌(古代弦乐器名)而歌曰:'公无渡河,公竟渡河,堕河而死,将奈公何!'声甚凄怆,曲终亦投河而死。子高还,以语丽玉。丽玉伤之,乃引箜篌而写其声,闻者莫不堕泪饮泣。丽玉以其曲传邻女丽容,名曰《箜篌引》。" [2]河:黄河。 [3]樯(音qiáng):桅杆。偃:倒下。金乌:太阳。 [4]犀:坚固。枻(音yì):船舷。 [5]绀(音gàn):深青中透红的颜色。盖:车盖。绀盖指皇帝乘坐的车。空:白费劲。与下句中"徒"同义。严祀:庄严的祭祀。 [6]牲祭:以活马为牺牲祭品。公元前109年,汉武帝征发数万人堵塞黄河的瓠子决口,他率群臣百官亲临工地,把白马、玉璧投入河中祭祀河神。 [7]衔石:《山海经》上说:炎帝的小女儿溺死在东海,化成精卫鸟,常衔西山的木石填海,以报溺死之仇。这里取"含恨"的意思。寡:寡妇;和下面的"孀"同义。 [8]崩城掩孀袂:用的是孟姜女哭夫塌城墙的故事。齐庄公

四年（前550年），孟姜女的丈夫杞梁殖随齐庄公攻莒，被俘杀害。传说孟姜女在丈夫死的地方，大哭十天，城墙都被哭塌了，她也投淄水而死。袂（音mèi），衣袖。　[9]剑飞犹共水：用的是《晋书·张华传》上的故事。豫章人雷焕通晓纬象，他说丰城当出宝剑，张华就让他当了丰城令。雷焕挖掘监狱屋基得两剑，雄为干将，雌为莫邪，精气上彻，光芒艳发。他将雄剑送给张华，雌剑自己带。后来张华被杀，雄剑失落。雷焕死后，他儿子佩带雌剑行经延平津，剑忽从腰中飞出，堕入水中，后见两条龙，身有花纹，各长数丈。从此雌剑也失落了。这句是说，失散多年的雌剑和雄剑尚能重新会合。　[10]魂：魂魄。理：伦理，指夫妻关系。这句是说，人死了，夫妻的恩爱情份也就随之消失了。　[11]川后：水神名。臣：臣仆。　[12]江妃：江中女仙。娣（音dì）：古代贵族官僚家庭的妇女出嫁时随嫁的女子。最后两句是说，死后各分手。意即请君不要渡河，不然我们死后连雌雄剑都不如，它们尚能重新会合，我们却是殊途异路。

## 【赏析】

　　这首诗是诗人在黄河边，就眼前所见河广风疾、波涌浪卷的情景，联想古代的传说故事，感而成篇，想象丰富，神思飞越。

河广风威利　摄影/孟宪明

# 谢微

（500—536年）南朝梁诗人。字元度，陈郡阳夏（今河南省太康）人。刻苦好学，擅长文学。历任豫章王长史、兰陵太守。当时魏国中山王离梁北还，梁武帝在武德殿设宴饯行，令谢微赋诗三十韵，限三刻完成。谢微只用二刻就完成了，文辞华美，武帝再三观读。有文集。

## 济 黄 河[1]

积阴晦平陆[2]，凄风结暮序[3]。
朝辞金谷[4]戍，夕逗黄河渚[5]。
赤兔徒联翩[6]，青凫讵容与[7]。
泪甚声难发，悲多袖未举[8]。
虚薄[9]谬君恩，方嗟别宛许[10]。

### 【注释】

[1]济黄河：乐府杂曲歌辞曲调名。 [2]积阴：堆积的浓云。晦：昏暗。平陆：平坦的陆地。 [3]结：凝结。暮序：岁序之末，指暮冬。 [4]金谷：地名，也称金谷涧。在河南省洛阳市东北。 [5]逗：逗留。渚：水中间的小块陆地。 [6]赤兔：传说中象征吉祥的瑞兽，古人认为，有盛德的皇帝当世，才会有赤兔出现，这里是借渚上的动物来歌功颂德。徒：众多。联翩：原形容鸟飞的样子，这里是指赤兔的轻快奔跑。 [7]凫（音fú）：水鸟名。讵（音jù）：岂。容与：安逸自得的样子。 [8]"泪甚"二句是说：泪水横流，声音都发不出来；悲苦难挨，袖子也不举了（泪多得都用不着擦了）。 [9]虚：虚浮。薄：浅薄、不宽厚。"虚薄"是诗人自指。 [10]嗟：嗟叹。宛：即宛丘。春秋时是陈国国都，南朝梁时为陈郡。许：地名。紧临宛丘西。谢微是陈郡阳夏人，宛许之地是其故乡。这两句意思是说，自己虚浮浅薄，错领了皇上的厚恩。不嗟叹离别故乡宛地出来做官！换句话说，要不出来做官，就不会错受皇上厚恩，使自己惶愧得"泪甚声难发，悲多袖未举"了！

【赏析】

　　冬末的一个傍晚，作者站在河中沙洲上、看着眼前阴云晦暗，凫兔联翩的情景，深感错领了皇上的厚恩而涕泪交零。实际上，这是一首曲折地为皇上歌功颂德的歌词。史载，梁武帝欲立萧纲为太子，事前也仅与谢微等三人商议，可见其被宠信的程度。

夕逗黄河渚　摄影／孟宪明

# 萧纲

（503—511年）南朝梁文学家。字世缵，南兰陵（今江苏省常州西北）人。即梁简文帝，在位二年，被叛将侯景杀死。做太子时，常和当时的文士们写诗词描写宫中生活，文辞绮丽轻靡。原有集，已散佚，后人辑有《梁简文帝集》。

## 乌栖曲[1]（四首选一）

芙蓉作船丝作䍠[2]，北斗横天月将落[3]。
采莲渡头碍黄河[4]，郎今欲渡畏风波[5]。

【注释】

[1]乌栖曲：乐府清商曲辞西曲歌曲调名。《乐府诗集》之《清商曲辞》题下解曰：清商乐，一曰清乐。清乐者，九代之遗声。其始即相和三调是也，并汉魏以来旧曲。其辞皆古调，歌辞内容多写宴游玩乐之事。　[2]芙蓉作船丝作䍠：芙蓉，木芙蓉为一种落叶灌木；丝作䍠（音zuò），用丝线做镶饰。这句写芙蓉木做的船而用丝线来做装饰。　[3]北斗：在北方排列成斗形的七颗亮星。月将落：月亮将要落下，天快亮了。　[4]采莲渡：古代黄河津渡名。碍：阻隔、阻挡。　[5]今：犹言"现在"。畏：害怕。风波：风浪。

【赏析】

这首诗写一个恋人想在夜里幽会意中人，又怕黄河风高浪险的情形。站在渡口漂亮的船头，一心要去见心上人，但眼巴巴地直站到星斗横天、月儿将落，却还是被波涌浪滚的黄河水阻住了脚步。年轻人那急切、懊恼的样子活灵活现，不由得让人同情。

# 煌煌京洛行[1]

南游偃师县[2],斜上灞陵[3]东。
回瞻龙首堞[4],遥望德阳宫[5]。
重门[6]远照耀,天阁复穹窿。
城旁疑复道,树里识松风。
黄河入洛水[7],丹泉绕射熊[8]。
夜轮悬素魄[9],朝光荡碧空。
秋霜晓驱雁,春雨暮成虹。
曲阳造甲第[10],高安还禁中[11]。
刘苍归作相[12],窦宪出临戎[13]。
此时车马合,兹晨冠盖通。
谁知两京[14]盛,欢宴遂无穷。

**【注释】**

[1]煌煌京洛行:乐府相和歌辞瑟调曲曲调名。煌煌,光彩夺目的样子。京洛:京城长安和洛阳。 [2]偃师县:县治名。位于河南省中西部地区,南依嵩山,北临黄河,西接洛阳市郊,东与巩义市(原巩县)为邻。 [3]灞陵:汉孝文帝刘恒和窦皇后合葬的陵寝,位于西安东郊白鹿原东北角、灞河西岸。 [4]龙首:山名。在陕西省西安市长安区北,一名龙首原。堞:城上如齿状的矮墙。 [5]德阳宫:又称德阳殿,汉代洛阳北宫的宫殿名,是北宫最大的宫殿,高大雄伟。据说离洛阳四十三里的偃师城可望见德阳殿及朱雀阙。 [6]重门:谓层层设门。 [7]黄河入洛水:洛水即洛河,是黄河支流之一。洛河发源于陕西省蓝田县境华山南麓,流经洛南、卢氏、洛阳,于巩义境入黄河。 [8]丹泉:传说中的仙泉,饮之不死。射熊:是一个典故,说是春秋时晋大夫赵简子在梦中到了天帝居处,欣赏了音乐,又奉天帝命射死一只熊。赵简子请术士圆梦,据梦兆选立贤子毋恤为太子。后遂用为咏太子之典。 [9]夜轮:月亮。素魄:月,月光。 [10]甲第:豪门贵族的宅第。 [11]禁中:指帝王所

居的宫内，也作"禁内"。　　［12］刘苍归作相：刘苍，人名，东汉光武帝刘秀之子，汉明帝刘庄同母弟。刘苍于建武十五年（39年）受封为东平公，十七年（41年）晋封为东平王。汉明帝永平元年（58年），为骠骑将军，在朝辅政。　　［13］窦宪出临戎：窦宪，人名，东汉名将，外戚，其妹为汉章帝皇后。窦宪因皇帝重用恩宠而日骄，派人刺杀太后的宠臣刘畅，嫁祸于蔡伦，事泄获罪。窦宪遂请求出击北匈奴，以功赎死。　　［14］两京：两个京城，两个首都，指长安和洛阳。

【赏析】

　　这首歌词写作者从洛阳到长安一路的所见、所闻、所思、所感。语言通畅，用词瑰丽，善于用典。写出了山川壮美、风景秀丽，写出了社会繁荣、盛世太平和作者愉悦的情怀。

洛水入黄河　摄影／王伟

# 费昶

（生卒年不详）南北朝时期梁代人，约梁武帝天监九年（510年）前后在世。字不详，江夏（今湖北武汉）人。有才名，善作乐府，又作鼓吹曲，为梁武帝所重。有文集三卷。

## 行 路 难[1]

君不见人生百年如流电[2]，心中坎壈[3]君不见。
我昔初入椒房[4]时，讵减班姬与飞燕[5]。
朝逾金梯上凤楼[6]，暮下琼钩[7]息鸾殿。
柏梁[8]昼夜香，锦帐自飘扬。
笙歌枣下曲[9]，琵琶陌上桑[10]。
过蒙恩所赐[11]，余光曲沾被[12]。
既逢阴后[13]不自专，复值程姬[14]有所避。
黄河千年始一清[15]，微躯再逢永无议[16]。
蛾眉偃月[17]徒自妍，傅粉施朱[18]欲谁为。
不如天渊水中鸟[19]，双去双归长比翅。

【注释】

[1]行路难：乐府杂曲歌辞曲调名。《乐府解题》曰："《行路难》，备言世路艰难及离别悲伤之意，多以君不见为首。" [2]君不见人生百年如流电：君不见，君子您看不见；人生百年如流电，是说人生短暂，百年如闪电一般转瞬即逝。 [3]坎壈（音lǎn）：困顿，不顺利。 [4]椒房：西汉未央宫皇后所居殿名，亦称椒室。因以花椒和泥涂墙壁得名，椒室不但温暖芳香，而且寓意多子。后亦用为后妃的代称。 [5]讵减：岂能减少姿色于（她们）；班姬：名班恬，汉成帝刘骜的妃子。她工诗善赋，很受帝宠，被封为婕妤；飞燕：即赵飞燕，舞跳得好，身轻如燕，独创"掌上舞"。入汉成帝刘骜后宫甚为得宠，先封婕妤，后封皇后。 [6]逾：越过、跨越；金梯：金子做的楼梯，楼梯的美称；凤楼：宫内的楼阁或女子的居处。 [7]琼钩：

琼玉做的帐钩。　[8]柏梁：柏梁，即柏梁台。汉朝宫殿建筑群，君臣歌咏宴游的场所。　[9]笙歌枣下曲：笙歌，合笙之歌，也指吹笙唱歌或奏乐唱歌；枣下曲，古乐曲曲调名；或曰在枣树下演奏乐曲。　[10]琵琶陌上桑：琵琶，乐器名，这里指用琵琶演奏；陌上桑，汉乐府相和歌辞曲调名，一名"艳歌罗敷行"，又名"日出东南隅行"。　[11]过蒙恩所赐：过蒙，过分蒙受；恩所赐，皇恩所赏赐的。　[12]余光曲沾被：余光，剩余的恩泽、好处；曲沾被，拐着弯的沾光。　[13]阴后：指东汉光武帝皇后阴丽华，仁爱怜悯，恭谨俭约。　[14]程姬：汉景帝的姬妾。　[15]黄河千年始一清：黄河水本是泛黄混浊的，传说一千年变清澈一次。　[16]微躯再逢永无议：卑微的身躯再蒙皇帝恩宠是永远不可能了。　[17]蛾眉：像蚕蛾一样的细长眉毛。偃月：横卧的半弦月、平躺的弯月。比喻好看的额骨。　[18]傅粉施朱：抹粉涂脂。　[19]天渊水中鸟：天渊，高空与深潭；水中鸟，指鸳鸯。

【赏析】

　　这首歌词以一个内宫女子的口气，写皇帝后宫女子生活的不易和人生的艰难。对受宠时的奢侈生活极尽铺陈，更显失宠后的生活凄凉。发出了"黄河千年始一清，微躯再逢永无议。蛾眉偃月徒自妍，傅粉施朱欲谁为"的悲叹。最后两句"不如天渊水中鸟，双去双归长比翼"表达了对比翼双飞、一生一世一双人之正常爱情生活的羡慕和向往。

## 发　白　马[1]

家本楼烦[2]俗，召募羽林儿[3]。
怵羌角抵戏[4]，习战昆明池[5]。
弓弢[6]不复挽，剑衣恒露铍[7]。
一辞豹尾[8]内，长别属车垂[9]。
白马[10]今虽发，黄河未结澌。
寄信闺中妇，逢春心勿移。

【注释】

[1]发白马:乐府杂曲歌辞曲调名。白马是黄河古津渡名,春秋时卫国曹邑有黎阳津,又叫白马津。"发白马",是说征戍发兵从这里出发。黎阳津遗址在今天的河南省浚县黎阳镇角场营村黄河故道旧堤边。 [2]楼烦:人名,因善于骑射,故以代指善骑射的将士。 [3]召募:招募,募集。羽林儿:汉代禁卫军。西汉武帝时选拔陇西、天水、安定、北地、上郡、西河六郡的良家子弟,守卫建章宫,称为羽林骑,东汉改称羽林郎。 [4]角抵戏:近似摔跤的一种游戏。 [5]昆明池:汉武帝元狩三年(前120)于长安西南郊挖掘,以习水战。池周围四十里,广三百三十二顷。 [6]弢(音tāo):古代装弓或箭的套子、袋子。 [7]铍:长矛。 [8]豹尾:天子属车上的饰物,借指天子属车,即豹尾车。 [9]属车:天子出行时的侍从车。 [10]白马:指黄河白马津渡口。

【赏析】

这首歌词从一个出征奔赴战场的军人的角度,写从皇家禁卫军转赴前线。描写了羽林军的生活,表现出军人的自信和自豪;同时,抒发了对妻子的思念担忧之情。

黄河未结澌　摄影/孟宪明

# 庾信

(513—581年）北周文学家。字子山，南阳新野（今河南省新野县）人。初在梁朝为官，后来出使西魏，恰值西魏灭梁，被留在长安。先后在西魏、北周为官，至骠骑大将军、开府仪同三司，世称"庾开府"。他的诗多是羁留北朝后，痛思国破家亡、屈身异国、怀念乡关之作。作品风格萧瑟苍凉。原有集，已散佚，后人辑有《庾子山集》。

## 燕 歌 行[1]

代北[2]云气昼昏昏，千里飞蓬[3]无复根。
寒雁丁丁渡辽水[4]，桑叶纷纷落蓟门[5]。
晋阳山头无箭竹[6]，疏勒城中乏水源[7]。
属国[8]征戍久离居，阳关[9]音信绝能疏。
愿得鲁连飞一箭，持寄思归燕将书[10]。
渡辽本自有将军，寒风萧萧[11]生水纹。
妾惊甘泉[12]足烽火，君讶渔阳[13]少阵云。
自从将军出细柳[14]，荡子[15]空床难独守。
盘龙明镜饷秦嘉[16]，辟恶生香寄韩寿[17]。
春分燕来能几日，二月蚕眠不复久。
洛阳游丝[18]百丈连，黄河春冰千片穿[19]。
桃花颜色好如马。榆荚[20]新开巧似钱。
蒲桃[21]一杯千日醉，无事九转[22]学神仙。
定取金丹[23]作几服，能令华表[24]得千年。

**【注释】**

[1]燕歌行：乐府相和歌辞平调曲曲调名。《乐府题解》曰："晋乐奏魏文帝《秋风》、《别日》二曲，言时序迁换，行役不归，妇人怨旷无所诉也。"《广题》曰："燕，地名也，言良人从役于燕，而为此曲。" [2]代北：古地名，战国时赵雁门郡地。泛指汉、晋代郡北部或以北地区，即今山西北部及河北西北部一带。 [3]飞蓬：野草蓬蒿。 [4]寒雁丁丁渡辽水：寒雁，秋冬天寒时的大雁；丁丁，形容大雁的鸣叫

声；渡，过河；辽水，即辽河，发源河北省平泉县七老图山脉的光头山，流经河北、内蒙古、吉林、辽宁而注入渤海。　　[5]蓟门：地名。春秋战国时的燕国，以蓟城为国都，称为蓟门。大约在今北京市德胜门外。　　[6]晋阳山头无箭竹：晋阳，战国时古城名。旧址在今山西省太原市晋源区一带。说是战国时赵襄子为保卫晋阳，曾利用围植在晋阳城垣四周的箭竹以备足箭矢。这句意为现在这里已经没有箭竹了。　　[7]疏勒城中乏水源：疏勒城，汉代西域车师国境内的一座城，位于天山北麓，傍临深涧，地势险要，扼守天山南北通道。东汉时，大将军耿恭曾被匈奴围于疏勒城中，并被切断了水源，耿恭便在城中掘井得水。这句意为目前却是"乏水源"。　　[8]属国：古时附属于宗主国的国家。　　[9]阳关：古关名，位于甘肃省敦煌市西南的古董滩附近。西汉置关，因在玉门关之南，故名阳关。　　[10]愿得鲁连飞一箭，持寄思归燕将书：鲁连即鲁仲连，战国时期齐国人。相传有一次燕军占领了齐国的聊城，齐将田单领兵攻打，欲夺回聊城。但是，燕将带兵死守，过去了年余还是没有攻下。鲁连给燕将写了一封书信，分析形势，陈说利害，并用弓箭将信射入城中。燕将被困城中一年多，正处于走投无路之际，看了书信，进退两难，便自刎了，齐国收回了聊城。这两句借用典故，表达如果有一支鲁连之箭射一封书信到边关，把亲人唤回家乡的愿望。　　[11]萧萧：形容寒风鸣叫的声音。　　[12]甘泉：地名。在今陕西省延安境内，属于黄土高原丘陵沟壑地带。　　[13]渔阳：战国时郡名。在北京市密云区一带。　　[14]细柳：地名，长安西南。　　[15]荡子：指离家远出不返的人。这里指从军戍边的亲人。　　[16]盘龙明镜饷秦嘉：盘龙明镜，即有龙纹雕饰的铜镜；饷秦嘉，说的是汉代人秦嘉与妻徐淑写诗答和，诉说夫妇惜别互诉忠诚之情的故事。　　[17]辟恶生香寄韩寿：则说的是晋代人贾充女与韩寿相爱、偷奇香相赠的故事。　　[18]游丝：飘荡在空中的蜘蛛丝。　　[19]黄河春冰千片穿：黄河千层坚冰消融破碎。　　[20]榆荚：即榆钱，榆树的种子。　　[21]蒲桃：指葡萄酒。　　[22]九转：道教炼丹的最高级别，九转丹是最好的丹药。晋葛洪的《抱朴子》："九转之丹服之，三日得仙。"　　[23]金丹：黄色的丹药。服之可以成仙、长生不老。　　[24]华表：古代用以表示王者纳谏或指示道路的柱子。古代设在桥梁、宫殿、城垣或陵墓前的柱子也称华表。

**【赏析】**

这首长歌写一个女子对从军边关的丈夫的思念。先写了边地的荒凉和恶劣的环境气候，又写了戍边生活的艰难困苦，着重写对丈夫的爱恋思念，对丈夫早日归来、夫妻团聚的愿望和迫切心情，对未来美好生活的憧憬想象，从而抒发了思妇的缠绵旷逸之情。叙事真实，抒情深切，富有感染力。

# 从军行[1]

河图论阵气[2]，金匮辨星文[3]。
地中鸣鼓角[4]，天上下将军[5]。
函犀恒七属[6]，络铁本千群[7]。
飞梯聊度绛[8]，合弩暂凌汾[9]。
寇阵先中断，妖营即两分。
连烽对岭度，嘶马隔河[10]闻。
箭飞如疾雨，城崩似坏云，
英王[11]于此战，何用武安君[12]。

【注释】

[1]从军行：乐府相和歌辞平调曲曲调名。《乐府解题》曰："《从军行》皆军旅苦辛之辞。"　[2]河图论阵气：相传上古伏羲时，洛阳东北孟津县境内黄河中浮出龙马，背负河图，献给伏羲。河图上，排列成数阵的黑点和白点，蕴藏着无穷的奥秘，伏羲依此而演成八卦。　[3]金匮辨星文：道书中有三十六天罡，配七十二地煞。金匮星属一百〇八天罡地煞中的一种。金匮为财帛星，如一个人八字里有金匮，说明他命里财运旺好。　[4]地中鸣鼓角：战鼓声和号角声震动大地。　[5]天上下将军：将军勇猛，犹如天上飞来一样。　[6]函犀恒七属：披挂犀牛角做成的铠甲。　[7]络铁本千群：用金属制作的铠甲。　[8]飞梯聊度绛：绛指绛水，源出山西省绛县北。这句是说飞梯渡过绛水。　[9]合弩暂凌汾：汾即汾水，源出山西省太原晋阳山，西南注入黄河。这句意为齐发的箭弩暂时分开了汾河水的冰凌。　[10]河：指黄河。　[11]英王：或指秦末汉初名将英布。英布与韩信、彭越并称"汉初三大名将"，善打游击战，为汉王朝的建立立下了汗马功劳，被封为淮南王。淮南之封地是古英国之地，为夏禹封给皋陶的诸侯国，也是英布的出生地。　[12]武安君：指战国末期人苏秦。苏秦是纵横派代表人物，他出使六国，佩六国相印，采用合纵策略联合山东六国与秦国对峙。

【赏析】

这首歌词写发生在黄河岸边的一场战役。"我"军兵强马壮、将广帅强,排兵布阵,一举而胜。直打得敌人溃不成军,阵乱营毁,城坏墙塌。用词考究,语言明朗,充满了军人的自豪感和荣誉感。

## 徵调曲[1](六首选一)

圣人千年始一生,黄河千年始一清[2]。
摄提以之而从纪[3],玉烛[4]于是而文明。
东南可以补地缺,西北可以正天倾[5]。
浮鼋[6]则东海可厉,运锸[7]则南山可平。
众仙就朝于瑶水[8],群帝受享于明庭[9]。
怀和则秣任[10]并奏,功烈则钟鼎俱铭[11]。

【注释】

[1]徵调曲:乐府燕射歌辞周五声调曲曲调名。"五声"即"五音"、"五调":宫、商、角、徵、羽。《周五声调曲曲序》曰:"元正飨会大礼,宾至食举,称觞荐玉。六律既从,八风斯畅。以歌大业,以舞成功。" [2]圣人千年始一生,黄河千年始一清:古人认为,人间千年出一个圣人,黄河水千年澄清一次。 [3]摄提:据说是天皇氏(三皇之首)时代创制的纪元法,以六十甲子为运转周期。或说为古星官名,司职定四季,列于大角星两侧,皆位于牧夫座。纪:古时以十二年为一纪。 [4]玉烛:烛的美称。此处谓四时之气和畅,形容太平盛世。 [5]东南可以补地缺,西北可以正天倾:此处用了天塌地陷、女娲补天修地的故事。《淮南子·天文训》载:"昔者共工与颛顼争为帝,怒而触不周之山,天柱折,地维绝,天倾西北,故日月星辰移焉;地不满东南,故水潦尘埃归焉。"《淮南子·览冥训》:"于是女娲炼五色石以补苍天,断鳌足以立四极,杀黑龙以济冀州,积芦灰以止淫水。苍天补,四极正;淫水涸,冀州平;狡虫死,颛民生。"这里是说东南地缺补了,西北天倾正了,正是太平盛世。 [6]鼋:大鳖。 [7]锸(音chā):铁锹,掘土的工具。 [8]瑶水:即瑶池,在昆仑山上。神话传说中西王母的居处。 [9]明庭:又作明廷,圣明的朝廷。 [10]秣任:乐

器名。 [11]铭：铸、刻或写在器物上记述生平、事迹或警诫自己的文字，表示纪念，永志不忘。

【赏析】

　　这是一首颂扬圣主明君、盛世太平的歌词。文字张扬恣肆，文采飞扬。

# 羽调曲[1]（五首选一）

定律零陵玉管[2]，调钟始平铜尺[3]。
龙门之下孤桐[4]，泗水之滨鸣石[5]。
河灵于是让珪[6]，山精所以奉璧[7]。
涤九川[8]而赋税，乘三危而纳锡[9]。
北里之禾六穗[10]，江淮之茅三脊[11]。
可以玉检封禅[12]，可以金绳探册[13]。
终永保于鸿名，足扬光于载籍。

【注释】

　　[1]羽调曲：乐府燕射歌辞周五声调曲曲调名。　　[2]定律：调定音律。玉管：玉制的管乐器。　　[3]调钟：击钟，调和乐器。铜尺：亦名铜律。依此校准乐器，以调和声韵。　　[4]龙门：即龙门山峡谷，黄河从此经过。传说大禹治水时，开凿龙门疏导河流，所以又称禹门。《水经注》载："龙门为禹所凿，广八十步，岩际镌迹尚存。"在今山西河津市西北与韩城市东北夹河对峙，黄河穿流奔腾而过，两岸峭壁相望，形如门阙。桐：即桐树。桐木可以做琴。　　[5]泗水：水名。发源于新泰市东南太平顶山西侧。鸣石：古人说是一种青色玉石，撞击发出的声响能传到七八里之外，可以用来制作乐器——磬。　　[6]河灵：神话传说中的黄河水神巨灵。珪：古玉器名；长条形，上端为三角形，下端正方形，古代贵族朝聘、祭祀、丧葬时以为礼器。　　[7]山精：山间精灵。璧：平圆形中间有孔的玉器，古代典礼时用作礼器。　　[8]九川：九州的大河。　　[9]三危：是古代对青藏高原的一种称呼，是史书记载中最早的敦煌地名。

纳锡：入贡。［10］北里之禾六穗：北里的庄稼每棵长六个穗。［11］江淮之茅三脊：江淮之间的茅屋有三层脊。［12］玉检：玉牒书的封箧，借指玉牒书。封禅：封为祭天，禅为祭地。指古代帝王在太平盛世或天降祥瑞时祭祀天地的大型典礼。［13］金绳探册：用黄金或其他金属制成的绳索编连策书。

【赏析】

写音律，得宝物。降祥瑞，得福气。祭天地，编策书。这是一首歌大业、颂盛世的歌词。

## 四 举 酒[1]

八表[2]欢无事，三秋[3]贺有成。
照临[4]同日远，渥泽[5]并云行。
河变千年色[6]，山呼万岁声[7]。
愿修封岱礼[8]，方以称文明。

【注释】

［1］四举酒：乐府燕射歌辞晋朝飨乐章曲调名。四举，第四次举杯献酒。［2］八表：即八荒，八方以外，指极远的地方。［3］三秋：指农事的秋收、秋耕、秋种。［4］照临：照射到。［5］渥泽：恩泽、恩惠。［6］河变千年色：黄河水千年改变一次颜色，意同"黄河千年始一清"。［7］山呼万岁声：据说有一年三月，汉武帝到中岳嵩山封禅，走到太室山下，跟随之人都听到山里传出高呼万岁的声音。《史记·封禅书》："三月，（汉武帝）遂东幸缑氏，礼登中岳太室。从官在山下闻若言'万岁'云。"［8］封岱：泰山封禅的典礼仪式。封，即封禅；岱，即指泰山；礼，典礼。

【赏析】

这是一首祝酒歌，极尽颂扬圣主明君、盛世太平之词。词句流畅明快。

兰州的黄河　摄影/王伟

# 王褒

（约513—576年）北周文学家。字子渊，琅琊临沂（今山东省临沂）人。梁元帝时，任吏部尚书。江陵被攻陷后，入西魏，被留。北周时为宜州刺史。他原是南朝宫体诗作家，到北方以后，作品风格有了改变，从纤巧变为质朴。原有集，已佚。明人辑有《王司空集》。

## 从军行[1]（二首选一）

黄河流水急，骢马[2]远征人。
谷望河阳县[3]，桥渡小平津[4]。
年少多游侠[5]，结客好轻身。
代风愁枥马[6]，胡霜宜角筋[7]。
羽书劳警[8]急，边鞍[9]倦苦辛。
康居因汉使[10]，卢龙称魏臣[11]。
荒戍唯看柳[12]，边城不识春。
男儿重意气[13]，无为羞贱贫[14]。

### 【注释】

[1]从军行：乐府相和歌辞平调曲曲调名。内容多写边塞情况和战士的生活。 [2]骢马：青白色的马。 [3]谷：山谷。河阳县：旧址在今河南省孟州西，南临黄河。 [4]小平津：黄河古渡口，也叫河阳津。在今河南省孟津县东北，东汉时为"八关"之一。 [5]游侠：古称轻生重义的人。这里指仗义的行为。 [6]代风：指朔漠寒冷之风。枥马：拴在槽上的马。枥，马槽。 [7]胡：胡地，指北方。角：较量、竞争。筋：筋骨，筋力。这两句是说：朔漠北风使槽边的马感到愁怕，严霜遍地却正适合游侠儿竞斗筋力。 [8]羽书：军事文书，插鸟羽表示紧急。警：凡报告危急的信息都可称"警"，这里指边警。劳：烦劳、辛劳。 [9]边鞍：守备边境的骑兵。 [10]康居：古西域国名。西汉宣帝时，匈奴郅支单于杀了汉朝使臣，逃往康居国。元帝建昭三年（前36年），西域都护甘延寿联合西域各国，攻至康居，杀了郅支单于。到成帝时，康居国派遣儿

子来侍奉汉朝，求封称臣。这句和下句意思都是鼓励战士要勇立军功。　［11］"卢龙"句是指魏王曹操北征乌桓的事。公元207年，曹操征辽西乌桓，带领军队出卢龙塞。乌桓战败，称臣。　［12］戍：边防区域的营垒、城堡。连下句是说边地荒凉，没有春天，戍边战士平时仅能看看柳树。　［13］意气：意志与气概。　［14］无为："不用"的意思。这句是说：男儿不要以贫、贱为羞事，应当参军从伍，建功立业。

【赏析】

　　这首诗从描写骑马渡河的军士落笔，赞扬了不怕吃苦、从军戍边的英雄气概，鼓励男儿要建功立业，不羞贫贱。

## 饮马长城窟行[1]

北走长安道[2]，征骑[3]每经过。
战垣临八阵[4]，旌门对两和[5]。
屯兵戍陇北[6]，饮马伴城阿[7]。
雪深无复道，冰合不生波[8]。
尘飞连阵聚，沙平骑迹多。
昏昏陇坻月[9]，耿耿雾中河[10]。
羽林犹角抵[11]，将军尚雅歌。
临戎[12]常拔剑，蒙险[13]屡提戈。
秋风鸣马首，薄暮[14]欲如何。

【注释】

　　[1]饮马长城窟行：乐府相和歌辞瑟调曲曲调名。　[2]长安道：往长安去的道路。　[3]征骑：出征的骑兵或战马。　[4]垣：矮墙，城。临：临战。八阵：古代打仗排兵用的阵法。《孙膑兵法》有"八阵"，谓步兵分三阵，车骑分三阵，选卒、下卒各一阵。实战时，"因地之利，用八阵之宜"。后成为论兵者习惯用语。　[5]旌门：古代帝王出行或安营，张帷幕为行宫，宫前树旌旗为门，称旌门。对：朝着或彼此朝着。两和：兵营左右门。　[6]陇北：陇山以北地区，在今宁夏南部一带。　[7]城阿：城角，城墙的凹曲处。　[8]冰合不生波：冰合，冰封河水。此句意为黄河水结了冰生不起波澜。　[9]昏昏：模糊。陇坻：陇山的关隘，指陇山一带地方。　[10]耿耿雾中河：耿耿，明亮、鲜明。这句意为雾中看黄河还是很分明的。　[11]羽林：汉代禁卫军。西汉武帝时建立。角抵：近似摔跤的一种游戏。　[12]临戎：亲临战斗。　[13]蒙险：遭遇危险。　[14]薄暮：傍晚、黄昏。

【赏析】

　　这首歌词写军中生活。既描述了陇北之地环境的恶劣苦寒，亦反映了军旅生活的艰难困苦。同时，表现出将士们豁达的生活态度和向上乐观的精神。

黄河流水急　摄影／孟宪明

# 江总

（519—594年）南朝陈文学家。字总持，济阳考城（今河南省兰考东）人。曾在梁、陈、隋三朝中做官，陈时官至尚书令，世称"江令"。以善写艳诗著称。原有集，已散佚。明代人辑有《江令君集》。

## 济黄河

葱山沦外域[1]，盐泽隐遐方[2]。

两源分际[3]远，九道[4]派流长。

未殚[5]所闻见，无待验词章[6]。

留连嗟太史[7]，惆怅践黎阳[8]。

导波萦地节[9]，疏气耿天潢[10]。

悯周沉用宝[11]，嘉晋肇为梁[12]。

【注释】

[1]葱山：即葱岭。过去对帕米尔高原和昆仑山脉、喀喇昆仑山脉、天山山脉西部诸山的总称，是古代中国和西方交往的重要通道，在今新疆维吾尔自治区塔什库尔干塔吉克自治县。沦：沦落。外域：指陈朝版图以外的地方。　[2]盐泽：古湖泊名，即现在的新疆罗布泊，因水含盐质而得名。又称蒲昌海。隐：隐没。遐方：远方。　[3]两源：指黄河的两个源头，即上两句中的"葱山"和"盐泽"。关于黄河的发源地，古时有各种不同的说法。有人说，黄河源有二：一出葱岭山，一出于阗（今新疆和田一带），二水合流入蒲昌海，蒲昌海从地下向南潜流到积石山（即阿尼玛卿山），就是黄河。有人说黄河源有三：一为葱岭南河，一为葱岭北河，一为于阗。分际：分界。　[4]九道：即九河。相传大禹曾在河北平原中部分黄河为九河，即徒骇、太史、马颊、覆釜、胡苏、简、絜、钩盘、鬲津，现已不能确指。　[5]殚（音dān）：尽。　[6]验：验证。词章：同"辞章"，诗文的总称。这两句是说：对于黄河虽未能全部了解，但也无须等待去查证关于它的诗文。　[7]留连：留恋不愿离开。太史：即上文"九道"中的一条河流，地点已不能确指。　[8]惆怅：伤感、失意的样子。践：到、临。黎阳：古津渡名。故址在今河南省浚县东南，位于黄河北岸，与白马津相对。　[9]导波：导河。欲使河水畅通。萦（音yíng）：缠绕，围绕。地节：高峻的地方。　[10]疏气：疏朗的水气。耿：光灿烂明亮的择子。天潢：也称"天横"。星官名，属毕宿，

共有五星。　[11]悯：怜悯、同情。周：指周穆王。据说，周穆王西征经过河伯冯夷居住的地方阳纡（古泽名，在今陕西省泾阳一带）之山，沉圭璧等宝器以为祭礼。河伯以礼相待，让周天子观看《河图》，按照《河图》所标示的水流方向，指点他西进的道路。　[12]嘉：夸奖、称赞。肇：始、开始。梁：河桥。晋安帝义熙中，乞佛于袍罕（故治所在今甘肃省临夏县）的河夹岸，在河上造一座飞桥，桥高五十丈，三年才建成。最后两句有歌颂进步之意。

【赏析】

这首诗随感而发，描绘了黄河源远流长、气派宏大的壮阔景象。

## 骢马驱[1]

长城兵气寒[2]，饮马讵[3]为难。
暂解青丝辔[4]，行歇镂衢鞍[5]。
白登[6]围转急，黄河冻不干[7]。
万里朝飞电[8]，论功易走丸[9]。

【注释】

[1]骢马驱：乐府横吹曲辞曲调名。多写关塞征役之事。　[2]气寒：天气寒冷。　[3]讵：不料，哪知，非常。　[4]青丝辔（音 pèi）：青丝的马嚼子和缰绳。　[5]镂衢（音 qú）鞍：即镂渠，马鞍名。　[6]白登：山名。白登山也称小白登山，今名马铺山，位于山西大同城东十里处。刘邦曾在此被匈奴大军包围。　[7]黄河冻不干：黄河结冰水不流。　[8]飞电：闪电。骏马名。　[9]走丸：出自《汉书·蒯通传》："为君计者，莫若以黄屋朱轮迎范阳令，使驰骛于燕赵之郊，则边城皆将相告曰'范阳令先下而身富贵'，必相率而降，犹如阪上走丸也。"颜师古注："言乘势便易。"后因以"走丸"比喻事势发展顺利而快速。

【赏析】

这是一首写军中征役生活的歌词。描述了关塞之地恶劣环境和气候寒冷，也抒发了将士们要建功立业的雄心壮志，表现了军人战士的豪迈气慨。

## 沈君攸

（？—573年）南朝后梁诗人。一作沈君游，吴兴（今浙江吴兴县）人。后梁时官至散骑常侍。博学，善文辞，尤工诗。长于写景，音律和谐。有文集十三卷，已佚。今存诗词十首。

### 桂楫泛河中[1]

黄河曲注[2]通千里，浊水分流引八川[3]。
仙查[4]逐源终未极，汉帝遗迹尚难迁[5]。
眇眇云根[6]侵远树，苍苍水气合遥天[7]。
波影杂霞无定色[8]，湍文[9]触岸不成圆。
赤马青龙交出浦[10]，飞云盖海远凌[11]烟。
莲舟渡沙转不碍[12]，桂楫距浪弱难前[13]。
风急金乌翅自转[14]，汀长锦缆影微悬[15]。
榜人欲歌先扣枻[16]，津吏犹醉强持船[17]。
河堤极望[18]今如此，行杯落叶讵虚传[19]！

**【注释】**

[1]桂楫泛河中：乐府杂曲歌辞曲调名。桂楫：桂木做的船桨。 [2]注：一作"渚"。指水中的小块陆地。 [3]八川：古指流经关中的灞、浐等八条河流。这里泛指中游的河流。 [4]仙查：即仙槎。传说汉代张骞曾奉武帝之命寻找黄河源头，他乘槎溯流而上，竟到了天河。这个传说故事，词人显然是不相信的，所以他说：乘槎的人最终还是没有找到河源。 [5]汉帝：指汉武帝。相传他曾命张骞寻找河源。 [6]眇眇：形容辽远的样子。云根：云起的地方。 [7]苍苍：深青色。遥天：遥远的天际。这两句写渺茫辽遥的大河景色。 [8]"波影"二句：是说河中的浪波辉映着天上的彩霞，显得色彩缤纷、变幻不定。 [9]湍文：湍急的水痕。文：即"纹"。 [10]赤马青龙：均喻指河中激浪。浦：水边。这句是说怒涛拍岸。 [11]凌：凌越，乘。 [12]莲：一作"连"。沙：指河中沙洲。转不碍：辗转不停。 [13]距：通"拒"，抗拒的

意思。这两句是说：黄河风高浪险，连船也不能渡过。　　[14]金乌：即太阳。相传日中有三足乌，所以得名。这句是说：太阳也被急剧的大风吹打得旋转起来。极言风的威厉。　　[15]汀：河中沙洲。锦缆：漂亮结实的船缆。　　[16]榜人：撑船的人。　　[17]津吏：管理渡口、桥梁的官吏。这两句是说：船工扣响船舷想用歌声协调动作，津吏像醉酒一般勉强能够撑船。　　[18]极望：极目远望。　　[19]行杯落叶：是说船行河中就像小小的酒杯、点点的落叶。讵（音 jù）：岂。

【赏析】

　　词人就泛游黄河中所见的情状，描绘了黄河特有的壮美雄浑、风高浪险的景象。

河堤极望　　摄影/王伟

# 张正见

（约527—575年）南北朝陈代人。字见赜，清河东武（今河北故城县）人。代表作有《明君词》、《溢城》等。

## 公无渡河[1]

金堤分锦缆[2]，白马渡莲舟[3]。
风严歌响绝[4]，浪涌榜人[5]愁。
棹折桃花水[6]，帆横竹箭[7]流。
何言沉璧处[8]，千载偶阳侯[9]。

【注释】

[1]公无渡河：乐府相和歌辞曲调名。 [2]金堤：指修筑得很坚固的河流堤坝。西汉时，黄河下游都有石筑的金堤，高者四五丈。东汉时自大汴口以东，沿河积石，通称"金堤"。锦缆：锦制的缆绳，精美的缆绳。 [3]白马：指黄河白马津渡口。莲舟：采莲的船。 [4]风严：风大。歌响绝：歌声断绝。 [5]榜人：船夫，撑船的人。 [6]棹：划船的工具，用途与船桨同。折（音shé）：断。桃花水：春天三月桃花开时、冰凌融化时的河水，即春汛。 [7]竹箭：竹制的利箭。《慎子》佚文："河之下龙门，其流如竹箭，驷马追弗能及。"后因以"竹箭"喻河流迅疾。 [8]沉璧处：璧，中间有孔的环形玉器，中国古代用于祭祀的礼器。《尚书中候握河纪》："尧即政七十年仲月甲日至于稷，沈璧于河，青云起，回风摇落，龙衔马图，赤文绿色，自河而出，临坛而止，吐甲回遴。""沉璧处"在河南省巩义市北伊洛河与黄河交汇处，旁有伏羲八卦台。 [9]偶：偶然、偶尔。阳侯：传说阳侯是诸侯国陵阳国侯，溺水死，化为水神，能扬波作浪。后指水神或借指风浪。

【赏析】

作者写景状物，极言渡河的重重困难障碍，风大浪涌、凌汛流急，船小棹折，再加上千载不遇的大风大浪，从而彰显"公无渡河"的规劝之意。

# 陆系

（生卒年与籍贯生平均不详），南北朝陈代人。

## 有 所 思[1]

别念限城闉[2]，还思楼上人[3]。

泪想离前落，愁闻别后新。

月来疑舞扇，花度忆歌尘。

只看今夜里，那似隔河津[4]。

【注释】

[1]有所思：乐府鼓吹曲辞汉铙歌曲调名。鼓吹曲又名短箫铙歌。刘瓛《定军礼》云："鼓吹未知其始也，汉班壹雄朔野而有之矣。鸣笳以和箫声，非八音也。"蔡邕《礼乐志》曰："汉乐四品，其四曰短箫铙歌，黄帝岐伯所作，以建威扬德、风敌劝士也。"汉鼓吹铙歌共十八曲，《有所思》为第十二曲。 [2]城闉（音 yīn）：城内重门。泛指城郭。 [3]楼上人：主人公思念的人。 [4]河津：黄河要津，即黄河龙门渡口。位于今山西省西南部、运城市西北隅的黄河东岸。

【赏析】

人间少不了离别，而对于离家从戎的军人来说，离别更是常事，离情思情便为常情。这是一首征人思乡思亲的歌词，作者写与亲人、爱人别离的悲苦愁绪和别后的思忆深情，深入人心。

# 陈叔宝

（553—604年）南北朝陈朝诗人。字符秀，小字黄奴，陈朝最后一位皇帝，陈宣帝长子。公元583年登基为帝，期间生活奢侈荒淫，荒废朝政。公元589年，战败为隋军所掳，病死于洛阳城，追赠大将军、长城县公，谥曰炀，世称陈后主。有文才，是陈朝宫廷文人的佼佼者，以创作艳情诗为主。并精通音乐。留存诗歌九十九篇。

## 陇　　头[1]

陇头征戍客[2]，寒多不识春[3]。
惊风起嘶马[4]，苦雾[5]杂飞尘。
投钱积石水[6]，敛辔[7]交河津。
四面夕冰合[8]，万里望佳人[9]。

【注释】

[1]陇头：乐府横吹曲辞曲调名，又称陇头水，为汉横吹曲第二曲。　[2]陇头征戍客：陇头，即陇山，借指边塞；征戍客，从征边塞服军役的人。　[3]寒多不识春：寒冷的时间太长，以至于不认识或见不到春天。　[4]嘶马：战马嘶鸣。　[5]苦雾：浓雾、大雾。　[6]投钱：《三辅决录·饮马》载："安陵道者有项仲仙，饮马渭水，每投三钱。"就是说项仲仙到渭水饮马，每次都拿三个钱投入水中，以表感谢。后亦借喻清介、不妄取。积石水：即积石峡的黄河水。积石指黄河积石峡，亦称孟达峡，位于甘肃省积石山县与青海省循化县交界处，是黄河上游著名的峡谷。峡两岸重岩叠嶂，峭拔险峻；峡中黄河水涛声如雷，滔滔东去，被称为"积石奔流"。　[7]敛辔：息驾，收起车马。　[8]四面夕冰合：晚上黄河水面上冰冻严了。　[9]佳人：美人，美貌的女子。

【赏析】

　　这首歌词写边塞的寒冷、苦辛，反映军中将士们的艰难困苦的生活，抒发对万里之外妻子爱人的思念。"寒多不识春"与后来唐人王之涣的词句"春风不度玉门关"有同工之妙。

# 古辞

作者不详,约为南北朝时期的作品。

## 木 兰 诗[1]

唧唧复唧唧[2],木兰当户织。

不闻机杼声[3],唯闻女叹息。

问女何所思,问女何所忆,女亦无所思,女亦无所忆。

昨夜见军帖[4],可汗[5]大点兵。

军书十二卷,卷卷有爷[6]名。

阿爷无大儿,木兰无长兄。

愿为市鞍马,从此替爷征。

东市买骏马,西市买鞍鞯,南市买辔头,北市买长鞭。

旦辞爷娘[7]去,暮宿黄河边。

不闻爷娘唤女声,但闻黄河流水鸣溅溅[8]。

旦辞黄河去,暮至黑山头[9]。

不闻爷娘唤女声,但闻燕山胡骑鸣啾啾[10]。

万里赴戎机[11],关山度若飞[12]。

朔气传金柝[13],寒光照铁衣[14]。

将军百战死,壮士十年归。

归来见天子,天子坐明堂[15]。

策勋[16]十二转,赏赐百千强[17]。

可汗问所欲,"木兰不用尚书[18]郎,愿驰千里足[19],送儿还故乡"。

爷娘闻女来,出郭相扶将。

阿姊闻妹来,当户理红妆。

小弟闻姊来，磨刀霍霍[20]向猪羊。

开我东阁门，坐我西间床。

脱我战时袍，着我旧时裳。

当窗理云鬓[21]，挂镜帖花黄[22]。

出门看伙伴[23]，伙伴皆惊惶。

"同行十二年，不知木兰是女郎"。

雄兔脚扑朔[24]，雌兔眼迷离[25]。

双兔傍地走，安能辨我是雌雄。

【注释】

　　[1]木兰诗：乐府横吹曲辞曲调名。据说木兰是西汉文帝时人，女扮男装，代父从军，卓有战功，被封为将军。其英雄事迹为世代人称颂，有汉一代已出现木兰辞，但直到南北朝时才见于文字。在燕山南麓的完县木兰祠中，有一通元代碑刻，碑文题为《汉孝烈将军记》，载曰："汉文帝时，单于侵境，大括天下民以御，神父当行戎。父极痛无男子可代己者。哀叹良久，竟行。神闺中，悯其父老，贯甲胄，趋赴军中。搴旗斩将，攻城略地，所向克捷，莫有当其锋者。在军凡十二年，屡立殊勋，论功上首，辞弗受赏，愿归故里，侍奉父母。文帝嘉焉，特从其志。汉世尝作《木兰辞》，阐扬于前，唐杜牧之亦歌其事于后。"　　[2]唧唧：鸟鸣、虫吟声。这里指叹息声。　　[3]机杼声：织布时撞机杼发出的声音。　　[4]军帖：军事文告。　　[5]可汗：指皇帝。　　[6]爷：这里指父亲。古代有些地方称呼父亲为爷。　　[7]旦辞爷娘去：早上辞别爹娘往边防去。　　[8]溅溅：湍急流水的声音。　　[9]黑山头：亦称黑山或黑山群，位于内蒙古呼伦贝尔市的额尔古纳市境内。　　[10]燕山：燕山山脉是中国北部著名山脉之一。包括坝上高原以南、河北平原以北、白河谷地以东、山海关以西的地区。自古为南北交通要道，是兵家必争之地。胡骑：胡人的战马。啾啾：马叫的声音。　　[11]万里赴戎机：不远万里，赶赴战场。戎机，指战争、战役。　　[12]关山度若飞：像飞一样跨越一道道关卡和一座座山峰。　　[13]朔气：北方的寒气。金柝（音 tuò）：古代军中用的一种铁锅，可以用来做饭，夜里也可用来报更。　　[14]寒光照铁衣：冰冷的月光照在将士们的铁制铠甲上。　　[15]明堂：明亮的厅堂。这里指皇帝的宫

殿。　[16] 策勋十二转：记很大的功。策勋，记功。转，勋级每升一级叫一转，十二转为最高的勋级。这里十二不是确数，意为很多。　[17] 百千：形容数量多。强：有余。　[18] 尚书：古代朝中官职名，仅低于丞相。　[19] 千里足：即千里马。　[20] 霍霍：状声词，磨刀的声音。　[21] 云鬓：像云那样的鬓发，形容好看的发型。　[22] 花黄：古代女子的一种面部装饰物。　[23] 伙伴：伙伴即古代军队中同用一个锅吃饭的人。　[24] 扑朔：扑腾。　[25] 迷离：眯着眼。

【赏析】

　　这是一首写木兰女扮男装、代父从军的叙事长歌。语言朴实自然、干净简洁、通俗易懂，叙事清楚明白，感染力强。因为有这首长歌，木兰的英勇事迹得以世代传诵，并成为中华家喻户晓的英雄人物，数千年来，激励着一代代青年勇赴战场，抵御外敌。

暮宿黄河边　摄影／孟宪明

# 隋唐五代

黄河石林 摄影/王伟

# 虞世南

（558—638年）初唐著名文学家、书法家。字伯施，越州余姚（今慈溪市观海卫镇鸣鹤场）人。唐时历任秘书监、弘文馆学士等。谥号文懿，赠礼部尚书。与欧阳询、褚遂良、薛稷合称"初唐四大书家"。其代表作品《北堂书钞》被誉为唐代四大类书之一，是中国最早的类书之一。书法作品有《孔子庙堂碑》、《破邪论》、《汝南公主墓志铭》、《摹兰亭序》等。诗词代表作有《出塞》、《结客少年场行》、《怨歌行》、《赋得临池竹应制》、《蝉》、《奉和咏风应魏王教》等。

## 饮马长城窟行[1]

驰马渡河干[2]，流深[3]马渡难。

前逢锦车使[4]，都护在楼兰[5]。

轻骑犹衔勒[6]，疑兵[7]尚解鞍。

温池下绝涧[8]，栈道接危峦[9]。

拓地[10]勋未赏，亡城律讵宽[11]。

有月关犹暗，经春陇尚寒。

云昏无复影，冰合不闻湍[12]。

怀君不可遇，聊持报一餐。

【注释】

[1]饮马长城窟行：乐府相和歌辞瑟调曲曲调名。 [2]驰马渡河干：驰马，驱马疾行；渡，横过水面；河干，河岸、河边。 [3]流深：水流太深。 [4]锦车使：坐着以锦装饰的马车的使者。 [5]都（音dū）护：官名。西汉宣帝神爵二年（前60）置"西域都护"，为驻守西域地区的最高长官，监管西域各国。楼兰，即楼兰城，西域古城名。遗址在新疆巴音郭楞蒙古自治州若羌县北、罗布泊西北的孔雀河南岸。 [6]轻骑：装备轻便、行动快速的骑兵。衔勒：马嚼口和马络头。 [7]疑兵：为了虚张声势、迷惑敌人而布置的军队。 [8]绝涧：溪谷深峻，水流其间。 [9]栈道：沿悬崖峭壁修建的一种道路。危峦：险峻的山峦。 [10]拓地：开辟土地，扩充疆域。 [11]亡城律讵宽：亡城，兵败丢失城池；律，此指军中的纪律、法规；讵，岂；宽，宽容、宽宥。 [12]湍：急流的水。

【赏析】

歌词反映边塞军旅生活的艰苦，抒发了思亲而不得见的悲凉和无奈的心情。

## 杨广

（569—618年）隋朝人。小字阿摐，生于长安（今西安汉长安城遗址）。隋朝第二位皇帝，公元605年至617年在位，隋文帝杨坚的嫡次子。在位期间，改革官制；颁《大业律》；修隋朝大运河；营建洛阳，迁都洛阳；改度量衡依古式；开科取士，兴办学校；征吐谷浑等。由于频繁发动战争，加上滥用民力、荒淫昏乱，导致大规模农民起义。后为叛军所缢杀。在位期间，组织整理典籍一百三十部、一万七千多卷，编写《长洲玉镜》四百卷、《区宇图志》一千二百卷、《诸郡物产土俗记》一百三十一卷、《诸州图经集》一百卷。好诗文，有《炀帝集》五十五卷、诗词四十多首。

### 饮马长城窟行[1]

肃肃秋风起，悠悠行万里。
万里何所行，横漠筑长城[2]。
岂台小子智[3]，先圣之所营[4]。
树兹万世策[5]，安此亿兆生[6]。
讵敢惮[7]焦思，高枕[8]于上京。
北河秉武节[9]，千里卷戎旌[10]。
山川互出没，原野穷超忽。
拟金止行阵，鸣鼓兴士卒[11]。
千乘万骑动，饮马长城窟。
秋昏塞外云，雾暗关山月。
缘岩驿马上，乘空烽火[12]发。
借问长安侯[13]，单于入朝谒[14]。
浊气静天山，晨光照高阙。
释兵仍振旅[15]，要荒事方举[16]。
饮之告言旋[17]，功归清庙前。

【注释】

[1]饮马长城窟行：乐府相和歌辞瑟调曲曲调名。 [2]横漠：横贯北部边境的沙漠。长城：这里指的应是秦长城。公元前214年，秦始皇命大将蒙恬负责修筑北方的长城，以防备匈奴南侵。《史记·蒙恬列传》记曰："秦已并天下，乃使蒙恬将三十万众北逐戎狄，收河南。筑长城。因地形，用制险塞，起临洮，至辽东，延袤万余里。于是渡河，据阳山，逶蛇而北。暴师于外十余年。" [3]岂台小子智：台，（音yí），用于自称。这岂是我小子的智慧功劳。 [4]先圣之所营：是先贤祖辈世代经营的结果。 [5]万世策：适用万世的谋策。 [6]亿兆生：亿兆生灵。 [7]惮：畏难、怕麻烦。 [8]高枕：即意高枕无忧。 [9]北河：河名。黄河由甘肃流向河套，至阴山南麓，分为南北二条河道，北边一河称北河。武节：古代将帅凭以专制军事的符节。 [10]戎旌：军旗、战旗。 [11]挝金止行阵，鸣鼓兴士卒：挝（音chuāng），敲击意；金，金钲；止，停止；行阵，行军打仗时的队列布阵；鸣鼓，击鼓；兴，兴盛、振奋；士卒，士兵。这两句意为将领指挥战斗时，击金钲让行阵停下，敲鼓指挥士卒冲锋。 [12]烽火：古时边防报警的烟火。 [13]长安侯：长安城的侯爷。长安城的最高长官。 [14]单于：汉时匈奴君主的称号。谒：觐见。 [15]释兵：放下武器，解除军事行动。振旅：整顿部队，操练士兵。 [16]举：举行。 [17]旋：凯旋。

【赏析】

这首歌词写作者亲率大军北征的一次战役。描写了战争的残酷和激烈，将官指挥若定、进退有度。畅想了胜利后告之宗庙、他国来朝的场景。词作大开大合、豪迈大气，显示出了作者作为一代帝王的胸襟与气度。

# 张说

（677—730年）唐代政治家、军事家、文学家。字道济（或作说之），洛阳人，武则天策贤良方正第一，授太子校书郎，后为兵部侍郎，弘文馆学士。官至中书令，封燕国公。有文集传世。

## 舞马词[1]（六首选一）

圣君出震应箓[2]，神马浮河献图[3]。
足踏天庭[4]鼓舞，心将帝乐踟蹰[5]。

【注释】

[1]舞马词：乐府杂曲歌辞曲调名。舞马是盛唐时的一种乐舞，唐玄宗（李隆基）曾命教舞马四百蹄，每逢中秋节宴设会，便舞于勤政楼下。舞马之曲便是在舞马时所奏。唐时舞马辞有两体：六言四句体和七言八句体。 [2]圣君：圣明的君主。出震：出于东方。八卦中的"震"卦位应东方。应箓：箓，帝王所谓的天赐符命之书。应箓即顺应符命。古时以此为帝王之兆。 [3]神马浮河献图：龙马从黄河里出来献河图。 [4]天庭：神话传说中玉皇大帝所在的地方。此处应是指皇帝的宫廷。 [5]踟蹰：从容自得貌。

【赏析】

这首歌词是颂扬帝王圣明和太平盛世之作。天命神授，君臣同乐。词句张扬乐观、轻松明快。

# 王之涣

（688—742年）唐代诗人、词人。字季凌，晋阳（今山西省太原）人。曾任文安县尉。豪放不羁，常击剑悲歌，诗作多被乐工制曲歌唱，名动一时。他的诗以描写边疆风光著称。传世之作仅六首，《出塞》和《登鹳雀楼》特别有名。

## 出塞[1]（二首选一）

黄河远上白云间[2]，一片孤城万仞[3]山。
羌笛何须怨杨柳[4]，春风不度玉门关[5]。

【注释】

[1]出塞：乐府横吹曲辞曲调名。又名"凉州词"，唐代开元中西凉府传入《凉州》曲，歌词则是当时词人们的作品。唐时凉州治所在今甘肃武威县。歌词写西北边境壮阔苍凉的自然景色。 [2]黄河远上白云间：往黄河上游远处看去，仿似到了白云之间。"黄河远上"一作"黄沙直上"。 [3]仞（音rèn）：古代七尺或八尺为一仞。 [4]羌：中国古代少数民族。原居青海，东汉时移到甘肃一带。羌笛：古羌族乐器，三孔或者四孔。杨柳：笛曲中有《折杨柳》，写行旅人的愁思。古代离别原有折柳相赠的风俗，"怨杨柳"就是怨恨别离，这里化用其意，以杨柳象征春风。 [5]玉门关：故址在今甘肃敦煌西北小方盘城，和西南的阳关同为当时通往西域各地的交通门户，出玉门关为北道，出阳关为南道。这两句是说：何须吹奏《折杨柳》曲子，来怨恨春光来迟呢，要知道春风根本就吹不到玉门关外啊！

【赏析】

这首词写出了边塞的寒冷与苍凉，胸襟开阔，言词豪放，气势雄壮，言词干净凝炼。关于此歌词，曾有一轶事流传。薛用弱《集异记》载：唐开元中，一次王之涣同高适、王昌龄去酒楼饮酒，见十多个歌女正唱曲嬉乐。三人悄约以其演唱各人词篇的多少裁定词作的优劣。第一个歌女唱了王昌龄的，第二个唱了高适的，第三个又唱了王昌龄的。王之涣指着最漂亮的一个歌女说："她若不唱我的，终身不与你们争衡！"一发声，果然唱了"黄河远上白云间"。三人大笑，饮醉竟日。可见此曲词在唐朝的影响之大。

# 李颀

（690—751年）唐代诗人、词人。颍阳（今河南省许昌附近）人。唐开元二十三年（735年）进士。曾任新乡县尉，与高适、王维、王昌龄等唱和，后弃官归东川别业隐居。其诗词以五言及七言歌行见长。所作边塞诗沉雄豪放之中蕴以感喟苍凉，成就较为突出。有《李颀诗集》。

## 出塞[1]（二首选一）

白花垣上望京师[2]，黄河水流无尽时[3]。
穷秋旷野行人绝，马首东来知是谁[4]？

【注释】

[1]出塞：乐府横吹曲辞曲调名。《晋书》云："刘畴尝避乱坞壁，贾胡百数欲害之，畴无惧色，援笛而吹之，为《出塞》、《入塞》之声，以动其游客之思，于是群胡皆垂泣而去。"《西京杂记》曰："戚夫人（作者按：戚夫人为汉高祖刘邦的妃嫔）善歌《出塞》、《入塞》、《望归》之曲。"可见，"出塞"、"入塞"为思乡之歌曲，在西汉时就已经出现了。　[2]白花垣（音yuán）：垣或为塬，塬是中国西北部黄土高原地区因冲刷形成的高地，四边陡，顶上平。百花塬应为地名，其址不祥，当在黄河岸边。京师：国都，指长安。　[3]黄河水流无尽时：无尽时：没有停止的时候。诗人站在百花塬头向京都远望，只见黄河流水一派茫茫。　[4]穷秋旷野行人绝，马首东来知是谁：穷秋，深秋、晚秋；旷野，空旷的原野。深秋空旷的原野上没有一个行人，从东边骑马走来的是谁呢？表现了寂寞思归的怅然情绪。

【赏析】

这首诗词表现了寂寞、思归的情绪。大野漠漠，河水茫茫，行人寂寂，画面非常清晰。

# 常建

（生卒年不详）唐代诗人、词人。籍贯不详，与王昌龄同时。开元十五年（727年）中进士，为盱眙（音 xū yí）尉，很不如意。后寓鄂渚，招王昌龄、张偾同隐。他的诗旨趣深远，风格清新。《题破山寺后禅院》中"曲径通幽处，禅房花木深"一联广为传诵。边塞诗悲壮哀怨。有《常建集》。

## 塞下曲[1]（四首选一）

龙斗雌雄势已分[2]，山崩鬼哭恨将军[3]。
黄河直上千余里，冤气苍茫成黑云[4]。

【注释】

[1]塞下曲：新乐府杂题曲辞曲调名。"新乐府者，皆唐世之新歌也。以其辞实乐府，而未尝被于声，故曰新乐府也。"此是原曲词的第三首。 [2]龙斗：比喻群雄割据混战。这句是说：雌雄已决，战争结束。 [3]山崩鬼哭：是说冤鬼极多，哭声能将山震崩。恨将军：恨领兵打仗的将军，因为他们驱使兵士们舍身弃命。 [4]"黄河"二句：极言冤魂之多、冤气之盛。冤鬼们的冤气能凝成苍茫黑云，笼罩住千里黄河。

【赏析】

这首曲词用千里黄河、冤气凝云的夸张描写，表现了对战争强烈的厌弃情绪。

# 王昌龄

（698—757年）唐代诗人。字少伯，世称王江宁、王龙标，河东晋阳（今山西太原）人，又说京兆长安（今西安）人，盛唐著名边塞诗人。早年贫苦，三十岁进士及第，初任秘书省校书郎，后登博学宏辞科，曾任江宁丞。安史之乱中被刺史闾丘晓所杀。其诗缜密而思清，与高适、王之涣齐名，有"开天圣手"、"诗天子"的美誉。有《王昌龄集》六卷留世。

## 塞下曲[1]（二首选一）

秋风夜渡河，吹却雁门桑。
遥见胡地猎[2]，鞴马宿严霜[3]。
五道分兵去，孤军百战场[4]。
功多翻[5]下狱，士辛但心伤。

【注释】

[1]塞下曲：新乐府杂题曲辞曲调名。　[2]遥见胡地猎：远远地望见胡地有人在围猎。　[3]鞴（音bèi）马：把鞍辔等套在马身上。宿严霜：露宿在秋天霜重的野地里。　[4]孤军百战场：孤军，孤立无援的军队。孤军奋战在数百次与敌拼杀的战场上。　[5]翻：颠倒、反转。

【赏析】

这首歌词写边地生活的苦辛和孤军对敌、浴血奋战的艰难，揭露出是非不分、赏罚不明，甚至构陷迫害有功将士的军队黑暗事实，抒发了忧伤、悲愤的情绪。

# 李白

（701—762年）唐代大诗人、词人。字太白，号青莲居士，祖籍陇西成纪（今甘肃秦安），生于唐安西大都护府碎叶城（故址在今吉尔吉斯斯坦托克马克城西南的阿克—贝西姆。与龟兹、疏勒、于田并称为唐代"安西四镇"）。诗存九百余首，以送别、行旅、感怀之作为多。作品具有强烈的浪漫主义色彩和广阔的思想内容，对后世影响很大，享有"诗仙"之誉。

## 将　进　酒[1]

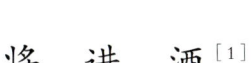

君不见黄河之水天上来，奔流到海不复回[2]！

君不见高堂明镜悲白发，朝如青丝暮成雪[3]！

人生得意须尽欢，莫使金樽[4]空对月。

天生我材必有用，千金散尽[5]还复来。

烹羊宰牛且为乐，会须一饮三百杯[6]。

岑夫子，丹丘生[7]，将进酒，杯莫停。

与君歌一曲，请君为我倾耳听：

钟鼓馔玉[8]不足贵，但愿长醉不复醒。

古来圣贤皆寂寞，唯有饮者留其名[9]。

陈王昔时宴平乐，斗酒十千恣欢谑[10]。

主人何为言少钱，径须沽取对君酌[11]。

五花马[12]，千金裘[13]，呼儿将[14]出换美酒，与尔同销万古愁。

【注释】

[1]将进酒：乐府鼓吹曲辞汉铙歌曲调名。此为汉铙歌十八曲中的第九曲，意即"劝酒歌"。　[2]"君不见黄河之水天上来"二句：古人认为黄河源出昆仑山，因其地势很高，故说天上来。这二句写出了黄河源远流长、奔腾向前的雄伟气势。　[3]高堂：高大的厅堂。青丝：指黑发。这两句意为，在高堂的明镜中看见自己的头发很快

由黑变白,不觉悲从中来。　[4]金樽:珍贵的酒器。　[5]千金散尽:相传李白游梁、宋时,曾得数万金,一挥而尽。　[6]会须:应当。相传东汉郑玄善饮酒,一连三百杯而不改常态。这里借指痛饮。　[7]岑夫子,丹丘生:指李白的好友岑勋和元丹丘。　[8]钟鼓:古代富贵人家宴会时所奏的乐器。馔玉:珍贵食品。　[9]圣贤:古时对有道德、有才能的人的尊称。寂寞:此指无声无息。这两句意为,自古以来圣贤都默默无闻,被人淡忘,只有饮酒者能身后留名。　[10]陈王:三国时曹操的三儿子曹植,曾被封为陈王。他的《名都篇》中有"归来宴平乐,美酒斗十千"之句。平乐:汉宫阙名,故址在今河南洛阳市附近。恣欢谑:尽情地欢乐谈笑。　[11]径:直截了当。沽取:买取。　[12]五花马:毛色作五花纹的良马。唐代凡名马都把马鬃剪成五花瓣形状。　[13]千金裘:价值千金的皮衣。　[14]将:拿。后四句说:把良马和珍贵的皮衣都拿去换美酒畅饮,一起消去心中的郁闷和忧愁。

【赏析】

　　这首诗约作于唐天宝十一年(752年),作者当时与友人岑勋在嵩山另一好友元丹丘处为客。这一时期,诗人被唐玄宗"赐金放还",离开长安,政治上受到排挤,常借酒发泄积郁。此诗以一组长句发端,如挟天风海雨写出了黄河的宏阔气魄。黄河源远流长,落差极大,如从天而降,一泻千里。如此壮浪雄景,定非肉眼穷极,作者想落天外,自道所得,语带夸张。上句写大河西来,势不可挡,下句写黄河东去,势不可回。一涨一消,形成舒卷往复的咏叹味。从而成为脍炙人口的千古名作。

## 公 无 渡 河[1]

黄河西来决昆仑[2],咆哮万里触龙门[3]。
波涛天,尧咨嗟[4],大禹理百川,儿啼不窥家[5]。
杀湍堙洪水,九州始蚕麻[6]。
其害乃去,茫然风沙[7]。
被发之叟狂而痴,清晨径流欲奚为[8]?
旁人不惜妻止之,公无渡河苦[9]渡之。

虎可搏，河难凭[10]，公果溺死流海湄[11]。
有长鲸白齿若雪山[12]，公乎公乎挂罥于其间[13]。
箜篌所悲竟不还[14]。

【注释】

[1]公无渡河：乐府相和歌辞曲调名，又名《箜篌引》。　[2]决：决开。昆仑：山名，黄河的发源地。　[3]龙门：在山西河津市北，为黄河流经晋陕峡谷的最后通道，以形势险要著称。因传说大禹治水，从积石山至此，把山一劈两开，使黄河水下泄，故又称禹门口。　[4]尧：传说中古代部落联盟的领袖。咨嗟：叹息。传说四千多年前的尧帝时代，中国发生了一次历时很长的特大洪水，面对洪水的严重威胁，尧对掌管四岳的官员说，可叹哪，洪水浩浩滔天，正在造成灾害，把山岳丘陵都包围了。后各部落首领推举鲧领导治水，鲧沿袭旧法，以土塞水。结果费时九年未能平息水患，鲧因此被杀。　[5]大禹：夏后代部落首领，鲧的儿子。传说大禹继承父业后，以疏导为主，理顺了阻塞的各个河道。他从治理黄河开始，"导河积石，至于龙门，南至于华阴，东至于砥柱"，治水十三年，三过家门而不入，从而固定了黄河河道，平息了黄河泛滥。后因治水有功，继舜之后担任了部落联盟的领袖。　[6]杀湍：减弱水势。堙：堵塞。蚕麻：泛指农桑。这两句说，大禹治伏洪水，人民才得以安居生产。　[7]其害：指黄河水患。茫然：辽阔无际的样子。风沙：黄河因穿越黄土高原，含沙量大。到了下游，流势减缓，泥沙沉积，河床因之淤塞改道。其故道淤泥经风吹日晒，常沙尘蔽空。这两句是说，危害全国的洪水是消除了，但黄河一带的风沙之患仍很严重。　[8]叟：老人。径流：径直徒步渡河。奚为：何为，做什么。这句是说，披头散发的老人既狂又痴，一大早就涉水过河想干什么？　[9]苦：竭力。　[10]搏：徒手相斗。凭：涉水。　[11]海湄：海滨。　[12]雪山：形容长鲸白齿的巨大。　[13]罥（音juàn）：缠绕。挂罥：牵挂。这两句说，那老叟终将被淹死在黄河里，冲至海滨，那里大鲸鱼的牙齿像雪山一样，老叟啊老叟啊，就要被悬挂在那里了。　[14]箜篌：古代弦乐器一种，此指《箜篌引》。这句说，此诗正是悲叹披发狂叟一去不返的啊。

【赏析】

　　这首诗以黄河奔腾咆哮的自然壮貌起句，追溯了黄河洪水的历来危害以及对大禹治水伟绩的称颂。最后借这位疯癫老者徒步涉河、被黄河急流卷没的情景，抒发了作者对国家渐次衰落的时局的关心和对个人境遇的感慨。

# 北　上　行[1]

北上何所苦，北上缘太行[2]。

磴道[3]盘且峻，巉岩[4]凌穹苍。

马足蹶[5]侧石，车轮摧高岗。

沙尘接幽州[6]，烽火连朔方[7]。

杀气毒剑戟[8]，严风裂[9]衣裳。

奔鲸[10]夹黄河，凿齿[11]屯洛阳。

前行无归日，返顾[12]思旧乡。

惨戚冰雪里，悲号绝中肠[13]。

尺布不掩体，皮肤剧枯桑[14]。

汲水涧谷[15]阻，采薪陇坂[16]长。

猛虎又掉尾，磨牙皓秋霜。

草木不可餐，饥饮零露浆[17]。

叹此北上苦，停骖[18]为之伤。

何日王道平[19]？开颜睹天光。

【注释】

[1]北上行：乐府相和歌辞清调曲曲调名。《乐府题解》曰："晋乐奏魏武帝《北上篇》，备言冰雪溪谷之苦。其后或谓之《北上行》，盖因武帝辞而拟之也。"　[2]太行：指太行山脉。太行山脉是中国东部地区的重要山脉，位于河北省与山西省交界地区，跨越北京、河北、山西、河南四省市，北起北京西山，向南延伸至河南与山西交界地区的王屋山，西接山西高原，东临华北平原，呈东北至西南走向，绵延八百多里。其中有多条河流发源或流经。　[3]磴道：登山的石径。　[4]巉（音chán）岩：一种陡而隆起的岩石。　[5]蹶（音jué）：跌倒。　[6]幽州：古地名。古九州及汉十三刺史部之一。是隋唐时北方的军事重镇、交通中心和商业都会。其区域大致包括今河北北部及辽宁一带。战国时为燕地。唐时为安禄山三镇节度使府所在地。　[7]朔方：古地名。西汉武帝所置十三刺史部之一，辖境在今宁夏回族自治区银川市至壶口的黄河流域，北括阴山南北，南迄陕西省宜川县、宁县一带。　[8]戟（音jǐ）：古代一

种合戈、矛为一体的长柄兵器。　［9］严风：寒风。裂：破开、开了缝，如撕裂、割裂。　［10］奔鲸：奔驰的长鲸。此喻安禄山叛军。　［11］凿齿：传说中的怪兽。此喻安禄山叛军。　［12］返顾：回头望。　［13］惨戚冰雪里，悲号绝中肠：这两句意为在冰天雪地里悲伤凄切，伤心地号哭着痛断肝肠。　［14］尺布不掩体，皮肤剧枯桑：这两句说人们衣不蔽体，皮肤比干桑树皮还粗糙。　［15］涧谷：溪涧山谷。　［16］陇坂：本指陇山，此指陇冈山坡。　［17］零露浆：树上滴下的露水。　［18］骖：驾在马车前两侧的马。　［19］王道平：天下太平。

**【赏析】**

　　这首歌词作于安史之乱初期，时安禄山攻占洛阳，给人民带来深重的灾难。作者以沉痛的笔触描写了安史之乱爆发后，北方百姓惨遭叛军蹂躏的苦难和逃亡途中的凄惨景况："前行无归日，返顾思旧乡。惨戚冰雪里，悲号绝中肠。尺布不掩体，皮肤剧枯桑。""草木不可餐，饥饮零露浆。"人们缺衣少食，啼哭悲号，而作者却只能发出"叹此北上苦，停骖为之伤"的长叹，号呼："何日王道平？开颜睹天光。"表达出自己深切的悲哀和同情。

# 北　风　行[1]

烛龙栖寒门，光曜犹旦开[2]。

日月照之何不及此，唯有北风号怒天上来。

燕山雪花大如席，片片吹落轩辕台[3]。

幽州思妇十二月，停歌罢笑双蛾摧[4]。

倚门望行人，念君长城苦寒良可哀[5]。

别时提剑救边去，遗此虎文金鞞鞴[6]。

中有一双白羽箭[7]，蜘蛛结网生尘埃。

箭空在，人今战死不复回[8]。

不忍见此物，焚之已成灰。

黄河捧土尚可塞，北风雨雪恨难裁[9]。

【注释】

[1]北风行：乐府杂曲歌辞曲调名。《北风行》题下有解："《北风》本卫诗也。《北风》诗曰：'北风其凉，雨雪其雱。'传云：'北风寒凉，病害万物，以喻君暴虐，百姓不亲也。'"是说《北风行》多写北风雨雪、行人不归的伤感之情。　[2]烛龙栖寒门，光曜犹旦开：烛龙是古代神话传说中的一种龙，人面龙身而无足，居住在不见太阳的极北的寒门，睁眼为昼，闭眼为夜。　[3]轩辕台：纪念黄帝的建筑，故址在今河北怀来县乔山上。　[4]双蛾摧：双娥指女子的双眉。双娥摧即双眉紧锁、悲伤愁苦的样子。　[5]良可哀：实在凄苦哀怨。　[6]虎文：虎纹图案。金鞞（音 bǐng）：即金柄，镶金的把柄。钗：一作靫（音 chá），装箭的袋子。　[7]白羽箭：尾部装置白翎的箭。　[8]回：回来。　[9]黄河捧土尚可塞，北风雨雪恨难裁：北风雨雪，借喻思夫女子的悲惨境遇和凄凉心情。这两句意为黄河虽深捧土还可以填塞，可这生离死别的怨恨却无法排遣消解。

【赏析】

这首歌词通过描写一个北方女子对战死沙场的丈夫的怀念及其悲愤心情，揭露和抨击了安禄山挑起战争、祸国殃民的罪行。作者借助神话传说及丰富的想象力，极写北地之寒，"烛龙栖寒门，光曜犹旦开。日月照之何不及此，唯有北风号怒天上来"，反映出北方百姓生活的苦难深重，而失去丈夫的女人更是孤苦凄惨悲凉。作者思路开阔、设喻大胆、构思巧妙，给人以心灵上的震撼。"燕山雪花大如席，片片吹落轩辕台"、"黄河捧土尚可塞，北风雨雪恨难裁"等歌词也成为千古称颂的名句。

## 行　路　难[1]

金樽清酒斗十千[2]，玉盘珍羞直[3]万钱。
停杯投箸不能食[4]，拔剑四顾心茫然[5]。
欲渡黄河冰塞川[6]，将登太行[7]雪暗天。
闲来垂钓坐溪上，忽复乘舟梦日边。
行路难，行路难，多歧路[8]，今安在[9]？
长风破浪会有时[10]，直挂云帆[11]济沧海。

【注释】

[1]行路难：乐府杂曲歌辞曲调名。《乐府解题》曰："《行路难》，备言世路艰难及离别悲伤之意，多以君不见为首。" [2]金樽清酒斗十千：金樽（音 zūn），古代用黄金装饰的盛酒器具；清酒，清醇的美酒；斗十千，一斗值十千钱，即万钱。 [3]玉盘：玉制的精美的食盘。珍羞：同"珍馐"，美味的食物。直：通"值"，价值。 [4]停杯：放下杯子。投箸：箸（音 zhù），筷子。投箸即丢下筷子。不能食：咽不下。 [5]心茫然：心无所适从。 [6]冰塞川：大雪冰冻堵塞了河道。 [7]太行：即太行山。 [8]歧路：岔道。 [9]今安在：如今身在什么地方呢？ [10]会有时：终将有时机。 [11]云帆：高高的船帆。

【赏析】

这首歌词当作于作者被"赐金放还"、与友人分别之时。写出了自己怀才不遇、前行碰壁的苦闷抑郁和情绪的激荡变化以及前行无路的茫然无措。但是，作者想到了姜尚得遇周文王、伊尹得遇商汤王，相信自己终有机会展示雄才大略、实现理想抱负。词作写得气势雄浑、大气磅礴、积极乐观，闪耀着理想主义和浪漫主义的光辉。

# 发 白 马[1]

将军发白马[2]，旌节[3]渡黄河。
箫鼓[4]聒川岳，沧溟[5]涌洪波。
武安有振瓦[6]，易水无寒歌[7]。
铁骑[8]若雪山，饮流涸滹沱[9]。
扬兵猎月窟[10]，转战略朝那[11]。
倚剑登燕然[12]，边峰列嵯峨[13]。
萧条[14]万里外，耕作五原[15]多。
一扫清大漠，包虎戢金戈[16]。

【注释】

[1]发白马：乐府杂曲歌辞曲调名。 [2]白马：指黄河古渡口白马津。 [3]旌节：指古代使者所持的节，以为凭信，后借以泛指信符。唐制，节度使赐双旌双节，旌以专赏，节以专杀。旌节包括门旗两面、龙虎旗一面、节一支、麾枪二支、豹尾二支，共八件。节用金铜叶做成，旗用九幅红绸制作，其上装有涂金，形如木盘的铜龙头。 [4]箫鼓：指军乐。 [5]沧溟（音 míng）：意为沧天、大海。 [6]武安有振瓦：战国时期，秦军讨伐韩国，秦军驻军武安西，鼓噪勒兵，声势浩大，武安屋瓦纷纷震落。此处形容军势盛大。 [7]易水无寒歌：战国时期，荆轲为燕太子丹去刺杀秦王，在易水饯别时唱《易水歌》："风萧萧兮易水寒，壮士一去兮不复还！"唱毕荆轲遂登车而去，终不一顾。 [8]铁骑：披着铁甲的战马。借指精锐的骑兵。 [9]滹沱（音 hū tuó）：河名，即滹沱河。发源于山西，东流入河北平原，汇入子牙河，至天津汇北运河入海。 [10]月窟：月的归宿处，泛指边远之地。 [11]朝那：古县名，汉置，故址在今甘肃平凉市崆峒区西北。 [12]燕然：燕然山，在今内蒙古境内。 [13]边峰列嵯峨：边峰一作边烽。是说边地烽燧如嵯峨山峰一样排列，戒备森严。 [14]萧条：寂寥冷清的样子。 [15]五原：地名。位于内蒙古自治区西部，河套平原腹地，南邻黄河，北依阴山。 [16]戢（音 jí）金戈：收藏兵器。

【赏析】

这首歌词写将军率军从白马津出发，渡过黄河，北上边地征讨，大获全胜，刻石勒功，肃清边患，使边地百姓过上了安居太平生活。军队雄壮，武器精锐，士气高涨，歌声响亮，反映了将士们英勇无畏的献身精神。

## 塞 上 曲[1]

大汉无中策[2]，匈奴犯渭桥[3]。

五原秋草绿，胡马[4]一何骄。

命将征西极[5]，横行阴山侧。

燕支[6]落汉家，妇女无花色。

转战渡黄河，休兵[7]乐事多。

萧条清万里，瀚海[8]寂无波。

【注释】

[1]塞上曲：新乐府辞乐府杂题曲调名。　[2]中策：中等之策。　[3]渭桥：泛指汉、唐时代长安附近渭水上的桥。渭水是黄河最大的支流，发源于甘肃省定西市渭源县鸟鼠山，流经甘肃的天水、陕西省的咸阳和西安等地，至渭南潼关汇入黄河。　[4]胡马：此指来侵犯的胡人的骑兵人马。　[5]西极：指汉唐时长安以西的地域。　[6]燕支：山名，位于河西走廊峰腰地带的甘凉交界处。因产胭脂草而闻名，当地妇女用以化妆。　[7]休兵：停战。　[8]瀚海：大漠。

【赏析】

这首歌词写匈奴侵犯到"渭桥"时唐朝军队奉命征讨的事。称赞了唐军将士保家卫国、英勇作战的精神和行动，颂扬了唐王朝退敌安民的武功。同时，抒发了作者对国家安危及民生疾苦的关心之情。

黄河楼　摄影／王伟

# 高适

（约706—765年）唐代诗人。字达夫，德州蓨（今河北景县）人。少贫寒，潦倒失意，后客游河西，任哥舒翰书记。历任淮南、西川节度使，官终散骑常侍。其诗多写边地战争生活，《燕歌行》为代表作。和岑参齐名，并称"高岑"。有《高常侍集》。

## 九曲词[1]（三首选一）

铁骑[2]横行铁岭头，西看逻娑取封侯[3]。
青海只今[4]将饮马，黄河不用更防秋[5]。

【注释】

[1]九曲词：乐府新乐府辞乐府杂题曲调名。九曲，据《河图》载：黄河出昆仑山，东北流千里，折西而行到蒲山；南流千里到华山之阴；东流千里到桓雍；北流千里到下津。河水九曲，长九千里，入于渤海。《水经注》曰："黄河百里一小曲，千里一曲一直矣。"　[2]铁骑（音jì）：披甲的战马。此指唐朝的精锐部队。　[3]逻娑（音luó suō）：地名。也作"逻娑"、"逻些"，唐代吐蕃都城，即今西藏拉萨市。侯：古代爵位，五等爵位之第二。"封侯"是激励语，要将士勇敢作战，取得封侯军功。　[4]青海：即青海湖，在黄河西北处。只今：如今。　[5]防秋：古代黄河流域的西北边陲，每到秋天常常发生战事，这时边军特别加强警卫，称为防秋。

【赏析】

古代黄河上游的边疆地区战事连绵，是著名的古战场之一。唐天宝十二年（753年），将领哥舒翰在这一带攻破吐蕃的洪济、大漠等城，收复了黄河以东九曲之地。诗人以欣慰欢快的心情，为此作了《九曲词》。所选为原辞的第一首，表现了作者庆贺胜利的喜悦心情。

## 杜甫

（712—770年）唐代大诗人、词人。字子美。祖籍襄阳（今属湖北），后迁居巩县（今属河南巩义市），出生于巩县笔架山下的南瑶湾村。出身寒微，早年刻苦学习，知识渊博，曾游历江淮、山东各地。肃宗时，任左拾遗，后被贬为华州参军。曾在西川节度使严武幕中任检校工部员外郎，故世称"杜工部"。其诗大胆揭露社会黑暗，尖锐地反映民众疾苦与社会矛盾。以古体、律诗见长，风格沉郁、语言精练。是伟大的现实主义诗人。有《杜少陵集》。

### 后出塞[1]（五首选一）

朝进东门营[2]，暮上河阳桥[3]。

落日照大旗，马鸣风萧萧。

平沙列万幕[4]，部伍[5]各见招。

中天悬明月，令严夜寂寥[6]。

悲笳[7]数声动，壮士惨不骄。

借问大将谁，恐是霍嫖姚[8]。

**【注释】**

[1]后出塞：乐府横吹曲辞汉横吹曲曲调名。《后出塞》共五首，此是第二首。 [2]东门营：军营在洛阳东门，故称。 [3]河阳桥：黄河桥名，在河南孟津县，是黄河上的浮桥，晋杜预所造，为通往河北边的要津。 [4]列万幕：很多帐幕整齐地排列着。 [5]部伍：军队的编制单位。 [6]寂寥：形容寂静空旷，没有声音。 [7]悲笳：悲凉的笳声，此指军中号角。 [8]霍嫖姚：指西汉大将军霍去病。霍去病曾被任命为"嫖姚校尉"，一战成名，是以也称其"霍嫖姚"。

**【赏析】**

此歌词写一名应募兵士赴军途中所见，反映了军中景况和军中生活。

# 崔国辅

（生卒不详）唐代诗人、词人。吴郡（今江苏苏州）人。唐开元十四年（726年）进士，与储光羲、綦毋潜同榜。和孟浩然、李白、杜甫交谊甚深。在盛唐诗人中，以五言绝句著名。有存诗四十五首。

## 白纻辞[1]（二首选一）

洛阳梨花落如霰[2]，河阳[3]桃叶生复齐。
坐恐玉楼[4]春欲尽，红锦粉絮裛[5]妆啼。

【注释】

[1]白纻辞：乐府舞曲歌辞杂舞曲调名。白纻（音 zhù），白而细疏的麻布。白纻舞是三国时期吴国的一种舞蹈，舞者穿白色轻纱长袖舞衣。　[2]霰（音 xiàn）：又称雪丸或软霰，也叫米雪、雪霰、雪糁等，就是小冰粒，直径二至五毫米。多于下雪前或下雪时出现。　[3]河阳：地名。河南孟县（孟州市）的前身，因在黄河北岸，故名。　[4]玉楼：华丽的楼阁，亦代指青楼妓院。　[5]裛（音 yì）：用香熏。

【赏析】

这首舞曲词写白纻舞者的如梨花飘落、如桃叶摇摆般轻盈美妙之舞姿，感叹舞妓对红颜易老、美貌逝去的担忧。

# 李希仲

（生卒年不详）唐代诗人、词人。赵郡人。唐天宝初年，宰偃师。范阳兵起，挈家避乱入江淮。存诗三首。

## 蓟门行[1]（二首选一）

旄头[2]有精芒，胡骑猎秋草。
羽檄南渡河[3]，边庭[4]用兵早。
汉家爱征战，宿将[5]今已老。
辛苦羽林儿[6]，从戎榆关[7]道。

【注释】

[1]蓟门行：乐府杂曲歌辞曲调名。多军旅苦辛之辞，兼言燕蓟风物及骑兵骁勇强悍之状。蓟门，原指蓟城、蓟门关。春秋战国时为燕国都。唐代以关名置蓟州。后泛指蓟州一带。在今北京市某个区域。　[2]旄（音 máo）头：星名，即昴星，二十八宿之一。　[3]羽檄：古代军事文书，插鸟羽表示紧急，必须如鸟飞般迅速传递。此句意为往南渡过黄河飞速传递军情军报。　[4]边庭：亦作"边廷"，指边地、边境地区的政府。　[5]宿将：久经战阵的将领。　[6]羽林儿：即羽林军、羽林郎。西汉时建立的禁卫军。　[7]榆关：地名，即现在的山海关，位于河北省秦皇岛市东北三十里处。

【赏析】

这首歌词描写蓟门边地的景物和战事军务的繁忙，表达出对征战沙场、艰苦奋战、戎马一生的将士们的赞扬钦佩之意。

# 戎昱

（744—800 年）中唐现实主义诗人、词人。荆州人。登进士第，曾为侍御史、辰州刺史、虔州刺史。存诗一百二十五首。

## 塞下曲[1]（六首选一）

上山望胡兵，胡马驰骤速[2]。
黄河冰已合，意又向南牧[3]。
嫖姚[4]夜出军，霜雪割人肉。

【注释】

[1]塞下曲：乐府新乐府辞乐府杂题曲调名。原曲辞六首，此为第二首。 [2]胡马：胡人的马，也指胡人的军队。驰骤：驰骋，疾奔。速：快速、迅速。 [3]黄河冰已合，意又向南牧：黄河水已经冰冻，胡人军队又有意向南边侵犯了。南牧，原意是南下放牧，这里指往南侵犯。 [4]嫖姚：指汉朝名将霍去病。这里指当时军队里带兵的将领。

【赏析】

这首歌词写胡兵南侵、汉军阻敌之事。描写汉军侦察敌情，了解敌军行动计划和动向，深夜出兵突袭，打对方一个措手不及。句子凝练，语言明畅。生动形象，画面感强。

# 李益

（约748—827年）唐代诗人、词人。字君虞，陇西姑臧（今甘肃武威）人。大历进士，初因仕途不顺，弃官客游燕赵间，后官至礼部尚书。其诗音律和美，每作一篇，教坊乐人行贿求取，广为传唱。长于七绝，以边塞诗知名。有《李益集》。

## 塞下曲[1]（二首选一）

蕃州部落能结束[2]，朝驰暮猎黄河曲[3]。
燕歌[4]未断塞鸿飞，牧马群嘶边草绿。
秦筑长城城已摧，汉武北上单于台[5]。
古来征战虏不尽，今日还复天兵[6]来。
黄河东流流九折[7]，沙场埋恨何时绝！
蔡琰没处造胡笳[8]，苏武归来持汉节[9]。
为报如今都护雄，匈奴且莫下云中[10]。
请书塞北阴山石，愿勒燕然车骑功[11]。

【注释】

[1]塞下曲：乐府新乐府辞乐府杂题曲调名。原歌词有二首，此为第一首。 [2]蕃州：古代指西部及西南部的少数民族聚居地。这里泛指西北边地。部落：聚居的部族。能结束：善于戎装打扮。 [3]猎：打猎。黄河曲：黄河弯曲处。 [4]燕歌：泛指燕地的歌曲，其调悲壮。寒鸿：寒雁。 [5]汉武北上单于台：单于台，地名，在唐云州云中县西北。元封元年（前110年）十月，汉武帝下令统帅十八万骑兵巡视北方边塞。从云阳（今陕西淳化西北）出发，向北经过上郡（今陕西绥德东南）、西河（今内蒙古鄂尔多斯左翼前旗）、五原等地，后越过长城，登上单于台，来到朔方（今内蒙古鄂尔多斯左翼后旗）。十八万大军旌旗连绵千里，威震匈奴。后以"单于台"为典，泛指北方边陲。 [6]天兵：原意为神话中天神的兵，这里指帝王的军队。 [7]九折：是说黄河曲折之多，并非实指。 [8]蔡琰：东汉末年女文学家，字文姬，博学多才，妙解音律。汉末，天下大乱。她被胡人掳掠走，在匈奴十二年，后被曹操赎回。

她的诗有《悲愤诗》和《胡笳十八拍》。胡笳：古代北方民族的管乐器。　［9］苏武：西汉大臣，字子卿。天汉元年（前100年）奉命以中郎将持节出使匈奴，被扣。匈奴贵族多方威胁利诱，劝他投降。后把他迁到北海（今贝加尔湖）边牧羊，扬言公羊生子他才能回来。他历尽艰辛，留居匈奴十九年而持节不屈。昭帝时，匈奴与汉和亲，他才获释回朝。节：符节。古代使臣所持的信物。　［10］云中：古郡名，在今内蒙古托克托县东北古城村西。　［11］请书塞北阴山石，愿勒燕然车骑功：此二句意为，请采塞北阴山之石，把边塞军队将士的功勋书写镌刻在上面。勒燕然：勒石记功。勒，雕刻。典出东汉大将军窦宪率军大破匈奴，封燕然山，勒石记功。

【赏析】

　　这首歌词写边地特有的风光和对历史人物的缅怀。茫茫草原，牧马群嘶，戎装打扮的蕃人唱着苍凉悲壮的歌曲，朝朝暮暮地在黄河边围场打猎。歌颂了汉武帝巡边安民的功勋，庆幸以后不会再有蔡琰被掳、苏武被扣的悲剧事件发生。愿天子和御敌将士的功绩铭记于石、永世不忘。

## 促　促　曲[1]

　　促促何促促，黄河九回曲。
　　嫁与棹船郎[2]，空床将影宿[3]。
　　不道君心不如石[4]，那教妾貌长如玉[5]。

【注释】

　　［1］促促曲：乐府新乐府辞乐府杂题曲调名。促促，劳苦不安的样子。　［2］棹船郎：划船的人，即船夫。　［3］空床将影宿：空床上伴着影子睡眠。　［4］不道君心不如石：不说你的心不如磐石般坚定。　［5］那教妾貌长如玉：那又怎么能让"我"的面容长久地美貌如玉呢。

【赏析】

　　这是黄河边上的一个怨妇之词。反映了黄河船夫常年在船上辛苦劳作和他们妻子们独守空房的寂寞孤苦。抒发出思妇们"不道君心不如石，那教妾貌长如玉"的怨愤之情。

# 孟郊

（751—814年）唐代诗人、词人。字东野，湖州武康（今浙江德清）人。少时隐居嵩山，近五十岁才中进士，任溧阳县尉，常因吟诗荒废公务，辞官回家。五十六岁时又出来做过水陆转运从事等小官，贫寒至死。其诗词反映人民疾苦，感伤自己遭遇，多寒苦之音。诗风瘦硬奇警，用字造句力避平庸浅率，与贾岛齐名，有"郊寒岛瘦"之称。今存《孟东野集》。

## 羽 林 行[1]

朔雪寒断指[2]，朔风劲裂冰[3]。
胡中射雕者[4]，此日犹不能[5]。
翩翩羽林儿[6]，锦[7]臂飞苍鹰。
挥鞭决白马[8]，走出黄河凌[9]。

【注释】

[1]羽林行：又名《羽林郎》、《羽林儿》，乐府杂曲歌辞曲调名。"羽林"是古代禁卫军的名称。　[2]朔雪：即北方的雪。　[3]朔风：北风。这两句是说，北方的大雪能冻掉指头。强劲的北风能吹裂坚冰。　[4]胡：指胡人，古代对北方边地及西域各民族的称呼。射雕者：善于射雕的人。　[5]此日：这样的日子。犹：尚且。这两句意思是，在这样严寒的天气里，胡人中最善于射雕的人也不能够出来射猎。　[6]翩翩：形容矫健优美的风姿。羽林儿：即羽林兵。　[7]锦：锈着彩色图案的丝织品。　[8]决：疏通水道，使水流出去。白马：指黄河黎阳白马津。　[9]凌：积冰。最后四句写羽林儿的翩翩英姿和雄武豪迈的气概。

【赏析】

这首歌词描写北方黄河一带的严寒，以"胡中射雕者，此日犹不能"作衬托，盛赞了羽林健儿的英勇骁强和豪迈气概。"朔雪寒断指，朔风劲裂冰"句，极写朔方之冷，读之彻骨生寒。

# 出门行[1]（二首选一）

长河悠悠去无极[2]，百龄[3]同此可叹息。

秋风白露沾人衣，壮心凋落夺颜色。

少年出门将诉谁，川无梁兮路无歧[4]。

一闻陌上苦寒[5]奏，使我伫立[6]惊且悲。

君今得意厌粱肉[7]，岂复念我贫贱时。

【注释】

[1]出门行：乐府杂曲歌辞曲调名。此歌词共两首，这是第一首。　[2]长河：黄河。悠悠：长久，遥远。去：从一个地方到另一个地方。无极：无穷尽，无边际。　[3]百龄：百年，百岁，指长久的岁月，亦指人的一生。　[4]川无梁：河流上没有桥梁。路无歧：大路没有岔道。　[5]陌上：指《陌上桑》，乐府相和歌辞清调曲曲调名。写美貌少妇拒绝富贵诱惑。苦寒：指《苦寒行》，乐府相和歌辞平调曲曲调名。多写军旅生活的苦辛。　[6]伫立：久立，长时间站着。　[7]粱肉：粱饭和肉菜，指精美的饭食。

【赏析】

这首歌词写了出门行走的困难不易。"秋风白露"，"壮心凋落"，慨叹人生无常、世事多艰；"君今得意厌粱肉，岂复念我贫贱时"，流露出居安思危的思想意识。

# 释皎然

（生卒年不详）中唐诗人、词人，著名诗僧。字昼，一说清昼，俗姓谢，湖州长城下山（今浙江长兴）人，南朝康乐侯谢灵运之十世孙，幼负异才，成年后剃度为僧。约生活于唐肃宗、唐代宗、唐德宗时期（756—805年）。对律学特别留心，常作诗赋以咏情性，文章隽丽，时人曾誉之为释门伟器。有《儒释交游传》、《内典类聚》四十卷和《号呶子》十卷。

## 从军行[1]（五首选一）

百万逐呼韩[2]，频年[3]不解鞍。
兵屯绝[4]漠暗，马饮浊河[5]干。
破虏[6]功未录，劳师力已殚[7]。
须防肘腋[8]下，飞祸出无端[9]。

【注释】

[1]从军行：乐府相和歌辞平调曲曲调名。原歌词曲共五首，此为第三首。从军，参加军队，投身军旅。 [2]百万：军队数量，喻兵多军壮。逐：强迫离开，追赶。呼韩：汉时匈奴单于呼韩邪的省称。 [3]频年：连年。 [4]兵屯：军队驻守的地方。绝：极，极端。 [5]浊河：混浊的河流。特指黄河，因黄河水挟带大量泥沙，河水浑黄泥浊。 [6]破虏：打败敌军。 [7]殚：竭尽。 [8]肘腋：胳膊肘和腋窝，比喻非常近的地方、自己身边，如成语"事生肘腋"、"肘腋之祸"。此句意为：必须防备身边的人和事。 [9]飞祸出无端：无端地飞来横祸。

【赏析】

这首歌词先写了边塞将士守边御敌，连年征战，立下功勋无数。但是，有功之人并未得到记功封赏，所以作者为他们发出了"破虏功未录，劳师力已殚"的不平之声，充满了对将士们的无限同情。同时，警示他们提防身边的奸细和小人，不要招来无端之祸。

# 令狐楚

（766—837年）唐代诗人、词人。字壳士，自号白云孺子。宜州华原（今陕西铜川耀州区）人，先世居敦煌（今属甘肃）。唐德宗贞元七年（791年）进士，官至宰相。谥号文，追赠司空，累赠太尉。善四六骈文，其诗宏毅阔远，尤长于绝句，常与刘禹锡、白居易等人唱和。有《漆奁集》一百三十卷，又编有《元和御览诗》。

## 从军行[1]（五首选一）

却望冰河[2]阔，前登雪岭[3]高。
征人几多[4]在，又拟战临洮[5]。

【注释】

[1]从军行：乐府相和歌辞平调曲曲调名。此为歌词五首中的第三首。 [2]却望：回头远看。冰河：结冰的黄河。 [3]雪岭：被冰雪覆盖的山岭。 [4]征人：远行出征的人。几多：多少。 [5]临洮（音 táo）：县名，古称狄道，今属甘肃省定西市，是黄河上游古文化发祥地之一。

【赏析】

这首歌词写军旅生活，形象描写了边塞冰天雪地的酷寒景象，反映了军队征战不断、牺牲严重的情况，流露出了明显的厌战情绪。

## 王建

（约767—831年）唐代文学家。字仲初，颍川（今河南许昌）人。二十岁左右与张籍相识，一道从师求学，开始写乐府诗。三十岁左右离家从戎，曾北至幽州、南至荆州等地，写了一些以边塞战争和军旅生活为题材的诗篇。离开军队后，曾为官吏，在长安时与张籍、韩愈、白居易、刘禹锡、杨巨源等有来往。其乐府诗与张籍齐名，世称"张王乐府"。有《新唐书·艺文志》、《郡斋读书志》、《直斋书录解题》各十卷，《崇文总目》二卷，《王建诗集》十卷。

### 公无渡河[1]

渡头[2]恶天两岸远，波涛塞川如叠坂[3]。
幸无白刃[4]驱向前，何用将身自弃捐[5]。
蛟龙啮[6]尸鱼食血，黄泥[7]直下无青天。
男儿纵轻妇人语，惜君性命还须取[8]。
妇人无力挽断衣，舟沉身死悔难追[9]，公无渡河公自为。

【注释】

[1]公无渡河：又名"箜篌引"，乐府相和歌辞曲调名。 [2]渡头：渡口。 [3]叠坂：重复累积的山坡。 [4]白刃：锋利的刀剑。 [5]自弃捐：自己舍弃身体生命。 [6]啮（音niè）：咬，啃。 [7]黄泥：带着泥沙的黄河水。 [8]男儿纵轻妇人语，惜君性命还须取：纵然男儿轻视妇人的话，珍惜性命的言语还必须是要听的。 [9]妇人无力挽断衣，舟沉身死悔难追：一个妇人无力不能把你拉回来，（结果）船沉没人淹死后悔也追不回来了。

【赏析】

　　这首歌词先写天气恶劣、风大浪涌的自然环境，再写男主人公不思后果轻率渡河，以致身死喂了蛟鱼被泥沙冲击而去。作者对死者不听良言、不惜生命、自取灭亡的行为给予了指责，对一个生命的无辜逝去深为惋惜。

# 从 军 行[1]

汉军逐单于,日没处河曲[2]。
浮云[3]道旁起,行子[4]车下宿。
枪城围鼓角[5],毡帐[6]依山谷。
马上悬壶浆[7],刀头分颊肉。
来时高堂上,父母亲结束[8]。
回首不见家,风吹破衣服。
金疮[9]生肢节,相与拔箭镞[10]。
闻道西凉州[11],家家妇女哭。

【注释】

[1]从军行:乐府相和歌辞平调曲曲调名。 [2]河曲:黄河弯曲的地方。 [3]浮云:飘浮的云彩。 [4]行子:出门在外的人。 [5]枪城:四周用削尖的竹木构筑的防御栅栏。其状若城,故名。鼓角:战鼓和号角。古代军队为了指挥部队发号施令而制作的吹擂之物。 [6]毡帐:毡制的帐篷。 [7]壶浆:以壶盛的茶水、酒浆。 [8]结束:装束、收拾。 [9]金疮:刀箭等金属器械造成的伤口。 [10]箭镞:金属制作的箭头。 [11]凉州:古地名,又称雍州、姑臧、休屠,先设雍州,后改凉州,又称雍凉(甘肃省武威市)。前凉、后凉、南凉、北凉、大凉在此建都。一度是西北的军政、经济、文化中心。

【赏析】

歌词形象地描写了战争的残酷和军人极其艰苦的生活以及将士和他们亲人的相互思念、悲苦的心绪,从而流露出作者对他们深切的同情和悲悯。

# 独 漉 歌[1]

独独漉漉[2],鼠食猫肉[3]。
乌日中[4],鹤露宿,黄河水直人心曲[5]。

【注释】

[1]独漉歌：乐府舞曲歌辞杂舞曲调名。　[2]独独漉漉：象声词。　[3]鼠食猫肉：老鼠吃猫的肉。正常情况下，猫吃老鼠，若"鼠食猫肉"那就不正常了。　[4]乌日中：乌，黑色。日中应该是一天中最明亮的时候，"乌日中"是不正常的。　[5]黄河水直人心曲：人们常说"黄河九曲十八弯"，即指黄河是曲折多弯的；而人心应该是正的直的。"黄河水直人心曲"那就是说黄河和人心都是不正常的。

【赏析】

歌词连写几个不正常的现象，深刻揭露社会的黑暗、世道的混乱和人心的扭曲，抨击了黑白颠倒、好人受气甚至受迫害的政治社会现实。

野菜　摄影／孟宪明

# 张仲素

（约769—819年）唐代诗人、词人。字绘之，符离（今安徽宿州）人，郡望在河间鄚（今河北任丘）。唐贞元十四年（798年）进士，又中博学宏辞科，为武宁军从事。唐宪宗元和间，任司勋员外郎，又从礼部郎中充任翰林学士、迁中书舍人。擅长乐府诗，以写征人思妇题材为多。

## 塞下曲[1]（五首选一）

陇水潺湲[2]陇树秋，征人[3]到此泪双流。
乡关[4]万里无因见，西戎河源[5]早晚休。

【注释】

[1]塞下曲：乐府新乐府辞乐府杂题曲调名。原歌词共五首，此为第四首。 [2]陇水：河流名，源出陇山。陇山在今陕西陇县至甘肃平凉一带。潺湲（音 chán yuán）：水慢慢流动的样子。 [3]征人：远行的人。这里指出征或戍边的军人。 [4]乡关：家乡，故乡。 [5]西戎：西部的一些部族。河源：黄河之源。黄河发源于青海省巴颜喀拉山。黄河源区指龙羊峡以上，位于青藏高原东北部的黄河流域范围，涉及青海、四川、甘肃三省的六个州、十八个县。

【赏析】

歌词描写了陇西秋天的萧瑟景象，抒发了征人思念家乡的悲苦心绪。

# 刘禹锡

（772—842年）唐代文学家。字梦得，洛阳（今河南洛阳市）人。唐贞元九年（793年）进士，官终检校礼部尚书。晚年在洛阳与白居易为诗友，并称"刘白"。他的诗沉着稳练，风调自然清新。《竹枝词》、《柳枝词》等富有民歌特色，于唐诗中别开生面。有《刘梦得文集》。

## 浪淘沙[1]（九首选一）

九曲黄河万里沙[2]，浪淘风簸自天涯[3]。
如今直上银河[4]去，同到牵牛织女[5]家。

【注释】

[1]浪淘沙：乐府近代曲辞曲调名。写"浪淘沙"词始于刘禹锡、白居易，大抵描写风沙推移、人世变迁，专咏调名本意。刘禹锡的《浪淘沙》共有九首，所选是第一首。 [2]九曲黄河：形容黄河河道弯曲之多。九，虚言其多，非实指。万里沙，指黄河携泥带沙，源远流长。 [3]浪淘风簸：说黄河浪涛汹涌、奔腾澎湃。天涯：天边。以上二句描绘了黄河自天边滚滚而来、奔腾不息的壮丽图景。 [4]银河：天河。 [5]牵牛织女：牵牛星和织女星，二星分别在银河两边，民间传说他们是一家。古人认为黄河与天河相通，沿着黄河往上走就可以到天河。

【赏析】

这首歌描绘黄河奔流滚滚的雄伟画面，并用浪漫主义手法，表现了勇于迎风顶浪的豪迈气概。

# 七日夜女歌[1]（九首选三）

## 其　　一

三春怨离泣[2]，九秋欣期[3]歌。
驾鸾行日时[4]，月明济长河[5]。

【注释】

[1]七日夜女歌：乐府清商曲辞吴声歌曲曲调名。吴声歌曲出自江南，乐器有篪（音 chí，笛子一样的乐器，有八孔）、箜篌、琵琶、笙、筝等。"七日夜女歌九首"是关于牛郎织女故事的组诗。　[2]三春：春季的三个月；也指春天的第三个月，季春、暮春。怨离泣：为离别忧伤怨恨而哭泣。　[3]九秋：秋天，九月深秋。欣期：欢喜的期待。　[4]驾鸾行日时：神鸟驾着太阳车运行。　[5]月明：月亮升起来照亮大地的时候。济：渡。长河：原特指黄河。古人认为，黄河上游与天河相通，这里指天河。

## 其　　二

长河起秋云[6]，汉渚风凉发[7]。
含欣出霄路[8]，可笑向明月。

【注释】

[6]秋云：秋天的云。　[7]汉渚：指银河、天河。风凉发：凉风吹来。　[8]含欣：含着欣喜，含着笑意。霄路：九霄之路，云端之路，天上之路。

## 其　　三

金风起汉曲[9]，素月[10]明河边。
七章未成匹[11]，飞燕起长川[12]。

【注释】

　　[9] 金风：秋风。汉曲：银汉天河的弯曲处。　[10] 素月：素白之月，皓月。　[11] 七章：七彩丝锦。章，指红白花纹相间的丝织品。未成匹：没有织成一匹。　[12] 长川：即长河。

【赏析】

　　这组歌写一个与夫久别的女子，借牛郎织女故事抒发自己的离愁别恨以及欢喜地期待相见、盼望重逢的心情。

河边小景　摄影／孟宪明

内蒙与银川共有的黄河　摄影/孟宪明

# 白居易

（772—846 年）唐代诗人、词人。字乐天，号香山居士，又号醉吟先生，生于河南新郑，祖籍山西太原。是中唐著名诗人，有"诗魔"、"诗王"之称，与元稹共同倡导新乐府运动，世称"元白"，又与刘禹锡合称"刘白"。官至翰林学士、左赞善大夫。有《白氏长庆集》，代表作有《长恨歌》、《琵琶行》、《卖炭翁》等。

## 浩 歌 行[1]

天长地久无终毕[2]，昨夜今朝又明日[3]。
鬓发苍浪牙齿疏[4]，不觉身年四十七。
前去五十有几年，把镜照面心茫然[5]。
既无长绳系白日[6]，又无大药驻朱颜[7]。
朱颜日渐不如故，青史功名在何处[8]？
欲留年少待富贵，富贵不来年少去[9]。
去复去兮如长河，东流赴海无回波[10]。
贤愚贵贱同归尽，北邙冢墓高嵯峨[11]。
古来如此非独我，未死有酒且酣歌[12]。
颜回短命伯夷饿[13]，我今所得亦已多。
功名富贵须待命[14]，命若不来知奈何。

【注释】

[1]浩歌行：乐府杂曲歌辞曲调名。浩，大也。浩歌，即大声地唱歌，放声高歌。 [2]终毕：终结，结束，完结。 [3]昨夜今朝又明日：意思为，昨天、今天又是明天，一天天过去了。 [4]鬓发苍浪：头发花白。牙齿疏：牙齿稀疏。 [5]面：面容，脸面。心茫然：失意的样子。 [6]既无长绳系白日：既没有长长的绳子拴住太阳。系，拴。白日，太阳。此句意思为没有办法不让时间流逝，留住青春时光。 [7]又无大药驻朱颜：又没有灵药让美好的容颜永驻。朱颜，红润美好的容颜。 [8]朱颜日渐不如故，青史功名在何处：美好的容貌渐渐地不如以前了，能青史留名的功业在

哪里呢？　[9]欲留年少待富贵，富贵不来年少去：想留住青春年少的时光等待富贵到来，富贵没有来而年少的时光已经去了。　[10]去复去兮如长河，东流赴海无回波：逝去又逝去啊好似黄河水，向东流淌奔赴大海而没有回头的水波。　[11]邙：即邙山。邙山西起洛阳西、东至郑州北，绵延四百余里，是黄河故道之黄土山脉，黄河从其北坡穿流而过。自古以来被认为是墓葬的风水宝地。冢墓：坟墓。嵯峨（音 cuó é）：山势高峻的样子。　[12]酣歌：尽兴歌唱。　[13]颜回短命：颜回，字子渊，春秋末期鲁国人。是孔子最得意的弟子，孔门十圣之一，孔门七十二贤之首、儒家五大圣人之一。出生于公元前521年，公元前481年去世，只活了40岁。伯夷饿：伯夷是商朝末人，商契的后代；商纣王末期孤竹国第八任君主亚微的长子，有弟亚凭、叔齐。初，孤竹君欲以三子叔齐为继承人，亚微死，叔齐让大哥伯夷继位，伯夷尊父命，不受，遂逃走。叔齐亦不肯继位，也逃走了。二人同往西岐，路上遇到周武王率军伐纣，二人遂前往劝阻，无果。后来天下归周，二人不食周粟，饿死在首阳山。　[14]命：命运，命由天定。

【赏析】

　　这首歌词写时光易逝、韶华难留以及生死、衰亡的自然社会规律，警示人们要趁年轻努力学习、工作、奋斗。但是，后边又说"贤愚贵贱同归尽"、"功名富贵须待命"，表露了安命守道的思想意识。

# 缚　戎　人[1]

缚戎人，缚戎人，耳穿面破驱入秦[2]。
天子矜怜[3]不忍杀，诏徙东南吴与越[4]。
黄衣小使录姓名[5]，领出长安乘递行[6]。
身被金疮面多瘠[7]，扶病徒行日一驿[8]。
朝餐饥渴费杯盘，夜卧腥臊污床席[9]。
忽逢江水忆交河[10]，垂手齐声呜咽歌[11]。
其中一虏语诸虏："尔苦非多我苦多。"
同伴行人因借问，欲说喉中气愤愤。

自云乡贯本凉原[12],大历年中没落蕃[13]。
一落蕃中四十载,遣着皮裘系毛带[14]。
唯许正朝服汉仪[15],敛衣整巾潜泪垂。
誓心密定归乡计,不使蕃中妻子知。
暗思幸有残筋力,更恐年衰归不得。
蕃侯严兵鸟不飞,脱身冒死奔逃归。
昼伏宵行[16]经大漠,云阴月黑风沙恶。
惊藏青冢寒草疏,偷渡黄河夜冰薄[17]。
忽闻汉军鼙鼓[18]声,路旁走出再拜迎。
游骑不听能汉语[19],将军遂缚作蕃生[20]。
配向江南卑湿地[21],岂无存恤[22]空防备。
念此吞声仰诉天,若为辛苦度残年。
凉原乡井[23]不得见,胡地妻儿虚弃捐[24]。
没蕃被囚思汉土,归汉被劫为蕃虏[25]。
早知如此悔归来,两地宁如一处苦。
缚戎人,戎人之中我苦辛。
自古此冤应未有,汉心汉语吐蕃身[26]。

【注释】

[1]缚戎人:乐府新乐府辞曲调名。缚,捆绑,拘束;戎人,古时候对西北部族人的称呼。缚戎人,即将戎人绑缚起来。汉唐时为防止奸细刺探军情搞破坏,对混入汉境的戎蕃人实施抓捕捉拿。 [2]耳穿面破:耳朵穿洞,脸面上刺符文。驱入秦:被驱赶进入秦地长安。 [3]天子:皇帝。矜怜:怜悯、可怜。 [4]诏:诏书,古代皇帝颁发的命令。徙:迁移。吴与越:指春秋时期吴国和越国所在的地方,即今江苏南部、上海、浙江、安徽南部、江西东北一带地区。 [5]黄衣小使:穿着黄衣服的内使。录姓名:记录姓名等,登记在册。 [6]领出:带出,押出。长安:古都城名,位于今西安市西北。汉高祖七年(前200年)定都于此,此后西汉、东汉献帝

初、西晋愍帝、前赵、前秦、后秦、西魏、北周、隋、唐皆都于此。乘递行：乘坐车船依次前行。　　[7]身被金疮：身上有刀剑所伤的发炎腐烂的疮口。面多瘠：面黄肌瘦。瘠，瘦弱。　　[8]扶病徒行日一驿：带着病痛行走，一天走一驿的路程。一驿，古代不同朝代一驿的里程距离也不同，十几里或几十里不等。驿，指驿站，古代官方的客站，专供传递公文的人或官员出差中途换马及暂时住宿的地方。　　[9]朝餐饥渴费杯盘，夜卧腥臊污床席：早上吃饭因饥渴吃光了杯盘，夜晚睡觉伤口腥臊脏污了床席。　　[10]忽逢江水：忽然看到了长江水。忆：回想。交河：指交河城。交河故城位于今新疆吐鲁番市高昌区亚尔乡西，是唐代西域最高军政机构安西都护府的最早的驻地。这里代指家乡。　　[11]呜咽歌：呜呜咽咽唱起悲歌。　　[12]乡贯：家乡籍贯。凉原：指古凉州一带。范围涵盖今新疆、甘肃、宁夏、青海东部和内蒙古额济纳旗的区域。　　[13]大历年中没落蕃：大历年间沦陷流落于吐蕃。大历，唐代宗李豫的年号（766—780年）。[14]遣着皮裘系毛带：穿着兽皮衣服，腰里系着毛皮带子。[15]正朝：正月一日。服汉仪：穿汉人衣服。[16]昼伏宵行：白天潜伏起来，夜晚行路。[17]警藏青冢寒草疏，偷渡黄河夜冰薄：担心草木稀疏藏不住人，躲在长满草木的坟墓地里；夜里偷偷地涉渡结着薄冰的黄河。[18]鼙（音pí）鼓：古时军队用的小鼓。[19]游骑（音jì）：巡逻的骑兵。[20]蕃生：蕃人。[21]卑湿地：地势低下潮湿的地方。[22]存恤：慰问抚恤。[23]乡井：家乡，乡人。[24]虚弃捐：白白地丢下抛弃。[25]没蕃被囚思汉土，归汉被劫为蕃虏：当年陷入蕃地被囚禁思念汉地，如今回归汉地又被劫持成了俘虏。[26]汉心汉语吐蕃身：汉人的心、汉人的语言、吐蕃人的身体。

## 【赏析】

　　这首叙事长歌写一名唐朝男子，从被吐蕃占领的陇右地区冒死逃回汉地，却被当作吐蕃人而含冤流放的故事。安史之乱后，唐朝由盛转衰，青藏高原上崛起的吐蕃政权乘虚而入，至唐代宗广德元年（763年）已攻陷唐朝的陇右道东部和剑南道西部诸州，进而蚕食河西和安西、北庭的广大地区。此歌刻画的正是生活于这个时期被占区的一名汉族百姓的形象，流落四十载，吃了无数的苦，但仍不变其"汉心汉语"的本色。作者对被占区百姓的苦难给予极大同情，也鞭挞了唐王朝决策的失误和社会的黑暗。

# 隋 堤 柳[1]

隋堤柳,岁久年深尽衰朽[2]。

风飘飘兮雨萧萧[3],三株两株汴河[4]口。

老枝病叶愁杀人,曾经大业[5]年中春。

大业年中炀天子[6],种柳成行夹流水[7]。

西至黄河东至淮,绿荫一千三百里[8]。

大业末年春暮月[9],柳色如烟絮如雪。

南幸江都恣佚游[10],应将此柳系龙舟。

紫髯郎将护锦缆[11],青娥[12]御史直迷楼。

海内财力此时竭,舟中歌笑何时休。

上荒下困势不久,宗社之危如缀旒。

炀天子,自言福祚[13]长无穷,岂知皇子封酅公[14]。

龙舟未过彭城阁,义旗已入长安宫[15]。

萧墙祸生人事变,晏驾不得归秦中[16]。

土坟数尺何处葬,吴公台[17]下多悲风。

二百年[18]来汴河路,沙草和烟朝复暮。

后生何以鉴前王,请看隋堤亡国树[19]。

## 【注释】

[1]隋堤柳:乐府新乐府辞曲调名。据史载:隋炀帝大业初年(605年),征发河南诸郡男女百姓百余万人开挖通济渠(也叫汴河),作为隋唐大运河的首期工程,连接黄河与淮河。自河南荥阳的板渚出黄河向东南,沟通了江苏盱眙境内的淮河,全长一千三百里,经三省十八县,两岸广植柳树。 [2]衰朽:衰老腐朽。 [3]风飘飘:柳堤刮风的样子。兮:文言助词。雨萧萧:形容下雨貌。 [4]汴河:即隋唐大运河的从黄河至淮河段,又称通济渠。 [5]大业:隋炀帝杨广的年号,公元605年至公元617年。 [6]炀天子:指隋炀帝杨广。 [7]种柳成行夹流水:两岸种植成行的柳树,夹着中间的汴河流水。 [8]西至黄河东至淮,绿荫一千三百里:从

西北的黄河口至东南的淮河口,柳树绿荫绵延一千三百里。　[9]春暮月:即春三月。正月为初春或早春,二月为中春或仲春,三月为暮春或晚春。　[10]南幸江都恣佚游:隋炀帝从运河乘船南幸江都,即今扬州。一路恣意游乐,沉湎酒色。　[11]紫髯郎将护锦缆:隋炀帝幸江都带着后宫嫔妃子女及众多臣工等一二十万人,极尽奢华。他所乘龙船有四层,高四丈五尺,宽五丈,长二十丈,有正殿、内殿和朝堂,中间两层有房间一百二十间,皆饰以金玉及各种镂饰雕刻。整个船队各种船只数千艘,首尾相接二百余里。这些船只共用拉船纤夫八万余人,其中挽船士九千多人,皆以锦缎为袍。船队行进中,有骑兵在两岸护卫。　[12]青娥:美丽的少女。　[13]福祚(音zuò):福禄,福分。　[14]酅(音xī)公:唐高祖李渊夺得隋朝政权后,封隋炀帝的儿子隋恭帝杨侑为酅公。　[15]龙舟:龙形的船。此处指隋炀帝的大船。彭城:即今徐州。义旗:起义军的旗子。这两句说隋炀帝的龙舟还未到彭城,起义军已经攻进了长安的皇宫。　[16]萧墙:面对国君宫门的小墙,一名塞门,又称屏,臣至此屏便肃然起敬。比喻内部。晏驾:古时帝王死亡的讳称。秦中:指陕西中部平原地区,此指长安。这两句说隋朝朝廷内部起了祸端,人和事大变化,炀帝身死也回不到长安。　[17]吴公台:古台名,在今江苏省扬州市邗江区。南朝宋时,沈庆之攻竟陵王时所筑之弩台,后来陈朝名将吴明彻围攻北齐敬子猷,增筑以射城内,故名。公元618年,炀帝在江都缢死,葬于吴公台下。　[18]二百年:从隋炀帝修运河栽柳树到白居易生活的中唐正好二百来年。　[19]亡国树:指运河隋堤柳树。

【赏析】

　　这首叙事长歌以汴河堤柳为切入点写隋炀帝覆灭的一段历史事实。隋炀帝自执政后,便不顾国情国力和民财民意,穷兵黩武、大肆征讨,修筑宫殿园林,开挖运河,筑造龙舟舰船,穷奢极欲,肆意享乐。竭尽国民财力,陷百姓于水深火热之中,民众怨声载道。不几年便激起民反,纷纷起义,直至朝中哗变换了新君,改了朝代。作者语言平实而又犀利,深刻揭露了炀帝的残酷无情和骄奢淫逸以及对人民的剥削和奴役。告诫后世君王要以炀帝亡身亡国的历史为鉴,记住"隋堤亡国树"的教训。

# 古 离 别[1]

食蘗[2]不易食梅难，蘗能苦兮梅能酸。
未如生别之为难，苦在心兮酸在肝。
晨鸡载明残月没[3]，征马重嘶行人出[4]。
回看骨肉[5]哭一声，梅酸蘗苦甘如蜜。
黄河水白黄云秋，行人河边相对愁。
天寒野旷何处宿，棠梨叶战风飕飕[6]。
生离别，生离别，忧从中来无断绝[7]。
忧积心劳血气衰，未年三十生白发。

## 【注释】

[1]古离别：乐府杂曲歌辞曲调名，一作"古别离"。多写征战之时、丧乱之余人们的生死离别之事、之情。　[2]蘗（音bò）：落叶乔木，树皮和果实可入药，味苦，也称黄柏。　[3]晨鸡载明：雄鸡晨起报晓。残月没：残缺的月亮落了。此句意为天明了。　[4]征马重嘶：出征的战马又发出嘶叫声。行人：出远门的人。　[5]骨肉：喻儿女亲人。　[6]"黄河"以下四句，写深秋的黄河水边，行人相对看着发愁，在这天气寒冷的旷野哪里可以住宿，只听见棠梨叶在秋风中飕飕颤动。战，通"颤"。[7]断绝：不再连贯。

## 【赏析】

这首歌词以苦蘗和酸梅反映出征人出门离家时与亲人分别的悲凉心情，虽然出门在外生活艰苦，但主人公一直忧心放不下的愁思却是与亲人的"生离别"，以至于"忧积心劳血气衰，未年三十生白发"。表达了作者对生活于战乱环境中的百姓以深深的同情。

## 姚合

（775—854年）唐代诗人、词人。陕州硖石（今河南省三门峡市硖石乡）人。唐宪宗元和十一年（816年）登进士第，初授武功主簿。历监察御史、户部员外郎、荆州和杭州刺史、给事中等，官终秘书监。诗与贾岛齐名，号称"姚贾"。有《姚少监诗集》十卷。

### 剑器词[1]（三首）

#### 一

圣朝[2]能用将，破敌[3]速如神。
掉剑[4]龙缠臂，开旗[5]火满身。
积尸川没岸，流血野无尘[6]。
今日当场舞，应知是战人[7]。

【注释】

[1]剑器词：乐府杂舞曲辞曲调名。剑器词也就是舞剑或剑舞时的配合歌曲。 [2]圣朝：古代的人对本朝的称呼。 [3]破敌：击败敌军。 [4]掉剑：即使用剑，弄剑，耍剑。 [5]开旗：展开红旗，挥舞红旗。 [6]积尸川没岸，流血野无尘：（敌人）死尸堆积在河里一直漫到岸上，流血淌满田野。 [7]战人：参加战斗的人。

#### 二

昼渡黄河水，将军险用师[8]。
雪光偏着甲[9]，风力不禁旗[10]。
阵变龙蛇活[11]，军雄鼓角知。
今朝重起舞，记得战酣时[12]。

【注释】

[8]师：军队。 [9]雪光偏着甲：雪光映射着穿的铠甲。 [10]风力不禁旗：风大得旗都立不住。 [11]阵变龙蛇活：战阵变换灵活如龙蛇。 [12]战酣：战斗正激烈。

## 三

破虏[13]行千里,三军[14]意气粗。
展旗遮日黑,驱马饮河枯[15]。
邻境求兵略,皇恩索阵图[16]。
元和[17]太平乐,自古恐应无。

【注释】

[13]破虏:打败敌军。 [14]三军:古代军队设上、中、下三军,或左、中、右三军,或前、中、后三军。 [15]展旗遮日黑,驱马饮河枯:展开旗子能遮蔽住太阳而白天变黑,牵马去黄河饮水能把河水饮干。形容军队庞大雄壮。枯,水全没有了。 [16]邻境求兵略,皇恩索阵图:邻邦来学习战法谋略,求皇帝施恩教给阵法布图。 [17]元和:唐宪宗李纯年号,公元806年至公元821年。

【赏析】

这三段歌曲是战争胜利后将士们庆功会上挥刀剑起舞的时候所唱的,第一段歌颂朝廷运筹帷幄、用兵如神;第二段赞誉将帅们谋略周全、指挥若定;第三段表扬战士们勇敢灵活、训练有素。每一段最后都描写将士们在战争胜利后载歌载舞的欢庆场景,表达了作者对军防稳固、国力强盛之太平盛世的称颂,从中自然流露出一种自豪感和幸福感。

# 刘采春

（生卒年、生平事迹均不详）中唐女词人。淮甸（今江苏淮安、淮阴一带）人，一作越州（今浙江绍兴）人。是伶工周季崇的妻子。擅长演唐代流行的参军戏。元稹曾有一首《赠刘采春》，评她演戏"言词雅措风流足，举止低回秀媚多"，"选词能唱《望夫歌》"。《望夫歌》即是《啰唝曲》。刘采春的词作以浓厚的民间气息，给人以新奇之感。其写作特色：直叙其事，直表其意，直抒其情。语言多脱口而出，不事雕琢，纯用白描手法，全无烘托，而自饶姿韵，风味可掬，有"着手成春"之妙。有《啰唝曲》多首，多为盼望远行人归来之意，所以"采春一唱是曲，闺妇、行人莫不涟泣"。

## 啰唝曲[1]（七首选一）

昨日胜今日，今年老去年。
黄河清有日[2]，白发黑无缘[3]。

【注释】

[1]啰唝曲：唐教坊曲调名，又称"望夫歌"。啰唝（音 luó hǒng）。这组曲词共七首，写嫁作商人妇的女子与丈夫长年分离、空闺独守，抒发盼夫念夫的离愁别恨和寂寞孤独的凄苦之情。此曲词是其中第五首。　[2]黄河清有日：古人认为黄河水一千年变清一次，故有"清有日"之说。　[3]白发黑无缘：年老头发白了以后便再无机缘变黑。

【赏析】

这首曲词先写红颜日改、年华易逝，由此引发出"黄河清有日，白发黑无缘"的悲叹，抒发空闺长守、青春虚抛的凄凉之情。

# 张祜

（约785—849年）唐代诗人、词人。字承吉，清河（今河北邢台市清河县）人。家世显赫，被人称作张公子，有"海内名士"之誉。因受元稹排挤而寓居淮南，后隐居丹阳至终。在诗词创作上成就卓越，"故国三千里，深宫二十年"，以是得名。《全唐诗》收录其诗词三百四十九首。

## 入 关[1]

都城连百二[2]，雄险此回环[3]。
地势遥尊岳[4]，河流侧让关[5]。
秦皇[6]曾虎视，汉祖[7]亦龙颜。
何事枭凶辈[8]，干戈[9]自不闲。

【注释】

[1]入关：乐府横吹曲辞汉横吹曲曲调名。多写军队征战之事。 [2]都城：大城为"都"，小城为"邑"，所以古代的都城指国家的首都及较大的城市。连：相接。百二：原意是以二敌百。此处形容秦陇地势险要。 [3]雄险：雄伟险要。回环：环绕。 [4]遥：远。岳：高大的山。 [5]河流侧让关：关隘的旁边是河流。关，关隘。 [6]秦皇：指秦始皇嬴政。公元前221年，秦灭六国后，嬴政称皇帝，建立了秦帝国。他自称"始皇帝"，后世遂称之"秦始皇"。 [7]汉祖：指汉高祖刘邦。公元前202年，刘邦建立汉王朝，登基为帝，是为汉高帝。死后谥号高皇帝，庙号太祖，全称为汉太祖高皇帝。《史记》作《高祖本纪》，首称刘邦为高祖，后世便称之为"汉高祖"或"汉祖"。 [8]枭凶（音xiāo xiōng）辈：凶恶厉害之人，强悍有野心之人。枭，一种猛禽大鸟。 [9]干戈：干与戈都是古兵器。比喻战争。

【赏析】

这首歌词描写了关隘的形势险峻、地位紧要，是"秦皇"、"汉祖"历代政治、军事人物争夺的重要之地。也正是因为这些不安分的枭雄之辈，才使得天下"干戈"不断，战事频起。

## 王叡

（音 ruì）（生卒年不详）唐代词人。号炙毂（音 zhì gǔ）子。《全唐诗》谓其为"元和（806—820 年）后诗人"。《炙毂子诗格》中引及李郢诗，《全唐诗》谓李郢为唐宣宗"大中十年（856 年）进士"，故王叡大中十年后尚在世。有《炙毂子诗格》一卷。

### 公无渡河[1]

浊波洋洋兮凝晓雾[2]，公无渡河兮公苦渡。
风号水激兮呼不闻[3]，提壶看入兮中流[4]去。
浪摆衣裳兮随步没，沉尸深入兮蛟螭窟[5]。
蛟螭尽醉兮君血干，推出黄沙兮泛君骨[6]。
当时君死妾何适[7]，遂就波涛合魂魄[8]。
愿持精卫衔石心[9]，穷取河源塞泉脉[10]。

【注释】

[1]公无渡河：乐府相和歌辞曲调名。又名"箜篌引"。 [2]浊波：黄河波浪。洋洋：盛大的样子。凝：凝结，聚集。晓雾：早晨的雾。 [3]风号：大风呼号。水激：河水震荡涌动或飞溅。呼不闻：听不见叫喊。 [4]提壶：提着酒壶。看入：看着进入（水中）。中流：水流的中央。 [5]蛟螭（音 jiāo chī）窟：蛟龙的洞穴。蛟螭，古代传说中的一种龙。 [6]蛟螭尽醉兮君血干，推出黄沙兮泛君骨：蛟龙吸尽了提壶人的血，被浪波推上岸边的黄沙上浮着尸骨。 [7]当时君死妾何适：当时你就死了，妾哪里去呢？君，指渡河的提壶人。妾，提壶人妻子自称。 [8]遂就波涛合魂魄：追随着投进黄河波涛里魂魄和你相聚。 [9]愿持精卫衔石心：愿秉持精卫衔石填海的决心。精卫衔石，古代有"精卫填海"的神话，传说炎帝的小女儿女娲，游水时溺死于东海。死后化作精卫鸟，每天衔西山之木石往填东海，要把东海填平。 [10]穷取河源塞泉脉：找到黄河源头堵塞泉眼泉脉。

【赏析】

这首歌词描写了黄河风高浪险的环境，黄河提壶人渡河溺死，其妻劝而无功随之投河而死的事实。暗喻了社会的黑暗和残酷，并发出"愿持精卫衔石心，穷取河源塞泉脉"的不平、抗争之声。

## 鲍溶

（生卒年、籍贯不详）唐代诗人、词人。字德源。唐宪宗元和四年（809年）进士。中唐时期的重要诗人，晚唐诗论家张为著《诗人主客图》，尊鲍溶为"博解宏拔主"，将他与"广大教化主"白居易、"高古奥逸主"孟云卿、"清奇雅正主"李益、"清奇僻苦主"孟郊、"瑰奇美丽主"武元衡并列，为"六主"之一。《全唐诗》存其诗三卷一百九十六首。

### 苦哉远征人[1]

征人歌古曲，携手上河梁[2]。
李陵[3]死别处，杳杳玄冥乡[4]。
忆昔从此路，连年征鬼方[5]。
久行[6]迷汉历，三洗[7]毡衣裳。
百战[8]身且在，微功[9]信难忘。
远承云台[10]议，非势孰[11]敢当。
落日吊李广[12]，白身过河阳[13]。
闲弓[14]失月影，劳剑无龙光[15]。
去日始束发[16]，今来发成霜。
虚名乃闲事[17]，生见父母乡。
掩抑《大风歌》[18]，徘徊少年场[19]。
诚哉古人言，鸟尽良弓藏[20]。

【注释】

[1]苦哉远征人：相和歌辞平调曲曲调名。主要写远征之人的困苦辛劳。哉，文言语气助词。苦哉，即是"苦啊"。 [2]携手：牵手，拉手。河梁：黄河桥梁。河，古代专称黄河。梁，桥。 [3]李陵：生于公元前134年，陇西成纪（今甘肃秦安县）人；西汉时期名将，飞将军李广长孙，善骑射，爱士卒，颇有美名。公元前99年10月，奉汉武帝命出征匈奴。11月，率五千军遭遇匈奴单于的八万军队，激战八天八夜，兵败被俘，从此再未回汉。公元前74年死于匈奴。 [4]杳杳：幽远貌。冥乡：阴

间。　［5］鬼方：古时指中国西北方部落的居住地。　［6］久行：长久的远行。　［7］三洗：多次洗。三，不确指，意思是"多"。　［8］百战：无数次战斗。百，不确指，意思是"很多"。　［9］微功：很小的功劳。　［10］云台：汉代宫殿名，此指古代朝廷议事的场所。　［11］孰：谁，哪个。　［12］落日：落山的太阳。吊：凭吊。李广：陇西成纪（今甘肃秦安县）人，西汉时期名将，人称"飞将军"。将门出身，善骑射，历任七个郡的太守，前后四十多年。其平吴楚之乱，名声显扬。公元前119年，漠北之战中，因迷路而未能参战，愤愧自杀。　［13］白身：指身无功名官职爵位的平民。河阳：县名，即今黄河北岸的河南省孟州市。也是黄河古渡口名，在今孟州市的西南。　［14］闲弓：闲置下来的弓箭。　［15］龙光：龙的光华。　［16］束发：把头发梳束成型。古代汉族男子十五岁束发成髻，表示成年。　［17］虚名乃闲事：虚幻的名声都是无关紧要的事。　［18］《大风歌》：为汉高祖刘邦创作的一首歌，共三句：大风起兮云飞扬，威加海内兮归故乡，安得猛士兮守四方。直抒胸臆，雄豪自放。语言质朴，大气磅礴。　［19］少年场：少年人聚会的场所。　［20］鸟尽良弓藏：鸟没有了，弓就藏起来不用了。比喻事情成功后，把曾经出过力的人一脚踢开。

【赏析】

　　这首歌不仅写军人长年征战沙场的劳苦，还以李广、李陵祖孙为例，写他们常常不被上位者理解甚至误解，最终身死异乡。征战一生，身经百战，归来仍是"白身"，官职虚名皆无……作者不禁发出"去日始束发，今来发成霜"、"鸟尽良弓藏"的感慨和叹息。

# 塞　上　行[1]

西风应时筋角坚[2]，承露[3]牧马水草冷。
可怜黄河九曲[4]尽，毡馆牢落树无影[5]。

【注释】

［1］塞上行：乐府新乐府辞乐府杂题曲调名。 ［2］西风：刮起西风的时候，指季节到了秋天。应时：合于时令。筋角坚：筋角指动物的筋和角，古时常用来做弓。到了秋冬时候，动物筋角变得坚劲。 ［3］承露：承接霜露。 ［4］黄河九曲：指黄河九曲十八弯。 ［5］毡馆牢落树无影：只有几顶毛毡帐篷，不见树的影子。

【赏析】

此歌词描写秋冬时节塞外大漠的荒凉寂寥及露重水冷。反映了将士们趁着秋冬时节用动物筋角制作战弓的军营生活。

可怜黄河九曲尽　摄影/孟宪明

# 李贺

（790—816年）唐代诗人、词人。字长吉，福昌（今河南洛宁东北）人，唐宗室远支。七岁能赋诗，少年时就以乐府诗为世所重。但因父名晋肃而不得参加进士考试，一生失意，生活困顿，二十七岁便郁郁死去。其作品多反映黑暗现实和自己怀才不遇。想象丰富，诗境新奇，用词瑰丽，有"鬼才"之称。今存《昌谷集》。

## 塞 下 曲[1]

胡角[2]引北风，蓟门[3]白于水。
天含青海道[4]，城头见千里[5]。
露下旗蒙蒙[6]，寒金鸣夜刻[7]。
蕃甲[8]锁蛇鳞，马嘶青冢[9]白。
秋静是旄头[10]，沙远席羁[11]愁。
帐北天应尽[12]，黄河出塞流[13]。

【注释】

[1]塞下曲：乐府新乐府辞乐府杂题曲调名。 [2]胡角：胡人用兽角制作的吹奏乐器。 [3]蓟门：古指蓟门关或蓟城，在今北京市城西德胜门外。或说为今河北省蓟县。 [4]天含青海道：青海道在天边的地方。青海，唐时属吐谷浑。 [5]城头见千里：站在城头看得见千里外的景物。 [6]蒙蒙：迷茫貌。 [7]寒金鸣夜刻：夜里击打刁斗以巡更报时。寒金，刁斗也，军中用具，用来做饭，铜或铁制，容纳一斗。 [8]蕃甲：兵甲多。蕃，众多，草茂状。 [9]青冢：昭君墓。西汉明妃王昭君的墓地，位于今内蒙古呼和浩特市南郊近二十里的大黑河南岸。 [10]旄头：即昴星，古代当作胡星，诗词里常用来借指外族入侵者。 [11]席羁：即席箕，一名塞卢。生在北方的一种马草。 [12]帐北天应尽：营帐之北是天朝的边缘。 [13]黄河出塞流：黄河水流向了塞外。

【赏析】

这是首反映边塞生活的诗词，作者描写了边塞军营中的所见、所闻，"我"军帐与敌兵营鼓角、马嘶相闻，帐北即是胡地，黄河流向塞外。表达了收复失地的愿望。

# 温庭筠

（约812—866年）唐代诗人、词人。原名岐，字飞卿，太原（今属山西）人。数举进士不第，常出入歌楼妓馆，行为不检，为当时士流所轻。仕途不得意，官仅做到国子助教。因辞章敏捷，八叉手能成八韵，时号"温八叉"。其诗辞藻华丽，少数作品对时政有所反映。词多写闺情，风格浓艳。现存词六十余首，在唐词人中数量最多，大都收入《花间集》中。原有集，已散佚；后人辑有《温庭筠诗集》、《金奁集》。

## 公 无 渡 河 [1]

黄河怒涛[2]连天来，大响硡硡如殷雷[3]。
龙伯[4]驱风不敢上，百川喷雪高崔嵬[5]。
二十五弦[6]何太哀，请公勿[7]渡立徘徊。
下有狂蛟锯为尾[8]，裂帆截棹磨霜齿。
神锥凿石塞神潭[9]，白马趁趁赤尘起[10]。
公乎跃马扬玉鞭[11]，灭没高蹄日千里[12]。

【注释】

[1]公无渡河：乐府相和歌辞曲调名。又名"箜篌引"。 [2]怒涛：汹涌澎湃的浪潮。 [3]硡硡（音hóng）：形容黄河激浪奔腾咆哮的声音。殷雷：大雷声。急疾猛烈的雷声。 [4]龙伯：古代神话中巨人国的人。巨人国就是龙伯国。国中人身高数十丈，一钓能连六只大鳌。驱风：驾风。 [5]喷雪：喷溢雪浪。崔嵬：形容河中雪浪高耸的样子。以上四句写黄河怒浪崔嵬的宏大气势。 [6]二十五弦：指箜篌。箜篌是古代弦乐器。弦数因乐器大小而异，最少的只有五根弦，最多的有二十五根。崔豹《古今注》说：朝鲜津卒霍里子高早起撑船，见一个白发狂夫横渡急流，妻子阻挡不住，狂夫坠河而死。他的妻子弹着箜篌唱了《公无渡河》的曲子。此即指这件事。 [7]）勿：不要。徘徊：往返回旋的样子。 [8]"下有"二句：是说水里有狂暴的蛟龙，尾巴就像锯齿。为了磨炼寒霜一样的牙齿，常常撕裂船帆、咬断船桨。 [9]神潭：指黄河源头。 [10]趁趁（音cān tán）：奔腾疾驰的样子。这两句是说：应该用利锥凿石填塞黄河源，疾马奔驰，烟尘千里。 [11]玉鞭：用玉石

装饰的珍贵的马鞭。　［12］灭没：无影无踪。这里是形容白马跑得快。以上四句描绘了奋发昂扬的勃勃英姿，是诗人给所咏的渡河之"公"找的道路。意即应该凿下石头，骑千里之马，去填塞河源，而不应该渡河身死，遗恨千古。

【赏析】

　　这首诗描绘了黄河怒涛连天、鉷鉷如雷的景象，借传说故事，表现了千里骑白马、凿石填河源的豪壮之气。全诗气势宏大，颇具感染力。

## 河渎神[1]（三首选一）

河上望丛祠[2]，庙前春雨来时。
楚山无限鸟飞迟[3]，兰棹空伤别离[4]。

何处杜鹃啼不歇[5]，艳红开尽如血[6]。
蝉鬓[7]美人愁绝，百花芳草佳节。

【注释】

　　［1］河渎神：唐教坊曲名，后用为词牌，双调四十九字。原词共三首，此为第一首。渎，古代对"江、河、淮、济"四条独立入海的大河的称呼。河渎神，即黄河之神。　［2］河上望丛祠：在黄河上眺望树丛中的古祠。祠，即庙，此指河渎神庙。河渎神庙简称河渎庙，位于今河南省巩义市黄河与伊洛河汇流的西北角，当地也称之大王庙、河洛庙、神北大王庙、河洛大王庙等。　［3］楚山无限：楚地山岭连绵无尽。鸟飞迟：飞鸟徘徊。　［4］兰棹：用兰香木造的船与桨。空伤别离：空有别离之伤痛。　［5］杜鹃：指杜鹃鸟，又称布谷鸟，其叫声像似"不如归去"。啼不歇：叫个不停。　［6］艳红开尽如血：杜鹃花怒放盛开鲜红如血。相传古有杜鹃鸟，日夜哀鸣而咯血，染红遍山的花朵。　［7］蝉鬓：古代女子的发饰，其鬓发薄如蝉翼，黑如光润的蝉身，故称。也借指女子。

【赏析】

　　这首词写女子伤别。女主人公立于黄河中华丽的船上独自伤神，望岸边"丛祠"，看"春雨"蒙蒙，离情别绪如"楚山无限"绵绵不断。接着用"杜鹃啼不歇"与"百花"、"佳节"相衬托，抒发了深切的别情愁绪。

# 塞 寒 行[1]

燕弓弦劲[2]霜封瓦，朴簌寒雕睇平野[3]。
一点黄尘起雁喧[4]，白龙堆[5]下千蹄马。
河源怒浊风如刀[6]，翦断朔云[7]天更高。
晚出榆关[8]逐征北，惊沙飞迸[9]冲貂袍。
心许凌烟名不灭[10]，年年锦字[11]伤离别。
彩毫一画竟何荣，空使青楼泣成血[12]。

【注释】

[1]塞寒行：乐府新乐府辞乐府倚曲曲调名。倚曲即倚声而作的乐府诗。 [2]燕弓：燕地的名弓。弦劲：弓弦强劲有力。 [3]朴簌：同扑簌，扑打或扑落。此指寒雕在空中扇动翅膀。睇：斜视。 [4]一点黄尘起雁喧：一阵黄尘惊起大雁的喧鸣。 [5]白龙堆：简称龙堆，天山南边一沙漠名。那里流沙起伏，状如卧龙。 [6]河源：黄河的源头。怒浊：形容波涛汹涌。风如刀：风如刀子般厉害。 [7]翦断朔云：强烈的寒风吹断朔云。翦，同剪；朔，北。 [8]榆关：泛指北方边塞。 [9]飞迸（音 bèng）：飞溅，向四处迸。 [10]心许凌烟名不灭：立志建功立业博取功名。凌烟，凌烟阁。唐太宗曾让将功臣图像画于凌烟阁壁上，后来便以"凌烟"或"上凌烟阁"代指为国建功立业、为自己博取功名的志向。 [11]锦字：书信。 [12]彩毫一画竟何荣，空使青楼泣成血：为争取自己的画像能被彩笔画上凌烟阁，却使妻子思念哭泣而流泪成血。彩毫，彩色的笔；一画，指画上凌烟阁；空，长、久；青楼，涂饰青漆的采楼，此指妻子住的闺房。

【赏析】

这首歌词写边塞军人的生活和情感。作者描写了塞外壮丽寥廓的自然景色，反映了戍边将士的艰苦生活，抒发了建功立业和思念亲人思想感情。最后，"彩毫一画竟何荣，空使青楼泣成血"的感慨刻画出他们的矛盾心理。作品语言典雅流畅。

# 王偃

(生平、籍贯不详)唐代词人。《全唐诗》存诗四首。

## 明君词[1]

北望单于日半斜[2],明君马上泣胡沙[3]。
一双泪滴黄河水,应得东流入汉家[4]。

【注释】

[1]明君词:乐府琴曲歌辞曲调名。明君,王昭君,汉元帝宫人,名嫱,字昭君。晋人因避司马昭讳,改称"明君"。汉竟宁元年(前33年)匈奴呼韩邪(音yé)单于入朝求亲,汉元帝将昭君嫁往匈奴以结和亲。后人多有以此为题材的诗篇。 [2]单(音chán)于:汉代时匈奴人对他们君长的称呼,这里指呼韩邪。 [3]泣胡沙:在胡人所居的沙漠哭泣。这两句是想象昭君到匈奴以后的悲情。 [4]"一双"二句:是说昭君对故国的思念。自己身在异国不得回去,将泪水洒在黄河里,以期泪水东流入汉。

【赏析】

这首诗写昭君和番时对故国家乡的无限思念。身在异域的王昭君,将自己的泪水滴洒黄河,以期东流入汉,寄托绵绵乡思。

# 李商隐

（约813—858年）唐代诗人、词人。字义山，号玉溪生，又号樊南生，怀州河内（今河南省沁阳）人，出生于郑州市荥阳。唐文宗开成二年（837年）进士，曾任县尉、秘书省校书郎、弘农尉和东川节度使判官等职。因受牛李党争影响，被人排挤，潦倒终身。擅长律、绝，富于文采，具有独特风格，在晚唐诗人中艺术成就最高，和杜牧合称"小李杜"，与温庭筠合称"温李"。现存有《李义山诗集》。

## 李夫人歌[1]（三首选一）

蛮丝系条脱[2]，妍眼和香屑[3]。
寿宫不惜铸南人[4]，柔肠早被秋波割[5]。
清澄有余幽素香[6]，鳏鱼渴凤真珠房。
不知瘦骨类冰井[7]，更许夜帘通晓霜。
土花漠漠云茫茫[8]，黄河欲尽天苍黄[9]。

**【注释】**

[1]李夫人歌：乐府杂歌谣辞曲调名。李夫人，为西汉著名音乐家李延年、"贰师将军"李广利之妹，李季之姐。李氏平民出身，父母兄弟均通音乐，都是以乐舞为业的艺人。被平阳公主推荐给汉武帝，获封夫人，深得汉武帝宠爱。但是不久李夫人即去世，汉武帝思念不已，在一巫师帮助下，隔着帷帐朦胧望见，却思念愈甚，遂写《李夫人歌》，命乐府弦歌之："是邪非邪？立而望之，偏何姗姗其来迟！"之后，《李夫人歌》成为乐府曲调。　[2]蛮丝：产于南方的丝。条脱：即腕钏，女子戴在手腕上的装饰品。　[3]妍眼：美丽的眼睛。香屑：香的粉末。　[4]寿宫：奉神之宫。不惜铸南人：不惜用金铸其像。　[5]柔肠：温柔的心肠，缠绵的情意。秋波：本义是秋风中的水波涟漪。此比喻女子的眼睛像秋天明净的水波一样，指暗中眉目传情。　[6]清澄：喻指眼睛澄澈明亮。素香：自然清淡的香味。　[7]冰井：储藏冰的窨井。　[8]土花：苔藓。此处指李氏墓地的境况。漠漠：寂静无声。茫茫：深远，空旷。　[9]苍黄：青黄色。比喻事物不断变化。

【赏析】

　　这首写李夫人的歌,极写李夫人的美丽容貌及帝王的荣宠,但这一切都是短暂的,在过度奢靡的生活中,美人很快香消玉殒。宫殿依旧,而曾经深得帝宠的美人那里却是"土花漠漠云茫茫",让人不禁发出"黄河欲尽天苍黄"的世事无常之叹。

应得东流入汉家　摄影 / 孟宪明

**薛逢** （生卒年不详）唐代诗人、词人。字陶臣，蒲州河东（今属山西）人。唐武宗会昌元年（841年）进士，授为万年尉。历任侍御史、尚书郎、给事中，后迁秘书监。有集十卷。《全唐诗》存诗一卷。

## 凉 州 词[1]

昨夜蕃兵报国雠[2]，沙州都护破凉州[3]。
黄河九曲今归汉[4]，塞外纵横战血流[5]。

【注释】

[1]凉州词：乐府横吹曲辞曲调名，又名"出塞"。唐代开元中西凉府传入《凉州》曲，歌词则是当时词人的作品。歌词写西北边境壮阔苍凉的自然景色。唐时凉州治所在今甘肃武威县。　[2]雠（音chóu）：同仇。　[3]沙州：古代行政区划，初始范围较大，辖敦煌、晋昌、高昌三郡和西域都护、戊己校尉、玉门大护军三营，后来只有今甘肃省敦煌市。都护：古代官职名。都，全部。都护，即总监护之意，是辖区的最高长官。破：打破，打垮。凉州：古地名，又称雍州、姑臧、休屠，先设雍州，后改凉州，又称雍凉（今甘肃省武威市）。前凉、后凉、南凉、北凉、大凉在此建都。一度是西北的军政、经济、文化中心。　[4]黄河九曲今归汉：如今黄河九曲又归了汉朝。这句词表明破凉州之战取得胜利，夺回了凉州城及包括黄河在内的失地。"黄河九曲"代指失陷地区。　[5]塞外纵横战血流：战场上到处流着战死者的血。表明战斗的激烈和惨烈。塞，军塞；纵横，横竖，面积很大。

【赏析】

这首歌词写汉朝军队的破凉州之战。因为是杀番兵、收失地、报国仇，将士们斗志昂扬、同仇敌忾，在沙州都护的指挥下，一举夺取胜利，使"黄河九曲"复归于汉。有胜利就会有牺牲，"塞外纵横战血流"，反映了双方牺牲之多和战况之烈。全词语言流畅，铿锵有力，洋溢着胜利者的英雄豪气和自豪喜悦感。

# 贾驰

（生卒年、籍贯均不详）唐代诗人、词人，约唐文宗开成元年（836年）前后在世。字里。自负才质，久困名场。唐文宗太和九年（835年）始获第一。有《唐才子传》。

## 入　关[1]

河上微风来，关头[2]树初湿。
今朝关城吏[3]，又见孤客[4]入。
上国谁与期[5]，西来徒自急[6]。

【注释】

[1]入关：乐府横吹曲辞曲调名，《入关》为汉横吹曲第四曲。　[2]关头：关隘附近、旁边。关，关隘。[3]关城吏：把守关隘的官吏。关城，关塞上的城堡。[4]孤客：单身、独自行旅在外的人。　[5]上国：在诗词中对自己国家的爱称、敬称。谁与：有谁，有哪个人。期：盼望、期待。　[6]西来：从西边的关外回来。徒：空。自急：自己匆促、迫切。

【赏析】

一个孤独漂泊西域的行人归来，终于入关回到自己的家乡，心中必是喜悦的。但是，并无家人亲朋等候，只是自己急切地赶了回来。深刻地刻画出主人公的孤独、寂寞、失落和悲凉的心绪情感。

宁夏青铜峡　摄影 / 王伟

# 贯休

（832—912 年）唐末诗人、词人。俗姓姜，字德隐，婺州兰溪（今浙江兰溪市）人。七岁出家，云游各地。后定居西蜀，受到蜀主王建的礼遇，赐号"禅月大师"。其诗词尚奇崛，对统治者的骄奢淫逸勇于揭露、讽刺。亦工书法。《全唐诗》存其诗十二卷。

## 塞下曲[1]（十一首选四）

### 其 一

下营依遁甲[2]，分师把河湟[3]。
地使人心恶[4]，风吹旗焰[5]荒。
搜山见探卒[6]，放火猎黄羊。
唯有南飞雁，声声断客肠[7]。

【注释】

[1]塞下曲：乐府新乐府辞乐府杂题曲调名。此组词共十一首，皆写边塞将士征战的苦寒生活及他们的思乡思亲之情。此选其中一、四、八、十一，共四首。 [2]遁甲：古代方士术数之一。起于《易纬乾凿度》太乙行九宫法，以十干的乙、丙、丁为三奇，以戊、己、庚、辛、壬、癸为六仪。三奇六仪分置九宫，而以甲统之，视其加临吉凶，以为趋避。 [3]河湟：湟同湟，黄河与湟水的并称，亦指河湟之间的地区。湟水，在青海省东部，源出海晏县包呼图山，东南流经湟源县、西宁市，至兰州市西入黄河。 [4]地使人心恶：荒凉的地方使人心情很坏。 [5]旗焰：旗子飘扬闪耀。 [6]探卒：刺探情况的士兵。 [7]断客肠：形容征客心中难过得似要肠断。

## 其 四

南北惟堪恨,东西实可嗟[8]。
常飞侵夏雪,何处有人家[9]!
风刮阴山[10]薄,河推大岸斜[11]。
只应寒夜梦,时见故园花[12]。

【注释】

[8]嗟:表示感叹。这两句写对恶劣环境的怨恨、感叹。 [9]"常飞"二句:写气候恶劣,环境荒凉。侵夏雪,侵入夏天的雪,即夏天下雪。 [10]阴山:山名。今河套以北、大漠以南诸山的统称。 [11]河推大岸斜:黄河浪涛翻涌拍打堤岸。以上二句用夸张之笔写出了此地特有的悲壮气势。 [12]故园花:代指故乡。

## 其 八

古塞腥膻地,胡兵聚如蝇。
寒雕中骹[13]石,落在黄河冰。
苍茫逻逤城[14],桥桥[15]贼气兴。
铸金祷秋穹[16],还拟相凭陵[17]。

【注释】

[13]骹(音 xiāo):响箭。 [14]逻逤城:又称逻些城,唐时吐蕃的都城。今西藏自治区拉萨市。 [15]桥桥(音 niè niè):升腾貌。 [16]铸金:以铜、锡等金属铸物。祷:向天向神求助求福。秋穹(音 qióng):秋天的天空。 [17]凭陵:侵扰。

## 其 十 一

狼烟[18]作阵云,匈奴爱轻敌。

领兵不知数,牛羊复吞碛[19]。

严冬大河枯[20],嫖姚[21]去深击。

战血染黄沙,风吹映天赤。

【注释】

[18]狼烟:边境烽火台上用狼粪点燃的示警的烟火,也叫烽火。 [19]碛(音 qì):浅水中的沙石,沙石浅滩。 [20]大河枯:大河水干了。此处是指冬天黄河水结冰。 [21]嫖姚:霍去病,霍嫖姚。此处代指军队将领。

【赏析】

所选四首歌词,其一写边塞气候恶劣,将士征战生活艰苦。南归大雁的悲鸣引起他们强烈的思乡之情。其四描写内蒙古一带黄河岸边气候的恶劣和环境的荒凉。"风刮阴山薄,河推大岸斜"两句中的"薄"和"斜"字夸张而不失真,很富感染力。其八写寒冬来临,"腥膻"之地的胡兵又在集结训练,开始新一轮骚扰,向黄河这边侵袭。反映了敌军的猖獗及守边将士的辛苦。其十一是结尾歌,写匈奴虽然猖狂,大肆侵扰抢掠,但他们轻敌少谋。汉军将帅趁着黄河冰冻,深入进去打击敌人。"战血染黄沙,风吹映天赤",描写了战斗的激烈和战争的残酷,也反映了将士们的勇敢坚强。

# 苦 寒 行[1]

北风北风,职何严毒[2]!
催壮士心,缩金乌[3]足。
冻云嚚嚚[4],碍雪一片下不得。
声绕[5]枯桑,根在沙塞。
黄河彻底,顽直到海[6]。
一气抟束[7],万物无态[8]。
唯有吾庭前杉松树枝,枝枝健在。

【注释】

[1]苦寒行:乐府相和歌辞平调曲曲调名。 [2]严毒:凶猛严酷。 [3]金乌:古代神话中驾驭太阳车的神鸟,又称三足乌。 [4]嚚嚚:傲慢的样子。碍:妨害,限阻。 [5]绕:纠缠环绕。 [6]黄河彻底,顽直到海:黄河水完全是翻滚着奔腾向大海而去。 [7]抟(音tuán)束:揉弄,控制。 [8]无态:没有平常的形状、样子。

【赏析】

这首歌词极写北风之狂暴猛烈、寒冷之严酷,竟至"一气抟束,万物无态"。最后,作者说只有我院内的杉松树枝还都完好,显露出安贫乐道的思想意识。

## 古塞上曲[1](七首选三)

### 其 四

大雨始无尘,边声[2]四散闻。
浸河荒寨柱[3],吹角白头军[4]。
战马龁[5]腥草,乌鸢[6]识阵云。
征人心力尽,枯骨更遭焚[7]。

【注释】

[1]塞上曲：乐府新乐府辞乐府杂题曲调名。组歌共七首，此选其四、六、七三首。 [2]边声：边境上羌管、胡笳、画角等乐器奏出的音乐声音。汉李陵《答苏武书》有"吟啸成群，边声四起"之句。 [3]浸河荒寨柱：浸泡在黄河水里的寨城柱子长满了绿苔。 [4]吹角：吹号角。白头军：白头发的老年士卒。 [5]龁（音hé）：咬，啃。 [6]乌鸢：乌鸦和老鹰。 [7]焚：用火烧。

## 其　　六

地角天涯[8]外，人号鬼哭[9]边。
大河流败卒[10]，寒日下苍烟[11]。
杀气诸蕃动，军书一箭传[12]。
将军莫惆怅[13]，高处是燕然。

【注释】

[8]地角天涯：地的尽头，天的边缘。比喻极僻远的地方。 [9]人号鬼哭：人呼叫，鬼哭泣。 [10]大河流败卒：黄河里漂流着战败的士卒。 [11]寒日：寒冷的天气。苍烟：苍茫的云雾。 [12]军书一箭传：用射箭传递军书。 [13]惆怅：伤感，愁闷，失意。

## 其　　七

山接胡奴水[14]，河连勃勃城[15]。
数州今已伏[16]，此命岂堪轻。
碛吼旄头落，风干刁斗清。
因嗟李陵苦，只得没蕃[17]名。

【注释】

[14]山接胡奴水：山脉接着胡地的水流。 [15]河连勃勃城：黄河水流相连着勃勃城。 [16]伏：屈服。 [17]蕃：古代指边远少数民族。

## 【赏析】

　　这组歌词似写汉将军李陵战败降番之事。李陵为西汉名将,善骑射,爱士卒,颇有美名。公元前99年10月,奉汉武帝命出征匈奴。11月,率五千军遭遇匈奴单于的八万军队,激战八天八夜,兵败被俘。亦有说李陵本是假降,伺机杀敌回汉,由于有人进谗言,汉皇帝杀了他全部家人,使他回不了汉,降敌由假成真。其四写在敌军的重重包围中,将士们对阵拼杀竭尽了全力,战死者尸骨只能被焚烧。其六写在远离家乡的塞外战场上,鬼哭人嘶,黄河里到处漂浮着战败的士卒,将军为此难过伤心。其七写战败后的凄凉情景,嗟叹李陵战败的痛苦和"没蕃"的无奈。组歌语言凝练、用词考究,极富感染力,使读者感受到了战争的残酷、战斗的惨烈、将士的悲壮、牺牲者的悲惨凄凉,也感受到了作者深切的同情和无奈。

常飞侵夏雪　摄影/王伟

# 司空图

（837—908年）唐代诗人、诗论家、词人。字表圣，河中虞乡（今山西永济）人，唐僖宗咸通元年（873年）进士，召为殿中侍御史。唐僖宗广明元年（880年）迁任礼部员外郎，拜为中书舍人。后天下大乱，隐居中条山王官谷，自号知非子、耐辱居士。后人辑有《司空表圣诗集》。

## 浪 淘 沙[1]

不必长漂玉洞花[2]，曲[3]中偏爱浪淘沙。
黄河胜却天河[4]水，万里萦纡入汉家[5]。

【注释】

[1]浪淘沙：唐教坊曲名，后用为词牌。 [2]玉洞花：道家传说中的玉洞仙居住的地方。 [3]曲：歌曲。 [4]天河：天上的银河。 [5]萦纡（音 yíng yū）：旋绕弯曲。汉家：古时指中国。这句写黄河曲折跌宕、奔腾万里，像一条巨大的带子环绕在中国大地上，其气势胜过了夜空的银河。

【赏析】

这首诗为作者的晚期作品。词句想象丰富、立意高远，着意歌颂黄河的雄阔气势，表现了词人自得其乐的思想。

# 周朴

（？—878年）唐代诗人、词人。字见素，吴兴（今浙江吴州市）人。曾隐居嵩山，与诗僧贯休经常往来。后避地福州，寄寓闽侯县乌石山。黄巢起义军攻破福建，欲用之，不从，遂被义军所杀。诗词以写自然风光为主，善于雕琢。据载，周朴吟诗素有"月煅年炼"之誉，常常是未及成篇即已被人传诵。有诗二卷传世。

## 塞 上 曲[1]

一坠[2]风来一坠砂，有人行处没人家。
黄河九曲冰先合[3]，紫塞三春不见花[4]。

【注释】

[1]塞上曲：乐府新乐府辞乐府杂题曲调名。唐代多用此调作边塞诗。 [2]坠：一作"阵"。 [3]黄河九曲冰先合：由于所处地理纬度偏北，黄河总是在上游古边塞地区率先结冰。 [4]紫塞：北方边塞。因秦汉时修筑长城用土皆为紫色，故以此代称。三春：春季三个月，正月为孟春，二月为仲春，三月为季春，合称三春。有时也称季春为三春，此指三月季春。不见花：极言边地之荒凉。

【赏析】

这首歌词描绘了黄河上游地区的暮春景色。在这风沙阵阵的塞上高原，人烟罕见，一片荒凉；冬天一到，万里黄河率先结冰；阳春三月，还看不到草木萌生。全词凝炼畅达、脍炙人口。

# 杜荀鹤

（约846—906年）晚唐诗人、词人。字彦之,自号九华山人,池州石埭(今安徽省石台县)人。出身寒微,中年始中进士,返乡闲居。有《杜荀鹤文集》三卷。

## 塞　　上[1]

草白河冰合[2]，蕃戎出掠频[3]。
戍楼三号火[4]，探骑[5]一条尘。
战士风霜老，将军雨露新[6]。
封侯不由此，何以慰征人[7]。

【注释】

[1]塞上：乐府新乐府辞乐府杂题曲调名。　[2]草白：秋冬时草枯干变白。河冰合：黄河水结冰覆盖了水面。　[3]蕃戎：古代对西北边境各族的统称。出掠：出来抢劫掠夺。频：屡次，连次。　[4]戍楼：边塞军队的瞭望楼。号火：用作信号而举的火。　[5]探骑：侦察、侦探的骑兵。　[6]战士风霜老，将军雨露新：此两句意为，战士经历岁月风霜都老了，将军却像沐浴雨露一样一茬茬换新人。　[7]封侯不由此，何以慰征人：此两句意为，拜将封侯若不以军功论，以什么来安抚长年在边塞的军士。

【赏析】

　　这首歌词写了边塞战事磨擦频繁，更以"封侯不由此"的事实，尖锐揭露出军队和朝廷的黑暗，为征战一生的白首士卒发出了不平之声。

# 吴融

（850—903年）晚唐诗人、词人。字子华，越州山阴人。唐昭宗龙纪元年（889年）进士，先后任侍御史、翰林学士、中书舍人等，官至户部侍郎、兵部侍郎。工诗能文，才名颇著，有《唐英集》，《全唐诗》存其诗四卷。

## 水　调　词[1]

凿河千里走黄沙[2]，浮殿西来动日华[3]。
可道新声是亡国[4]，且贪惆怅后庭花[5]。

【注释】

[1]水调词：乐府杂曲歌辞曲调名。　[2]凿河千里走黄沙：黄河挟带大量泥沙奔流千里。凿，冲刷；河，即黄河。　[3]日华：太阳的光华。　[4]可道新声是亡国：可知道新的歌曲乐曲是亡国之声。新声，新的歌曲乐曲。　[5]后庭花：唐教坊曲名，后用作词调名，双调，四十四字或四十六字。此由南朝陈后主陈叔宝创制。后庭花是一种长在江南的花，多在庭院栽培，故称"后庭花"。花开有红白二色，其中白色的开时树冠如玉一般美丽，故又有"玉树后庭花"之称。陈后主穷奢极欲，沉湎声色，他创作的《玉树后庭花》写后宫嫔妃的妖娆媚丽，其词哀怨靡丽而悲凉，后来就成为亡国之音的代称。

【赏析】

作者生活在唐末乱世，当时朝廷腐败无能，社会黑暗，群雄并起，军阀割据，唐王朝摇摇欲坠。这首歌词反映了唐王朝的危险局势，指斥朝廷不顾灭亡之虞，尤自沉湎声色犬马，弹唱亡国之音。

**吕嵒**（音 yán）（798—? 年），卒年不详，874 年前后尚在世。晚唐诗人、词人。字洞宾，一名岩客，唐礼部侍郎吕渭之孙。河中府永乐县（一云蒲坂）人。唐懿宗咸通中进士不第，游长安酒肆。后入道教，道号纯阳子，自称回道人。传其晚年遇钟离权，得其相传丹法，道成之后普度众生，被尊为剑祖剑仙，后不知所终。为八仙之一，道教主流全真派祖师，世称"吕祖"。有《吕祖全书》、《吕祖诗集》。有词百余阕，或为好事者托名之作。

## 沁园春[1]（二十首选二）

### 其　九

切劝学人，悟取灵台[2]，休得外求。

这天机玄妙[3]，口非容易，与君今日，细说根由。

没口婆婆，偏能言语，没脚童儿，擅蹴戏球[4]。

真消息，见云埋玉洞，月照金楼[5]。

有谁似我能修[6]？把狮子擒来变作牛。

向黄河浪里，口翻筋斗；

太阳宫[7]里，捉住猕猴。

白雪花开，青云子结，占得玄关第一筹[8]。

仙宫舍，跨骊龙归去，永玩瀛洲[9]。

【注释】

[1]沁园春：词牌名；又名"东仙"、"寿星明"、"洞庭春色"，双调一百十四字或双调一百十六字。　[2]灵台：心灵。　[3]天机：比喻自然界的秘密或重要而不可泄露的秘密。玄妙：深奥微妙玄妙的学说。　[4]没口婆婆：掉光牙的年老女性。没脚童儿：还不会走路的幼儿。擅：善于，长于。蹴（音 cù）：踢，踏。戏球：玩弄球。　[5]玉洞：岩洞的美称。金楼：刷上金色的楼阁。　[6]修：学习、锻炼和培养。这里指研习道教精义和成仙之道。　[7]太阳宫：太阳神居住的宫殿。　[8]玄关：道家、佛家修炼的入道之门。第一筹：第一名。　[9]骊龙：传说中的一种黑龙。瀛洲：传说中东海里的仙山，

# 其 十

昨夜南京,今朝北岳,倏焉忽然[10]。

遇洞中有酒,渴来好饮;君山作枕,醉后高眠。

出入无迹[11],往来不定,半似痴呆半似颠。

随身处,有一襟风月,两袖云烟。

人间漂荡多年,又排办东华[12]第二筵。

把玉楼推倒,种吾琪树[13];

黄河放浅,栽我金莲[14]。

击碎珊瑚,翻身蓬岛,稽首虚皇御座前[15]。

无难事,功成八百,行满三千。

【注释】

[10]倏焉忽然:疾速,极快的。 [11]出入无迹:出入来去没有痕迹。 [12]排办:筹办,备办。东华:神仙宴会之地。 [13]琪树:仙境中的玉树。 [14]黄河放浅,栽我金莲:将黄河的水放掉一些让水浅一点,好栽上我的金莲。 [15]蓬岛:即蓬莱岛,传说中东海里的仙山。稽首:传统跪拜礼。常为臣、子拜见君、父时所用,跪下拱手至地,头也至地。虚皇:道教神名,即高上虚皇道君,也称虚皇上帝。御座:皇帝、君王在典礼场合所坐的椅子、座位。

【赏析】

  这两首词写作者学道修仙,由于用心努力,最终拔得头筹,脱离人世,得升仙界。语言潇洒恣意,胸襟开阔。其九写自己用心研习"内修",终于得道"跨骊龙归去"。其十写脱世俗、入仙境的畅意感受。同时规劝世人,做事要用心专心、持之以恒,"无难事,功成八百,行满三千"。给人一种积极向上的力量。

# 孙光宪

（900—968年）五代至宋初文学家。字孟文，自号葆光子，陵州贵平人。曾任后唐陵州判官、荆南节度副使、检校秘书兼御史中丞。后劝高继冲归宋，在宋为黄州刺史。曾著有《荆台笔佣》《橘斋》《巩湖》诸集。

## 杨柳枝[1]（四首选一）

根柢虽然傍浊河[2]，无妨终日近笙歌[3]。
骖骖金带谁堪比[4]，还共黄河不校多[5]。

【注释】

[1]杨柳枝：乐府近代曲辞曲调名。本为汉乐府横吹曲辞《折杨柳》，至唐易名《杨柳枝》，开元时入教坊曲。至白居易依旧曲作辞，翻为新声。原词四首，此为其三。 [2]根柢：草木的根；事物的基础。傍：靠近。浊河：黄河。 [3]笙歌：合笙之歌，也指吹笙唱歌或奏乐唱歌。 [4]骖骖（音 cān cān）：长貌。金带：金饰的腰带。古代帝王将相、后妃、文武百官所服腰带。堪比：在某件事情或者事物上比得上另一件事情或者事物，不逊色于或不亚于。 [5]共：相同，一样。校（音 jiào）：比较。

【赏析】

这首歌词以描写杨柳的形态和所处环境来深刻揭露和讽刺统治阶层的人不顾危险日近，仍日日笙歌，奢靡享乐。

宋金元

# 范纯仁

（1027—1101年）宋代诗人、词人。字尧夫，吴县（今江苏苏州）人。范仲淹次子。宋仁宗皇祐元年（1049年）进士，擢江东转运判官，召为殿中侍御史。历官安州通判、蕲州知州、起居舍人、河中知府、庆州知府，官至尚书右仆射兼中书侍郎。谥忠宣。著有《范忠宣集》二十卷、《弹事》五卷、《国论》五卷、《言行录》二十卷。

## 龙 门 行[1]

皇图经野临中天[2]，北有大河南陆浑[3]。
陆浑之下伊之源，直走关塞侵[4]山根。
此山不断亘坤轴[5]，逆为汝海波涛翻。
忽焉天意有不测，豁开峡口[6]流如吞。
长波万练卷空过，贯都会洛风霆奔[7]。
崖岸相嵌竦天阙[8]，此号凿龙为禹门[9]。
石道盘纡入幽邃[10]，杉松隐映皆祇园[11]。
下窥朝市但尘土，不与人世同嚣喧。
天章阁老真相嗣[12]，诏委北陲严国藩[13]。
前驺驱驽聊盘桓[14]，凭高置酒临岩轩。
是月嘉平腊将尽，春风料峭烟霾昏。
圭阴表日景渐正[15]，玉沙透水波先温。
杳杳端闱照宸极[16]，壮士崤函周辕辕[17]。
超然宴览动咨叹[18]，坐预国论惭冥烦。
乃知公旦卜洛意[19]，根本系时亡与存。
法宫[20]在今宜有制，上宪太微[21]尊至尊。
乘舆布政朝万玉[22]，莫如洛宅当乾坤。
三陵气象[23]贯星野，庆云祚[24]百云来孙。
岂唯设险御诸夏[25]，亦以捍患安元元[26]。
为于可为事乃济，器大重迁咸有言。
贱臣幽退冒及此，愿对上前图籍论。

【注释】

　　[1]行：乐府杂曲歌辞曲调名。龙门：即龙门山峡谷，黄河从此经过。传说大禹治水时，开凿龙门疏导河流，所以又称禹门。《水经注》载："龙门为禹所凿，广八十步，岩际镌迹尚存。"在今山西河津市西北与韩城市东北夹河对峙，两岸峭壁相望，形如门阙，黄河水流波涛如巨龙奔腾向前，故名。　　[2]皇图：指河图。中天：天空。　　[3]陆浑：汉时有陆浑关，在今河南嵩县北。　　[4]侵：渐近，进入境内。　　[5]亘（音 gèn）：空间和时间上延续不断。坤轴：古代人认为的地轴。坤，地。　　[6]劈（音 pī）开：剖开，破开。峡口：指黄河龙门峡口。　　[7]长波万练卷空过，贯都会洛风霆奔：长波巨浪似万匹绢练在空中翻卷而过，穿过京都，掠过洛阳，如飓风雷霆吼叫着奔腾向前。　　[8]嶔（音 qīn）：山高峻的样子。竦（音 sǒng）：恭敬，肃敬。天阙：两峰对峙之处。　　[9]凿龙为禹门：指夏禹治水时凿开龙门山引导黄河水流出，此处亦称禹门。　　[10]盘纡：回绕曲折。幽邃：深远。　　[11]祇（音 qí）园：祭神的地方，神圣的地方。　　[12]天章阁老：天章阁资历老的官员。嗣（音 sì）：接续，继承。　　[13]北陲：北边边境地区。藩（音 fān）：古代称属国属地或分封的土地，借指边境重镇。　　[14]驺（音 zōu）：马。弩：用机械射箭的弓。盘桓：徘徊，逗留住宿。　　[15]圭（音 guī）阴表日景渐正：用圭表测量日影的长短变化。圭表，古代测日影的工具。景同影。　　[16]杳杳（音 yǎo yǎo）：幽静深远的样子。端闱：皇宫的正门。亦指朝廷。宸极：北极星。借指帝王。　　[17]崤函：崤山与函谷关。轘（音 huán）辕：即轘辕山，河南省偃师县东南，山路环曲夺险，古称轘辕道。此处有轘辕关。　　[18]超然：怅惘的样子。咨叹：叹息。　　[19]公旦：即周公旦。周公旦姓姬，名旦，又称叔旦，是西周时期的政治家、军事家、思想家、教育家，被尊为"元圣"，儒学先驱。周文王的第四子，周武王的同母弟。因采邑在周，称为周公。武王建立周王朝三年后去世，其子成王年幼，由周公旦摄政当国。卜洛意：周公在他的采邑营建成周洛邑。让召公先期来到洛邑占卜，选址规划，然后周公来洛邑重新占卜，建筑洛邑动工。　　[20]法宫：宫室的正殿，古代帝王处理政事的地方。　　[21]上宪：犹上法，谓准上以为法。太微：古代星官名，位于北斗之南；也指朝廷。　　[22]杓：指北斗柄部的三颗星。布政：施政。万玉：百官。　　[23]三陵气象：指能预示吉凶的云气变化。　　[24]祚（音 zuò）：年。　　[25]诸夏：周朝时分封的各诸侯国。泛指中原地区。　　[26]元元：代指黎民百姓。

【赏析】

　　这首长歌以龙门为题，描写了龙门的险峻形势及龙门往下沿河地理和黄河水流从龙门汹涌澎湃奔腾而下的宏大气势。叙写周公旦在洛邑的建树、功绩及对周成王的忠心。表达了自己对朝廷的忠诚。意境开阔、气势宏大、一气呵成。

# 苏轼

(1036—1101年）宋代大文学家、书法家。字子瞻，一字和仲，自号东坡居士。眉山人，苏洵长子。宋嘉祐二年（1057年）进士乙科，对制策入三等。累除中书舍人、翰林学士、礼部尚书。绍圣初，坐讪谤，安置惠州，徙昌化。其学识渊博，是继欧阳修之后北宋文坛的杰出领袖。为文明达顺畅，是"唐宋八大家"之一，与欧阳修并称"欧苏"；其诗清新豪健，与黄庭坚并称"苏黄"；词风豪放，与辛弃疾并称"苏辛"；书法丰腴跌宕，有天真之趣，与蔡襄、黄庭坚、米芾并称"宋四家"。有《东坡全集》、《东坡乐府》。

## 满 江 红[1]

### 怀 子 由[2] 作

清颍[3]东流，愁目断、孤帆明灭。

宦游[4]处、青山白浪，万重千迭。

孤负[5]当年林下意，对床夜雨听萧瑟。

恨此生、长向别离中，添华发[6]。

一尊[7]酒，黄河侧。

无限事，从头说。

相看恍如昨，许多年月。

衣上旧痕余苦泪，眉间喜气添黄色。

便与君、池上觅残春，花如雪。

【注释】

[1]满江红：词牌名，唐人名"上江虹"，后改此名；又名"念良游"、"烟波玉"等。双调九十三字。 [2]子由：指苏轼弟苏辙，字子由，北宋文学家，以散文著称，是"唐宋八大家"之一，与父亲苏洵、兄长苏轼合称"三苏"。苏轼兄弟关系极好。 [3]颍：颍水，发源于河南省登封市，至安徽省阜阳颍上县流入淮河，是淮河最大的支流。 [4]宦游：离乡求官奔波在外。 [5]孤负：违背，对不住。同辜负。 [6]华发：花白的头发。 [7]尊：商周时期的一种大中型青铜盛酒器。

【赏析】

　　这首词是作者在黄河南岸、嵩山一带宦游时思念弟弟子由而作。上片写自己宦游之地的景色和对青少年时兄弟相处的回忆;下片写时光易逝、年岁已老的慨叹。抒发了对兄弟亲人的怀念之情,流露出深厚的兄弟手足情谊。虽然全词散发着秋思悲苦之意,但最后作者以"便与君、池上觅残春,花如雪"句作结,体现出积极进取的精神。

黄河岸边嵩山秀　摄影／王伟

# 晁端礼

（1046—1113年）北宋词人。一名元礼，字次膺，开德府清丰（今属河南清丰县）人，家彭门（今江苏省徐州）。宋神宗熙宁六年（1073年）进士。历任单州城武主簿、瀛洲防御推官、平恩县知州、泰宁军节度推官、大名府莘县知事。因得罪上司，废徙三十年之久。词有《闲适集》，不传。今有《闲斋琴趣外篇》六卷。

## 黄 河 清[1]

晴景初升风细细[2]。

云收天淡如洗。

望外凤凰双阙[3]，葱葱[4]佳气。

朝罢香烟满袖，近臣报、天颜[5]有喜。

夜来连得封章[6]，奏大河、彻底清泚。

君王寿与天齐，馨香[7]动上穹，频降嘉瑞[8]。

大晟[9]奏功，六乐初调清徵[10]。

合殿春风乍转，万花覆、千官尽醉。

内家传敕[11]，重开宴、未央宫[12]里。

【注释】

[1]黄河清：词牌名，双片九十八字。黄河清，黄河水因挟带大量泥沙是浑浊的，偶尔水清了，古人便认为是祥瑞之兆，"黄河千年一清，至圣之君，以为大瑞"。 [2]细细：轻微，缓缓。 [3]阙：宫阙，城阙。 [4]葱葱：草木苍翠茂盛的样子。 [5]天颜：天子、帝王的容颜。 [6]封章：古代言机密事之章奏皆用皂囊重封以进，故名封章，亦称封事。 [7]馨（音xīn）香：散播很远的香气。 [8]嘉瑞：祥瑞。 [9]晟（音shèng）：光明，旺盛。 [10]清徵：清澄的徵音。徵，五音之一。 [11]内家：皇宫，太监。敕（音chì）：同敕，指帝王的诏书、命令。 [12]未央宫：西汉宫殿名，在今陕西省西安城西北长安故城西南隅。

【赏析】

这首词为应制称颂之作，以黄河清圣人出的祥瑞吉兆为主题展开，赞美歌颂帝王圣明、盛世太平。辞藻华丽优美。

# 贺铸

（1052—1125年）北宋词人。字方回，号庆湖遗老、北宗狂客，宋太祖贺皇后族孙，越州山阴（今浙江绍兴）人，生长于卫州（今河南卫辉）。因长相奇丑，也被称作"贺鬼头"。年少读书，博学强记。曾任右班殿直、泗州通判、太平州通判。晚年退居苏州，杜门校书。其词风格丰富多样，兼有豪放、婉约二派之长。著有《东山词》。

## 黄 楼 歌[1]

熙宁丁巳，河决白马，东注齐、宋之野[2]。彭城南控吕梁[3]，水汇城下，深二丈七尺。太守眉山苏公轼先诏调禁旅，发公廪，完城堞，具舟楫，拯溺疗饥，民不告病[4]。增筑子城之东门，楼冠其上，名之曰黄，取土胜水之意[5]。楼成水退，因合燕以落。坐客三十人，皆文武知名士。明年春，苏公移守吴兴[6]。是冬，谪居黄冈。后五年，转涉汝海[7]。余因赋此以道徐人之思。甲子仲冬彭城作。

君不见熙宁丁巳秋，灵平[8]未塞河横流。
澶漫势欲浮东州，斯人[9]坐有为鱼忧。
当时贤守维[10]苏侯，厌术不取三犀牛[11]。
跨城岧峣[12]起黄楼，五行相推土胜水，鼍作鼋惊走鞭箠[13]。
三丈混流变清沘[14]，南来船车鹕[15]衔尾。
使君登览兴如何，舞剑吟笺[16]宾从多。
水平照影见雁下，山空答响闻渔歌。
楼下汀洲[17]长芳草，一麾[18]南出彭门道。
昨日春游咏白萍，后夜秋风悲鹏鸟。
黄冈汝海心悠哉，青衫白发多尘埃。
采菱伎女今何在，骑竹儿童望不来。
望不来，碧云明月长徘徊。

【注释】

[1]黄楼歌：黄楼，楼阁名，旧址在今江苏省徐州市东门城墙上，墙外是黄河故道；歌，乐府杂曲歌辞曲调名。　　[2]熙宁丁巳：熙宁是宋神宗赵顼年号，熙宁丁巳为熙宁十年，公元1077年。河决白马：黄河在白马津决口。白马津在今河南滑县东北古黄河东岸，与西岸的黎阳津相望。齐、宋之野：指春秋战国时期齐、宋所属之地，大致包括今天河南东部、山东西南部、江苏西北部的大片区域。　　[3]彭城：即徐州，古称彭城。控：掌控，操纵。吕梁：水名，也称吕梁洪，在今江苏省徐州市东南。　　[4]太守：郡或州府的长官。眉山：苏轼的家乡。禁旅：禁军。公廪（音 lǐn）：公家官府米仓的米。城堞（音 dié）：城上的矮墙。拯溺疗饥：拯救水淹的人和疗治饥饿的人。民不告病：民间没有不好的事报告上来。　　[5]名之曰黄，取土胜水之意：楼之所以取名黄，是取土克水之意。黄，按照五行之说，红、绿、黄、白、黑五色中，黄色属土。　　[6]吴兴：地名，今属浙江省湖州。　　[7]谪居黄冈：（苏轼因言获罪）被贬到黄冈。谪，封建时代官员降职或调到边远地方任职。黄冈，地名，即今湖北省黄冈市。汝海：汝州和海南岛。　　[8]灵平：指灵平埽，在今河南滑县东北曹村。埽是用树枝、秫秸、石头等捆扎而成用作护堤堵口的器材。　　[9]斯人：指郡守苏轼。　　[10]维：意同唯，只有、仅仅。　　[11]厌术：即厌胜之术，古代的一种巫术。犀牛：哺乳类犀科动物，古代传说其能辟水镇邪。　　[12]岩峣：山高峻貌。　　[13]鼍（音 tuó）：扬子鳄。鼋：是龟鳖科中的一属。鞭棰：鞭子，鞭打。　　[14]泚：清，鲜明。　　[15]鹢：一种水鸟。比喻画有鹢鸟的小船。　　[16]吟笺：作诗，写诗。　　[17]汀洲：水中的小片陆地。　　[18]一麾：太守的别称。

【赏析】

　　这首长歌以尊敬、佩服的口气，称颂了彭城太守苏轼在熙宁丁巳秋的大河决口洪灾中救灾救民的功绩，赞美"贤守维苏侯"。但是，也对其后来一再被贬遭遇表示了同情与不平，发出"望不来，碧云明月长裴回"的叹息。

# 王齐愈

（生卒年不详）宋代词人。字文甫，嘉州犍为（今属四川乐山市）人，居武昌。与苏轼交往颇密，苏轼曾编写《犍为王氏书楼》。

## 菩 萨 蛮[1]

吼雷催雨飞沙走[2]。
走沙飞雨催雷吼。
波涨泻倾河[3]。
河倾泻涨波。

幌纱凉气爽[4]。
爽气凉纱幌。
幽梦觉仙游[5]。
游仙觉梦幽。

【注释】

[1]菩萨蛮：原为唐教坊曲，后用为词牌，也用作曲牌；又名"子夜歌"、"重叠金"、"花间意"、"梅花句"、"花溪碧"等。此调为双调小令，四十四字。此作者共留下七首《菩萨蛮》，都是与苏东坡唱和的词作，而且是"回文词"，即每句都可以倒顺读通的词。作者与苏东坡是中国现存最早的回文词作者。此所选便是其七首之一。　[2]吼雷：打响雷，雷鸣。催雨：催促雨下。飞沙走：尘沙飞扬。　[3]波涨泻倾河：波涛上涨倾泻于黄河。　[4]幌纱：纱帐，纱幕。凉气爽：凉风让人舒适。　[5]幽梦：隐约的梦境。觉仙游：感觉在仙境里游。

【赏析】

这首词上调写一场大雷雨降临，雷鸣风吼，飞沙走石，暴雨倾泻黄河，河水上涨，波翻浪卷，好大一场风雨！下调写雨后天气凉爽，正好安眠，好梦幽幽恰似仙境游。风格有刚有柔，刚柔相补，恰到好处。回文重叠，亦加深了词的意境。

# 李廌

（音 zhì）（1059—1109 年）宋代词人。字方叔，号德隅斋，又号太华逸民、济南先生，华州（今陕西华县）人。六岁而孤，发奋自学，少以文为苏轼所知，后成为"苏门六君子"之一。中年应试落第，绝意仕进。文章喜论古今治乱，辨而中理。著有《济南集》二十卷、《师友谈记》十卷。

## 无 渡 河[1]

无渡河，无渡河，中有龙门之雪浪，天池[2]之洪波。
上有碧崖之岌嶪[3]，下有暗石[4]之嵯峨。
蛙蚓[5]得志相讥诃，况复龙蜃[6]与鼋鼍。
崇朝一舍[7]即我郊，黎民一苇[8]平可过。
无渡河，无渡河，招招[9]舟子不足信，彼亡维楫将奈何！

【注释】

[1]无渡河：即公无渡河，乐府相和歌辞曲调名。 [2]天池：即天河，此指黄河。 [3]岌嶪（音 jí yè）：山势高峻貌。 [4]暗石：即暗礁，隐在水面以下的岩石。 [5]蛙蚓：蛙与蚯蚓。 [6]蜃（音 shèn）：神话传说中大牡蛎形的海怪。 [7]崇朝：终朝，从天亮到早饭时，犹言一个早晨。亦指整天。一舍：古以三十里为一舍。 [8]黎民：民众，平民百姓。一苇：指一束苇，浮水面上以渡人。后代指小船。 [9]招招：摇摆荡漾貌。

【赏析】

这首歌词以"无渡河"起兴，描写龙门峡口浪高、河水涛急洪大、两岸山崖险峻、水下礁石锋利以及蛙蜃鼋鼍凶恶，劝告不要渡河。暗示社会的黑暗和生活的艰辛。

# 吴则礼

（？—1121年）北宋词人。字子副，号北湖居士，兴国州永兴（今湖北阳新）人。以父荫入仕，宋哲宗元符元年（1098年）为卫尉寺主簿。曾任军器监主簿、虢州知府。晚居江西。与陈师道等有诗文唱和，推崇黄庭坚。有《北湖集》十卷、《长短句》一卷。

## 红 楼 慢[1]

### 赠太守杨太尉

声慑[2]燕然，势压横山，镇西名重榆塞[3]。
千霄百雉朱阑[4]下，极目长河如带。
玉垒[5]凉生过雨，帘卷晴岚凝黛[6]。
有城头、钟鼓连云，殷春雷天外。

长啸，畴昔驰边骑[7]。
听陇底鸣笳，风搴双旆[8]。
霜髯飞将[9]曾百战，欲擒名王朝帝。
锦带吴钩[10]未解，谁识凭栏[11]深意。
空沙场，牧马萧萧晚无际。

【注释】

[1]红楼慢：词牌名。 [2]慑（音shè）：恐惧，使害怕。 [3]榆塞：泛称边关边塞。 [4]千霄百雉朱阑：绘刻着云纹和各种鸟的红色栏杆。阑，同栏，栏杆。 [5]玉垒：即郁垒，门神之一。此代指门。 [6]黛：青黑色的颜料，古代女子用来画眉。 [7]畴昔：往昔，从前。边骑：守卫边疆的骑兵。 [8]风搴双旆：风摇动着两边的旗帜。搴，拔取；旆，旗帜。 [9]飞将：指西汉飞将军李广。此泛指军中将领。 [10]吴钩：春秋时期流行的一种青铜弯刀，是冷兵器里的典范。后被历代文人写进词赋诗篇，成为驰骋疆场、励志报国的精神象征。 [11]凭栏：身倚栏杆，靠着栏杆。

【赏析】

　　这首词为关塞怀古之作。上片写边地百姓的安逸生活；下片回忆将士们驰骋边关、百战御敌的往事，感叹还有谁理解认同他们矢志报国的行为和建功立业的思想呢！

极目长河如带　摄影／王伟

# 周紫芝

（1082—1055年）宋代文学家。字少隐，号竹坡居士、静观老人、蝇馆老人，安徽宣城人。宋高宗绍兴十二年（1142年）进士，历任枢密院编修官、右司员外郎。绍兴二十一年（1151年）出知兴国军。诗著名，也能词，风格自然顺畅、清丽婉曲，无雕琢之痕。著有《太仓稊米集》、《竹坡诗话》、《竹坡词》。

## 公无渡河[1]

清江漫漫日夜流，江边无风人自愁。
冯夷[2]击鼓河伯怒，蛟龙[3]掉尾鱼吞舟。
人生一死亦难处，何不相从听媪[4]语。
公无渡河公自苦，人心险过同嵯峨，豺狼当路君奈何。
劝君收泪且勿歌，世间平地多风波。

【注释】

[1]公无渡河：乐府相和歌辞曲调名。　[2]冯夷：古代神话中的黄河水神。冯夷在过河时淹死了，被天帝任命为河伯，管理黄河。传说冯夷鱼尾人身，头发银白色，眼睛和鳞片是琉璃色。　[3]蛟龙：是古代神话中喜欢兴风作浪发洪水的一种恶龙。　[4]媪（音ǎo）：年老女性的通称。

【赏析】

这首歌词以写黄河风大浪险来反映社会的黑暗，豺狼当道、人心险恶，世间多有风雨浪波。

# 隋 堤 行[1]

黄榆落尽河水冰,隋渠两岸无人行。

雪花漫天大如掌,北风吹马南人惊。

县官藏冰避炎热,健儿凿冰手流血。

安得身随花石官[2],当路谁人敢呵喝[3]。

黄流千里[4]冻彻底,舳舻[5]相仍冻衔尾。

天公便合回阳和,桃花水暖流春波。

望春楼[6]上天颜喜,齐声争唱纥那[7]歌。

【注释】

[1]隋堤行:隋堤,即隋河堤;行,乐府杂曲歌辞曲调名。 [2]花石官:押送花石纲队伍的官员。花石,即花石纲,唐、宋时指编队运送的成批礼物。 [3]呵喝:大声怒责训斥。 [4]黄流千里:因隋河水来自黄河水,所以有"黄流千里"说。 [5]舳舻(音 zhú lú):船头与船尾,代指船。 [6]望春楼:唐代著名建筑,是唐代帝王举行迎春仪式的场所。位于长安城(今陕西省西安市)东的禁园东部。 [7]纥(音 hé)那:踏曲的和声。

【赏析】

此歌词描写黄河、隋河天寒冰冻的自然景象,"雪花漫天大如掌","黄流千里冻彻底",极写天气之寒。但是,在如此寒冷的天气里,一些年轻人却为"县官藏冰避炎热"去凿冰而手冻裂出血,还要受到喝骂呵斥,而皇家贵人却在歌舞升平。揭露了社会的黑暗。

# 河伯小史白事歌[1]

冯夷宫中地无土,五更排衙[2]朝击鼓。
大官拥旆呵马归,小史白事当前语。
自言赋命[3]颇奇穷,一生自足风波苦。
船须把缆始敢放,雾可藏身亦时吐。
防危虑患岂不至,往往不知遭网苦[4]。
河神笑谓小史言,祸福不计愚与奸。
恢恢天网自不失,琐琐尔曹[5]何足论。
小史速退卷舌走,顾视俦列[6]图前奔。

【注释】

[1]河伯小史:河伯的侍从。白事:说事。歌:乐府杂曲歌辞曲调名。 [2]排衙:古代主官升座,衙署陈设仪仗,僚属依次参谒,分立两旁,谓之排衙。 [3]赋命:命运。 [4]遭网苦:遭受被渔网网住的苦楚。 [5]琐琐:卑微,渺小。尔曹:你们。 [6]俦列:同列,亦指同类的人。

【赏析】

这首歌词借河伯小史的口,反映了下层人生活的艰难困苦以及遭受的欺凌压迫,而当权者却无视百姓疾苦。

# 张继先

（1092—1127年）宋代词人。字嘉闻，又字道正，号翛然子。北宋末著名道士，正一天师道第三十代天师。宋哲宗元符三年（1100年）嗣教。宋徽宗崇宁四年（1105年）赐号虚靖先生。宋钦宗靖康二年（1127年）羽化，葬安徽天庆观。元武宗追封其为"虚靖玄通弘悟真君"。有《虚靖语录》七卷、《虚靖词》。

## 望 江 南[1]

### 寄 朋 权

秋夜事，月里竹亭亭[2]。
清籁[3]与谁喧池水，微风遣我下檐楹[4]。
圆缺[5]若为情。

终南道[6]，累寄笑歌声。
丹阙[7]夜凉通马去，黄河天晓照舟横。
联辔去还成。

【注释】

[1]望江南：词牌名；又名"忆江南"、"梦江南"、"江南好"，双调五十四字。 [2]亭亭：高耸直立的样子。 [3]清籁：清响。 [4]檐楹：屋檐下厅堂前部的梁柱。 [5]圆缺：指月亮的圆缺。 [6]终南道：终南山的道路。终南，指终南山，古名太一山、地肺山、中南山、周南山，位于陕西省西安市南，秦岭主峰之一。是道教文化的发祥地之一。 [7]丹阙：赤色的宫阙。借指皇帝所居的宫廷。

【赏析】

这首词写与朋友的相处、游玩。秋夜月下谈天，惬意；终南山上论道，快意。语言明快，有道家的通透和洒脱。

## 岳飞

（1103—1142年）宋代词人。字鹏举，相州汤阴（今河南省安阳市汤阴县）人。宋朝著名军事家、抗金名将，累立战功，封武昌郡开国公。宋高宗绍兴十一年（1141年），因不附和议，为秦桧等人所陷，以"莫须有"之罪被害，死时年仅三十九岁。宋孝宗淳熙六年（1179年）赐谥武穆，改葬于今杭州西湖畔栖霞岭。宋宁宗嘉定四年（1211年）追封鄂王。后又追谥忠武。有集，后人所编。

### 满 江 红[1]

#### 登黄鹤楼[2]有感

遥望中原，荒烟外、许多城郭。

想当年、花遮柳护，凤楼龙阁。

万岁山[3]前珠翠绕，蓬壶殿[4]里笙歌作。

到而今、铁骑满郊畿[5]，风尘[6]恶。

兵安在，膏锋锷[7]。

民安在，填沟壑[8]。

叹江山如故，千村寥落[9]。

何日请缨提锐旅[10]，一鞭直渡清河洛[11]。

却归来，再续汉阳游，骑黄鹤。

**【注释】**

[1]满江红：词牌名，唐人名"上江虹"，后改此名；又名"念良游"、"烟波玉"等，双调九十三字。　[2]黄鹤楼：故址在今武汉市武昌之西蛇山西北的黄鹤矶上。相传始建于三国吴黄武二年（223年），历代屡毁屡建，1985年重建的黄鹤楼在蛇山之巅，五层。　[3]万岁山：是宋徽宗赵佶于公元1117年修筑的假山，遗址在北宋都城东京（今开封市）东北隅，方圆十余里，原名艮岳，百姓习惯称作万岁山。　[4]蓬壶殿：疑为北宋故宫内的蓬莱殿。　[5]铁骑：指金国军队。郊畿（音 jī）：京城郊外王畿之地。泛指郊外。　[6]风尘：比喻纷乱的社会或漂泊江湖的境况。此指金兵入侵、社会动

荡、局势险恶。　［7］膏锋锷：使用锋利的武器。　［8］沟壑：山沟，深沟，溪谷。此指野死之处或困厄之境。　［9］寥落：衰落，衰败。　［10］锐旅：精锐的部队。　［11］河洛：黄河与洛河。此代指中原或北部江山。

【赏析】

　　这是一首登高抒怀之词。作者登楼远望，入目的山河景色引发愁怀：追忆昔日东京城的繁华，回到当前战乱频仍、生灵涂炭、横尸遍野的惨烈情景。遥想自己能领兵北上，扫清中原，收复河山，实现抱负的畅快之情。结构严谨，词句凝练，风格豪放，散发着悲壮豪迈的英雄主义光彩。

一鞭直渡青河洛　摄影／孟宪明

# 王喆

（音 zhé）（1112—1170年）金代词人。原名中孚，字允卿，咸阳（今属陕西）人。金熙宗天眷初年应武举试，易名德威，字世雄。金海陵王正隆四年（1159年）入道，改名喆（亦作嚞），字知明，号重阳子。金世宗初，聚徒山东宁海州传道，题名"全真"，由此称全真道，宗其道者，号全真道士。提倡修真养性，制定出家制度。主张儒、释、道三教合流，在各地创立"三教七宝会"、"三教金莲会"、"三教三光会"、"三教玉华会"、"三教平等会"等。著有《重阳全真集》、《重阳教化集》、《立教十五论》等。

## 黄　河　清[1]

### 按一百八数[2]

九鞠[3]黄河分九转，洪波大浪清净。

九江共同合就，俱来归正。

九鼎[4]中间显现，九宫阐[5]、端流一定。

玉翻金波盈盈[6]处，倒侵九耀开影。

九霄翠碧相齐，九皋[7]有、鹤鸣迎接精莹[8]。

九光洞明，返照灵晖[9]堪并。

九曲神珠跳跃，九仙至、如然游泳。

湛殚澄彻成功行，九天通圣。

【注释】

[1]黄河清：词牌名，双调九十八字。　[2]按一百八数：佛教习用之数。佛教认为人生烦恼凡一百〇八种。全词用了十二个"九"，合计是一百〇八数。　[3]鞠（音 jū）：弯曲。　[4]鼎：古代煮饭的锅，一般三足两耳。后成为礼器，青铜鼎视为立国重器、权力的象征。　[5]阐：大力开门。发扬，发展，开辟。　[6]盈盈：仪态美好。形容快乐情绪充分流露。　[7]皋：水边的高地，也指沼泽、湖泊。　[8]精莹：晶莹，透明光亮。　[9]灵晖：日、月的光辉。也指佛道的玄理。

【赏析】

作者以词讲说道教道理，用"九"之数阐明自然与社会中各种相合相融而达到至真至美以至成功的现象，彰显了其儒、释、道三教合流道义主旨。

## 丘崈

（音 chóng）（1135—1208年）宋代词人。字宗卿，江阴（今属江苏）人。宋孝宗隆兴元年（1163年）进士，调建康府观察推官，除国子博士，出知华亭县、平江府、吉州。官至同知枢密院事。谥文定。宋史有传。有《丘文定集》十卷、《拾遗》一卷、《文定公词》一卷。

### 西　　河[1]

**饯钱仲耕[2]漕移知婺州[3]奏事**

清似水。
不了眼中供泪。
今宵忍听唱阳关[4]，暮云千里。
可堪客里送行人，家山空老春荠。

道别去、如许易。
离合定非人意。
几年回首望龙门[5]，近才御李[6]。
也知追诏[7]有来时，匆匆今见归骑。

整弓刀，徒御喜[8]。
举离觞、饮醑[9]无味。
端的慰人愁悴。
想天心，注倚方深，应是日日传宣[10]公来未。

【注释】

[1]西河：词牌名，三段一百〇五字。　[2]饯钱仲耕：设宴送行友人钱仲耕。饯，设酒食送行。钱仲耕，名佃，字仲耕。　[3]婺州：古州名。隋开皇十三年（593年）由吴州更名，治所在今浙江省金华县（金东区）。　[4]阳关：古关名。西汉置，在今甘肃省敦煌西南古董滩附近，玉门关之南。与玉门关是通往西域的交通门户，玉门关是北道，阳关是南道。　[5]龙门：指黄河龙门山峡谷。　[6]近才御李：亲

近贤能之人。　[7]追诏：谓召回的诏书。　[8]徒御喜：指古时帝王出行，车夫、驭手受赏而喜悦。　[9]觞（音 shāng）：古代盛酒器，即今天的酒杯。醮（音 jiào）：喝干杯中酒。　[10]传宣：传达宣布。

【赏析】

　　这是首送别词。词中称颂了朋友的才干和贤能，诉说了自己的留恋不舍之意及即将分别的愁绪离情。

# 林正大

（约1200年前后在世）南宋词人。字敬之，号随庵，永嘉（今属浙江省温州）人。宋宁宗开禧二年（1206年）曾为严州学官。其好以前人诗文櫽栝其意，制为杂曲，因此被称为宋代最为"专业"的櫽栝词人。传世作品有《风雅遗音》二卷，有四十一首词。

## 括木兰花慢[1]

黄河天上派，到东海、去难收。

况镜里堪悲，星星白发，早上人头。

人生尽欢得意，把金尊[2]、对月莫空休。

天赋[3]君材有用，千金散聚何忧。

请君听我一清讴[4]。

钟鼎[5]复奚求。

但烂醉春风，古来惟有，饮者名留。

陈王[6]昔时宴乐，拼十千、斗酒恣欢游。

莫惜貂裘将换，与消千古闲愁。

【注释】

[1]括：即櫽栝，本意为矫正竹木邪曲的工具。此指就原来的文章、著作加以剪裁、改写。此处改写的是李白的《将进酒》：君不见黄河之水天上来，奔流到海不复回！君不见高堂明镜悲白发，朝如青丝暮成雪！人生得意须尽欢，莫使金樽空对月。天生我材必有用，千金散尽还复来。烹羊宰牛且为乐，会须一饮三百杯。岑夫子，丹丘生，将进酒，杯莫停。与君歌一曲，请君为我倾耳听：钟鼓馔玉不足贵，但愿长醉不复醒。古来圣贤皆寂寞，唯有饮者留其名。陈王昔时宴平乐，斗酒十千恣欢谑。主人何为言少钱，径须沽取对君酌。五花马，千金裘，呼儿将出换美酒，与尔同销万古愁。木兰花慢：原为唐教坊曲，后用为词牌。 [2]金尊：即金樽，珍贵的酒器、酒杯。 [3]天赋：上天给予，自然赋予。 [4]清讴：清美地歌唱。 [5]钟鼎：钟与鼎。古时富贵之家才被允许拥有钟鼎，后以钟鼎代指富贵之家。 [6]陈王：三国时曹操的三儿子曹植，他曾被封为陈王。他的《名都篇》中有"归来宴平乐，美酒斗十千"之句。

【赏析】

这首经过改写的词没有了原歌《将进酒》的豪迈气势，但多了平和、闲适和淡然。

# 冯延登

（1175—1232年）金代词人。字子骏，号横溪翁，吉州（今江西省吉安）人。金章宗承安二年（1197年）进士。任河中府判官、尚书省左右司员外郎、太常博士、翰林修撰。使元被留，抗节不屈，二年乃归，历礼吏二部侍郎。元兵陷京城，投井死。有《横溪翁集》。

## 玉 楼 春[1]

宴河中瑞云亭[2]

长原迤逦孤麋卧[3]。

野色微茫河界破[4]。

草承行屦绿云深，花触飞丸红雨妥[5]。

高亭初试煎茶火。

醉玉渐哗[6]春满座。

行杯莫厌转筹[7]频，佳节等闲飞鸟过。

【注释】

[1]玉楼春：词牌名，亦称"木兰花"、"春晓曲"、"西湖曲"、"惜春容"、"归朝欢令"、"呈纤手"、"归风便"、"东邻妙"、"梦乡亲"、"续渔歌"等；双调五十六字。　[2]河中：即河中府，唐代设立的行政区。唐开元八年（720年），蒲州升为府，因位于黄河中游而得名。瑞云亭：建于黄河岸边水上的亭阁。　[3]迤逦（音yǐ lǐ）：曲折连绵。麋：指麋鹿，哺乳动物；比牛大，毛淡褐色，雄的有鹿一样的角，尾像驴，蹄像牛，颈像骆驼，但从整体看哪种动物也不像，故俗称四不像。　[4]野色微茫河界破：野色茫茫中看不清水与岸的界限。　[5]草承行屦绿云深，花触飞丸红雨妥：这两句意为，行走在野地上，青草没住了鞋脚，花朵碰飞如红雨般散落地上。　[6]哗：喧哗，喧闹。　[7]筹：行酒令用的筹签。

【赏析】

这首词上片描写河边景色，词语绮丽；下片叙写宴客饮酒，词语轻快。新亭落成，适逢佳节，府守宴请朋友同僚，觥筹交错，宾主同乐，自是欢欣之事。

# 元好问

（1190—1257年）金代词人。字裕之，号遗山、德明子，世称遗山先生，太原秀容（今山西忻州）人。金宣宗兴定五年（1221年）进士，授国史院编修，后入翰林知制诰。金亡后被囚数年，晚年回故乡于家中潜心著述。是金代著名文学家、历史学家，被尊为"北方文雄"、"一代文宗"，是金元之际在文学上承前启后的桥梁。擅作诗、文、词、曲，其"丧乱诗"尤为有名；其词为金代一朝之冠，可与两宋名家媲美。有《元遗山先生全集》。

## 水 调 歌 头[1]

### 与李长源游龙门

滩声荡高壁，秋气静云林[2]。

回头洛阳城阙，尘土一何深。

前日神光牛背[3]，今日春风马耳[4]，因见古人心。

一笑青山底，未受二毛侵[5]。

问龙门，何所似，似山阴[6]。

平生梦想佳处，留眼[7]更登临。

我有一卮[8]芳酒，唤取山花山鸟，伴我醉时饮。

何必丝与竹[9]，山水有清音。

**【注释】**

[1]水调歌头：词牌名，又名"元会曲"、"凯歌"、"台城游"、"水调歌"、"花犯"；双调九十五字。 [2]滩声荡高壁，秋气静云林：此两句意为，黄河浪涛翻卷拍打石滩的巨大声响击荡着高高的崖壁，秋气秋云下的山林更显寂静。 [3]神光牛背：典故。意为面对他人侮辱不以为意，不与之计较。 [4]春风马耳：典故。意为对于外界议论漠然无动于心，如过耳旁风。 [5]二毛：头发黑白相间。此二句意为不受外界影响，不与世俗议论流言计较。 [6]山阴：语出《世说新语·言语》："从山阴道上行，山川自相映发，使人应接不暇。"此句说龙门景美，应接不暇。 [7]留眼：留待以后目睹。 [8]卮（音zhī）：古代一种盛酒器皿。圆形，容量四升。 [9]丝与竹：即丝竹，指弦乐与管乐。泛指乐器、音乐。

【赏析】

这首词描写了龙门的优美景色,动静结合,绘出秋光水势的奇景美图。并由景道情,劝勉朋友远离尘俗、洁身自好。表现了作者对大自然的热爱和对友人的深厚情谊。语言清新自然,词意古朴雅致,情感真实。

## 水 调 歌 头

### 赋 三 门 津[1]

黄河九天上,人鬼瞰重关[2]。

长风怒卷高浪,飞洒日光寒。

峻似吕梁千仞[3],壮似钱塘八月[4],直下洗尘环。

万象入横溃[5],依旧一峰[6]间。

仰危巢,双鹄过,杳难攀。

人间此险何用,万古秘神奸[7]。

不用然犀[8]下照,未必佽飞[9]强射,有力障狂澜。

唤取骑鲸客[10],挝鼓[11]过银山。

【注释】

[1]三门津:即三门峡。在今河南省三门峡市东北黄河中,因峡中有三门山而得名。三门山是自然形成的三个门阙,各门之间约三十丈,黄河水从这里分流,南边的叫"鬼门",北边的叫"人门",中间的叫"神门",只有人门可以行船,其他两门水流都非常险急。因山在水中像柱子,又叫砥柱山。 [2]人鬼:指人门和鬼门。瞰(音kàn):从高处往下看。也泛指看。重关:指三门峡。 [3]吕梁:指吕梁山,山西省西部山脉。千仞:比喻很高。仞,古时的长度单位,一仞是七尺或八尺。 [4]壮似钱塘八月:壮观如钱塘江八月的海潮。钱塘,指钱塘江潮。钱塘江位于浙江省,最后注入东海,它入海口的海潮即为钱塘潮,每年八月中最为盛大壮观。 [5]横溃:河水决堤横流。 [6]一峰:指砥柱山。 [7]神奸:能害人的鬼神怪异之物。 [8]然犀:

传说点燃犀牛的角可以照见怪物。比喻能明察事物、洞察奸邪。　［9］伏飞：即伏非，春秋楚国勇士。后泛指勇士。　［10］骑鲸客：指唐代大诗人李白，亦作骑鲸李。宋文学家苏轼曾有"愿因骑鲸李，追此御风列"句。　［11］挝（音zhuā）鼓：击鼓。

【赏析】

　　这首词写景、抒情、议论融为一体，既写出了三门津雄险的气势，又融入了自己人生的体验。虚实结合，动静互衬，景物雄伟壮阔，诗境浑宏开阔。

# 水 调 歌 头

## 汜水故城登眺[1]

牛羊散平楚[2]，落日汉家营。

龙拏虎掷[3]何处，野蔓胃荒城[4]。

遥想朱旗回指、万里风云奔走，惨澹五年兵[5]。

天地入鞭棰[6]，毛发懔威灵。

一千年，成皋[7]路，几人经。

长河浩浩东注，不尽古今情。

谁谓麻池小竖[8]，偶解东门长啸，取次论韩彭[9]。

慷慨一尊酒，胸次若为平。

【注释】

　　［1］汜水故城：在今河南省荥阳市北汜水镇，黄河南岸。登眺：登高远望。　［2］平楚：平野。　［3］龙拏虎掷：犹言龙争虎斗。拏（音ná），同"拿"。　［4］胃（音juàn）：挂，缠绕。荒城：荒凉的古城。　［5］"遥想"句：回想一千多年前楚、汉双方以汜水一带为主战场对战对决的五年。朱旗，指刘邦汉军的旗子；惨澹：同惨淡，凄凉，萧条。形容苦费心力。　［6］鞭棰：征服，控制。　［7］成皋：旧县名。今荥阳市汜水镇虎牢关村西北有成皋故城。　［8］麻池小竖：指后赵皇帝石勒，其幼年曾沦为奴仆，为争沤麻池与邻居互殴，故词人称其"麻池小竖"。　［9］韩彭：指汉初大将军韩信、彭越。

【赏析】

　　这首词为怀古之作。作者登上故城远望,远处的平野和脚下的故城,奔腾不息滔滔东去的黄河水,还有河边已荒废的汉霸二王城、石勒战败的古战场。遥想千年前的战争故事,抚今追昔,感慨良多。语言豪迈有力,意境浑厚深沉、慷慨悲壮。

# 临　江　仙[1]

## 孟津河山亭[2]同钦叔赋

试上古城[3]城上望,水光天影相涵[4]。

都将形胜入高谈[5]。

河山君与我,独恨少髯参。

造化戏人儿女剧,狙公[6]暮四朝三。

百年都合付熏酣。

人家谁有酒,吾与典[7]春衫。

【注释】

　　[1]临江仙:原唐教坊曲,后用作词牌名;又名"谢新恩"、"雁后归"、"画屏春"、"庭院深深"、"采莲回"、"想娉婷"、"瑞鹤仙令"、"鸳鸯梦"、"玉连环";双调六十字。　[2]孟津:黄河古渡口名,在今河南省孟津县会盟镇扣马村,黄河南岸。河山亭:孟津河亭。　[3]古城:指孟津城。　[4]水光天影相涵:黄河水的光芒与蓝天在水中的倒影相互包涵。　[5]高谈:侃侃而谈,大发议论。　[6]狙公:养猴子的人。狙,一种猴子。　[7]典:典当,一方把物品押给另一方使用,换取一些金钱。议定年限,到时还款收回原物品。

【赏析】

　　这首词是写景述怀之作。作者以写黄河景色来抒发自己人生不得志的失意失落之感,流露出了人生短暂、世事无常、及时行乐的思想。

# 段克己

（1196—1254年）金代词人。字复之，号遁庵，别号菊庄，绛州稷山（今山西省稷山县）人。金哀宗正大七年（1230年）进士，入仕无门，在山村过闲适生活。金亡，与弟成己避地龙门山中。是河汾诗派作者，兼擅填词，写故国之思，颇有感情。有《遁庵乐府》。又与成己菊轩乐府合刻，名《二妙集》。

## 满 江 红[1]

### 登河中鹳雀楼[2]

古堞[3]凭空，烟霏外、危楼[4]高矗。

人道是、宇文遗址[5]，至今相续。

梦断繁华无觅处，朱甍碧甃[6]空陈迹。

问长河、都不管兴亡，东流急。

侬[7]本是，乘槎客[8]。

因一念，仙凡隔。

向人间俯仰[9]，已成今昔。

条华[10]横陈供望眼，水天上下涵空碧。

对西风、舞袖障飞尘，沧溟[11]窄。

【注释】

[1]满江红：词牌名，唐时名"上江虹"，后改此名；又名"念良游"、"烟波玉"等；双调九十三字。 [2]鹳雀楼：又名鹳鹊楼。据《清一统志》载，楼的旧址在山西省蒲州（今永济市，唐时为河中府）西南，黄河中高阜处，因经常有鹳雀栖息而得名。楼有三层，前瞻中条山，俯瞰黄河，为登临胜地。鹳，鹤一类的水鸟。 [3]堞：城上如齿状的矮墙。 [4]危楼：高楼。 [5]宇文遗址：据文献载，魏晋时北方鲜卑族有宇文氏部落，自称是炎帝神农氏的后裔。传至普回大人时，他在一次出猎时捡到一枚玉玺，上刻"皇帝玺"三字，自以为天授神权，其族人呼天为"宇"，称君为"文"，

于是号称宇文氏。后来，建立了北周王朝，立国二十五年。其望族在赵郡（今河北赵县），后来居太原郡（今山西太原）。［6］朱甍（音méng）碧甃（音zhòu）：红色的屋脊，青色的墙壁。甍，屋脊；甃：井壁。［7］侬：人称代词，我。［8］乘槎客：指游仙或出使远行之人。槎（音chá），木筏。［9］俯仰：低头和抬头。［10］条华：中条山、华山的并称。［11］沧溟：海水弥漫的样子。泛指大海。

【赏析】

　　这首词描写鹳雀楼和黄河景色，并抒发了自己的家国情怀。语言自然流畅，意境大方开阔。

河中鹳雀楼　摄影／王伟

# 段成己

（1199—1279年）金代词人。字诚之，号菊轩，绛州稷山（今山西省稷山县）人。段克己弟。金哀宗正大七年（1230年）与兄段克己同登辞赋进士，授宜阳主簿。金亡，与兄克己避地龙门山中，兄殁后，徙居晋宁北郭，闭门读书近四十年。元世祖诏征为平阳府儒学提举，坚拒不赴。有《菊轩乐府》、与兄合集《二妙集》。

## 鹧鸪天[1]

### 上巳日陪遁庵兄游青阳峡[2]

瀺瀺春江走怒雷[3]。
翠岩千丈立崔嵬[4]。
山英[5]似与游人约，尽放浮云一夕开。

倾绿酒[6]，坐苍苔。
大书岁月记曾来。
直将酩酊[7]酬佳节，挽住春光不放回。

【注释】

[1]鹧鸪天：词牌名，又名"思佳客"、"思越人"、"醉梅花"、"半死梧"、"剪朝霞"等，双调五十五字。　[2]上巳日：即夏历三月三日上巳节。遁庵兄：指其兄段克己。青阳峡：黄河中游的一个峡谷，在今陕西省陇县西北。峡，两山夹着的河道。　[3]瀺瀺：波涛涌动发出的声音。怒雷：形容声音很大很响。　[4]崔嵬：高大。　[5]山英：山花。　[6]绿酒：绿色的酒，酒的一个种类。　[7]酩酊：沉醉的样子，形容醉得很厉害。

【赏析】

这首词描写黄河青阳峡的风景和游人的潇洒畅意，千丈山崖壁立，波涛奔啸如雷，山花烂漫似锦，如画景色游人醉。表现了词人通透畅达的胸怀和人生观。

# 鹧鸪天

## 再游青阳峡

瀑布岩前水满溪，
青阳庙[1]下四山围。
歌残白雪云犹伫[2]，舞落乌纱[3]鸟忽飞。

迷晚色，锁晴霏[4]。
野花如绮[5]柳如丝。
一尊不惜颓然[6]醉，明日重来已后时。

【注释】

[1]青阳庙：青阳峡区域的庙宇。 [2]伫：久立，积聚。 [3]乌纱：古代民间的一种便帽。泛指帽子。 [4]霏：云气。 [5]绮：美丽。 [6]颓然：颓放不羁貌。

【赏析】

这首词写游青阳峡更为轻松恣意，春风、春意、春花、春水，和谐自然。遣词造句尤显功力。

黄土高原 摄影/王伟

# 师拓

（约 1193 年前后在世）金代词人。本名尹无忌，后因"避国讳"改名师拓，平凉（今甘肃平凉）人。举进士不第。金章宗明昌（1190—1196 年）中，有司荐其才，以嗜酒不用。作诗以李杜为宗，工于练句而颇有气象。与党怀英、赵沨、路铎、刘昂、周昂、王礩有七人诗集《明昌辞人雅制》。

## 浩 歌 行[1]

**送济夫之秦行视田园**

霜敛[2]野草白，气肃天宇清。

开尊酌[3]远客，饯此秦关[4]行。

秦关杳杳愁西顾，千里苍茫但烟树。

子今行辔按秋风，想见秦关雄胜处。

河流汹汹昆仑[5]来，莲峰秀拔青云开。

终南南走络[6]巴蜀，五陵[7]北望令人哀。

我本渭城[8]客，浪迹来东征。

穷齐历宋[9]嗟何营，尚气慕侠游梁城[10]。

信陵[11]白骨委黄土，夷门谁复知侯生[12]。

抚剑一长啸，作歌谁为听，青天白日空冥冥。

不能乘桴[13]入沧海，拂衣且欲归汧泾[14]。

落魄高阳归未得，送子西归空怆情。

**【注释】**

[1]浩歌行：乐府杂曲歌辞曲调名。 [2]敛（音 liǎn）：收拢，收束，约束。 [3]酌：斟酒，饮酒宴客。 [4]秦关：古关塞，古代要塞之一，在今河南省洛川县秦关乡。 [5]昆仑：即昆仑山。昆仑山脉西起帕米尔高原，伸延至青海境内。黄河即发源于青海境内的昆仑山。 [6]络：相连续，前后相接。 [7]五陵：指五陵原，因西汉五个皇帝的陵墓而得名，在今陕西兴平市东北至咸阳市东北七八十里内。 [8]渭城：本秦

都咸阳，汉高祖元年（前206年）改名新城，汉武帝元鼎三年（前114年）改名渭城。治所在今陕西咸阳东北二十里。　［9］齐：指齐国。宋：指宋国。　［10］梁城：即大梁城，今开封市。　［11］信陵：指信陵君魏无忌，战国时期魏国公子，著名军事家、政治家；与春申君黄歇、孟尝君田文、平原君赵胜并称"战国四公子"。　［12］夷门谁复知侯生：说的是"窃符救赵"的故事。侯嬴是战国时期魏国都城东城门的小吏，七十岁时被信陵君请为门客。公元前257年，秦国攻打赵国，赵国向魏国求救。侯嬴向信陵君献计，击杀魏国大将晋鄙而夺得军队指挥权，北上救赵。而侯嬴感到对不起魏王自杀。夷门，战国魏都城的东门；侯生：指侯嬴。　［13］桴：小筏子，代指各种船。　［14］汧泾（音 qiān jīng）：汧河与泾水。汧河是今千河的古称，源出甘肃省，流经陕西省入渭河。泾水发源于甘肃省，注入陕西省渭水；简称"泾"，泾渭分明里即是指此"泾"。

【赏析】

　　这是首送别长歌，作者描述了秦地的山川及自然形势、景色，回顾历史上英雄人物和事件，借此称颂与友人的志同道合及深厚情谊，流露出壮志不酬、寄情山水的思想。

河流汹汹昆仑来　摄影／王伟

# 麻革

（1184年后至1261年前）文学家。字信之，号贻溪，临晋（今山西临猗）人。金末入南京，为太学生。金亡后北渡，寓居居延。元太宗十一年（1239年）赴试武川。后隐居教授而终。时有"海内名士"、"文章钜公"之称。有《贻溪集》。

## 关 中 行[1]

### 送 李 显 卿

关中行，我持一杯酒，送君西入秦。

秦川[2]郁相望，渭水流沄沄[3]。

黄河中折倏复来[4]，太华[5]倚天青壁开。

我送君兮渺何许，春风不肯吹君回。

举酒酹五陵，浩歌登高台。

终南之山何崔嵬，长安旧游安在哉。

百年繁华成劫灰，千古英雄沈草莱[6]。

风尘颎洞[7]豺狼墓，天地茫茫入烟雾。

我载歌，送君去，太华终南宜有深绝处。

岩扃[8]人迹所不到，石壁苍苔老烟雨。

草堂挂女萝[9]，充腹多薯蓣[10]。

玉井[11]莲开十丈花，茯苓[12]根结千年树。

白雪青松良可老，鹿门有庞商有皓[13]。

不然凌云学轻举[14]，呼取安期羡门语[15]。

忆昨与君友，相逢日日酬杯酒。

酒阑起舞肝胆开，小桃唱罢歌杨柳。

晋语狎秦癯[16]，秦谈惊晋叟[17]。

秦晋之交[18]那可无，胡为不作双飞凫[19]。

碧草离离生早春，哀歌望断西南云。

求君于终南之上不可得，太华峰头会见君。

【注释】

[1]关中行：乐府杂曲歌辞曲调名。　[2]秦川：泛指今陕西、秦岭以北的关中平原地带。因春秋战国时地属秦国而得名。　[3]泛泛：水流汹涌貌。　[4]黄河中折倏复来：黄河中游折向北流，然后再折向南流。倏（音shū），极快地，忽然。　[5]太华：即西岳华山。　[6]草莱：犹草莽，杂生的草。　[7]澒（音hòng）洞：绵延，弥漫。　[8]扃（音jiōng）：门户。　[9]女萝：一种地衣类植物，状如线，长数尺，靠依附他物生长。　[10]薯蓣：即山药。　[11]玉井：井的美称。　[12]茯苓：菌类植物，多长在松、榛、栎、桑等树的根部。可入中药。　[13]鹿门有庞：鹿门即鹿门山，在湖北省襄阳县（区）。后汉庞德公与妻子登鹿门山采药不返。商有皓：指商山四皓，即东园公唐秉、夏黄公崔广、绮里季吴实、甪（lù）里先生周术，是秦始皇时的四位博士官。信奉黄老之学，后来隐居商山。后人以此来泛指有名望的隐士。　[14]轻举：飞升，登仙，隐世。　[15]安期：亦称安期生，人称千岁翁，是秦汉期间燕齐方士活动的代表人物，重视个人修炼，得以羽化登仙、驾鹤仙游，被奉为上清八真之一。羡门：传说中的仙人名。　[16]癯（音qú）：瘦。　[17]叟：年老的男人。[18]秦晋之交：春秋时秦晋两国世代互通婚姻。泛指两家联姻。[19]凫（音fú）：水鸟。

【赏析】

这首送别长歌，表达了对友人离去的不舍和伤感之情，同时反映出其避世归隐的思想。语言洗练，具有沉郁之特色。

# 王恽

（1228—1304年）元代政治家、著名学者、词人。字仲谋，号秋涧，卫辉汲（今河南省汲县）人。曾官监察御史、翰林学士。是元世祖、元裕宗、元成宗三代皇帝的谏臣，一生清贫守职、刚正不阿、礼贤下士。提出"改旧制、黜脏吏、均赋役、擢才能"的建议。死后追封太原郡公，谥号文定。有《秋涧先生大全文集》。

## 水 龙 吟[1]

己未春三月，同柔克济河，中流风雨大作，几覆者再，感念畴昔，为赋此词，且以经事之后，重有所惜云。

春流两岸桃花，惊涛极目吞天去[2]。
孤舟缆解，棹歌[3]声沸，渔舠[4]掀舞。
云影西来，片帆吹饱，满空风雨。
怅淋漓元气[5]，江南图画。
烟霏尽，汀洲树。

天地此身逆旅[6]，笑归来、满衣尘土。
功名无子，就中多少，艰危辛苦。
北去南来，风波依旧，行人争渡。
听沧浪一曲[7]，渔人歌罢，对夕阳暮。

## 【注释】

[1] 水龙吟：词牌名，又名"龙吟曲"、"庄椿岁"、"小楼连苑"，双调一百〇二字。　[2] 惊涛极目吞天去：惊天浪涛向天上翻卷。　[3] 棹歌：船夫行船时唱的歌。　[4] 渔舠：刀形的小渔船。　[5] 怅：失意，不痛快。淋漓：形容痛快。元气：指天地未分前的混沌之气。　[6] 逆旅：古代对旅馆的别称。　[7] 沧浪一曲：一曲沧浪歌。沧浪歌，春秋时期渔夫唱的歌，《楚辞·渔夫》里有载，歌词是："沧浪之水清兮，可以濯我缨；沧浪之水浊兮，可以濯我足。"后人将其谱成琴曲。

【赏析】

这首词作者追记春三月渡河遇风雨的一次惊险经历。先是描写风大浪急、船摇人喊中的遭遇风雨的惊心动魄场景以及风雨前后的黄河两岸壮丽景色。以此想到人生世间的风波和"艰危辛苦",用"沧浪一曲"收尾,表明其淡然的处世态度。

## 三奠子[1]

### 登河中迎煦楼[2]

壮河山表里[3],百二喉襟[4]。
形胜地,古犹今。
风云全晋在,草木故都深。
澹[5]长空,孤鸟没,总消沉。

东山高卧,梁甫[6]长吟。
人未老,鬓毛侵[7]。
平生多古意,落日更登临。
倚危阑[8],穷远目,恐伤心。

【注释】

[1]三奠子:词牌名,双调六十七字。 [2]迎煦楼:河中府黄河亭阁。作者自注"楼故址即唐崔徽白楼也",也就是白楼。 [3]河山表里:形容形势险要。 [4]百二喉襟:地势险要且重要之地。 [5]澹:恬静、安然的样子。 [6]梁甫:泰山下的小山,古时死人丛葬的地方。此指乐府楚调曲《梁甫吟》,是古代用作葬歌的一支民间曲调,音调悲切凄苦。 [7]鬓毛侵:掺杂了白发。 [8]危阑:高处的栏杆。

【赏析】

这首词描写登临高楼而望到的山川险胜和空旷寂然的景色,抒发身处乱世、壮志不酬、未老先衰的悲愁与感伤之情。

# 西 江 月[1]

大河凝冰蔽川[2]而下，与一二僚友登白楼俯观，赋此调以歌之。

散策[3]暂辞凫吏，倚楼来听渔歌。
夕阳西下乱山多。
白鸟苍烟冲破。

一夜朔风[4]吹雪，白云飞满长河[5]。
不将幽梦付凌波。
意在吴郎画舸[6]。

【注释】

[1]西江月：唐教坊曲名，后用为词牌名，又名"白苹香"、"步虚词"、"江月令"等，双调五十字，亦有五十一字、五十六字等变体。 [2]凝冰：结冰。蔽川：遮掩河道。 [3]散策：拄杖散步。 [4]朔风：冬天的风，北风，寒风。 [5]白云飞满长河：形容大雪落在结冰的黄河水面上如白云飞满长河一样。 [6]画舸：画船。

【赏析】

这首词描写了冬日长河冰封断流、大雪飘落如白云飞满大河上下的壮美景色，表达出作者不惧严寒、积极进取的奋斗精神。

# 浣 溪 沙[1]

## 客 亭 观 涨

老雨长河壮怒涛。

客亭夜久听喧号。

平明两涘渺江皋[2]。

沙尾没来渔箔短[3],

危樯看处客帆高[4]。

斜阳汀草[5]乱青袍。

【注释】

[1]浣溪沙：唐教坊曲名，后用作词牌，双调四十二字，亦有四十四字、四十六字两种变体。此调音节明快，为婉约、豪放两派词人所常用。 [2]平明：天刚亮时。涘（音 sì）：水边。渺：茫茫然看不清楚。江皋：江中，河中。 [3]沙尾：滩尾，沙滩的边缘。渔箔：渔沪，捕鱼用的竹栅。 [4]危樯看处客帆高：此句意为因为河水上涨，来往客船上桅杆和船帆都显得更高了。危樯：高高的桅杆。 [5]汀草：水边的草。

【赏析】

作者宿在河边客亭，夜听暴雨的哗哗声和黄河洪涛巨浪拍岸的怒号声，日观滩没草深、水涨帆高的黄河别样景色。全词节奏明快、和谐顺畅。

# 点 绛 唇[1]

**癸酉夏六月五日同河中府官宴白楼**

倚槛清歌[2],一声高遏行云[3]住。

长河倾注[4]。

不煞曦轮暑[5]。

燕寝[6]清香,画栋珠帘雨。

人何处。

一尊绿醑[7]。

满眼青山暮。

【注释】

　　[1]点绛唇:词牌名,又名"点樱桃"、"十八香"、"南浦月"、"沙头雨"、"寻瑶草",双调四十一字。　[2]清歌:清亮的歌声。　[3]高遏行云:形容歌声高亢嘹亮。　[4]倾注:倾倒、灌注。　[5]不煞:不甚。曦:阳光。轮:依次更替。暑:热。　[6]燕寝:泛指闲居之处。　[7]醑(音 xǔ):美酒。

【赏析】

　　青山长河,美酒佳肴,听歌观涛。这首词写出了河中府官宴饮的欢乐快意。

## 姚燧

（1238—1313年）元代词人。字端甫，号牧庵，洛阳（今河南省洛阳市）人，祖籍营州柳城（今属辽宁朝阳）。三岁而孤，其伯父将其教养成人。是理学家许衡的弟子。曾官江东廉访使、中书中丞、国子祭酒、太子宾客、翰林学士承旨、集贤大学士等。著有《牧庵集》。

### 浪淘沙[1]

#### 为柴氏题

河水发昆仑。

浩浩[2]泉源。

余波九里润犹存。

若问是谁家胄[3]出，显德[4]诸孙。

今日在清门[5]。

玉季金昆[6]。

能时夏清与冬温。

直得銮坡[7]褒一字，华衮[8]休论。

【注释】

[1]浪淘沙：唐教坊曲，后用为词牌。原为七言四句二十八字，到五代南唐后主李煜因旧调另制新声，乃变作双调五十四字，每段存七言二句。 [2]浩浩：水势很大。 [3]胄（音zhòu）：帝王或贵族的子孙。 [4]显德：显明的美德。 [5]清门：清贵的门第或书香门第。 [6]玉季金昆：对人兄弟的美称。 [7]銮坡：翰林院的别称。 [8]华衮：古代王公贵族的多彩的礼服。常用以表示极高的荣宠，后来用以指君王。

【赏析】

这是首给别人（柴氏）的题词，通篇赞美之词。以"黄河发昆仑"开篇，写其源正流长，德被子孙；再写其门第高贵，兄弟贤良，得到朝野的一致褒扬。

# 赵文

（1239—1315年）宋末元初词人。初名凤之，字惟恭，又字仪可，号青山，庐陵（今江西吉安）人。曾名宋永，有从弟宋安，以文章齐名，号"二赵"。先为南雄府教授，宋亡隐居不出。后为东湖书院山长，授清江儒学教授。著有《青山集》八卷，《全宋词》录其词三十一首。

## 公无渡河[1]

河之水，深复深。

舟以济，犹难谌[2]。

被发[3]之叟，狂不可箴[4]。

岂无一壶，水力难任。

与公同匡床，恨不挽公襟。

乱流而渡，直下千寻[5]。

我泣眼为枯，我哭声为瘖[6]。

投身以从公，岂不畏胥沈[7]。

同归尚可忍，独生亦难禁。

公死狂，妾[8]死心。

蛟龙食骨有时尽，惟有妾心无古今。

河之水，深复深。

【注释】

[1]公无渡河：乐府相和歌辞曲调名，又名《箜篌引》。 [2]谌：相信。 [3]被发：谓发不束而披散。 [4]箴（音zhēn）：劝告，劝诫。 [5]寻：古代长度单位，一寻为八尺。 [6]我泣眼为枯，我哭声为瘖：此两句意为，"我"哭得眼泪流干了，嗓子也哑了。瘖（音yīn），同"喑"，哑，不能说话。 [7]沈：同沉。 [8]妾：死者妻子的自称。

【赏析】

这首歌词以一个妻子的口气，谴责"被发之叟"认不清情况、不听良言、自寻死路；接着，诉说妻子的伤心、悲痛、难过，最终迫于无奈亦投河而死。鞭挞了这种害人害己的愚昧行为。词的前后重复"河之水，深复深"，深化了意境，也进一步渲染了词的悲剧氛围。

# 刘敏中

（1243—1318年）元代文学家。字端甫，济南漳邱（今山东省济南市章丘区）人。仕元世祖、元成宗、元武宗三朝，曾任职为监察御史、宣抚辽东山北、集贤学士、淮西肃政廉访使、山东宣慰使、翰林学士承旨等。一生为官清正，以时事为忧，敢于对权贵横暴绳之以法，并上疏指陈时弊。身后赠光禄大夫、柱国，追封齐国公，谥文简。有《中庵集》。

## 木兰花慢[1]

适得醉经乐章，读未竟而彦博尚书有兵厨[2]之饷，因用其韵书二本，一呈醉经，一谢彦博。

待搘[3]撑暮境，道比旧、不争多。
奈白日难留，丹心易感，绿发全皤[4]。
行乐处，浑一梦，忆黄公垆[5]下几回过。
振策[6]千峯绝顶，濯缨[7]万里长河。

红尘事事费磋磨[8]。
人海驾洪波。
怅学古无成，于今何补，谩尔蹉跎。
闲揽镜，还独笑，甚苍颜一皱不曾酡[9]。
忽报鸣鞭[10]送酒，开轩[11]自洗空螺。

【注释】

[1]木兰花慢:词牌名,双调一百〇一字。 [2]兵厨:代指储存好酒的地方。 [3]搘（音zhī）:古同"支",支撑。 [4]皤（音pó）:形容白色。 [5]黄公垆:指朋友聚饮之所,抒发物是人非的感叹。用为伤逝怀旧之辞。 [6]振策:扬鞭走马。 [7]濯缨:洗濯冠缨。后用以比喻超脱世俗、操守高洁。 [8]磋磨:商议,研讨。 [9]酡:饮酒后脸色变红,将醉。 [10]鸣鞭:古代皇帝仪仗中的一种,鞭形,振动时发出响声,叫人肃静。也叫静鞭。 [11]开轩:开窗。

【赏析】

这首词应是作者晚年的作品，他回顾了年轻时代的意气风发、建功立业，也感叹时光易逝、青春不再。整首词开放疏朗。

# 文质

（约 1245—1340 年）元代词人。字学古，一作学固，号海屋，晚号雁门叟，甬东（今浙江舟山）人，寓居吴郡娄江（今江苏昆山）。学行卓然，词章奇放。诗学唐李贺，有诗名，好为长吉体，酒酣长歌，声若金石。年九十六卒。著有《学古集》。

## 公无渡河[1]

公无渡河，河水浟浟[2]。
腥风怪雨卷空来，浊浪掀舟雪山起[3]。
妾力挽[4]公不我止，公既渡之竟如是。
泪可竭，情可灭，河水东流何日歇？

【注释】

[1]公无渡河：乐府相和歌辞曲调名，又名"箜篌引"。 [2]浟浟：水满盛多貌。 [3]雪山起：形容浪涛的涌起。 [4]挽：挽留。

【赏析】

这首歌词描写黄河风大雨急、水涌浪卷的恶劣形势，而"公"不听劝终渡河。叹息环境难以改变。

河边沙滩草生长　摄影/孟宪明

# 张炎

（1248—1320 年）南宋著名词人。字叔夏，号玉田，晚年号乐笑翁，临安（今浙江杭州）人，祖籍秦州成纪（今甘肃天水）。长期居于临安，宋亡以后家道中落，晚年漂泊落拓而终。著有中国最早的词论专著《词源》，总结整理了宋末雅词一派的主要艺术思想与成就，其中以"清空"、"骚雅"为主要主张。有《山中白云词》，存词三百零二首。

## 壶 中 天[1]

**夜渡古黄河，与沈尧道、曾子敬同赋**

扬舲[2]万里，笑当年底事[3]，中分南北[4]。
须信平生无梦到，却向而今游历。
老柳官河，斜阳古道，风定波犹直。
野人惊问，泛槎何处狂客[5]。

迎面落叶萧萧，水流沙共远，都无行迹。
衰草凄迷秋更绿，惟有闲鸥独立。
浪挟天浮，山邀云去，银浦[6]横空碧。
扣舷[7]歌断，海蟾飞上孤白[8]。

【注释】

[1]壶中天：即"念奴娇"，亦名"百字谣"、"百字令"、"酹江月"、"大江东去"、"湘月"；双调一百字，前四十九字，后五十一字。 [2]舲：有窗的小船。 [3]底事：何事，什么事。 [4]中分南北：据郭璞《江赋》李善注引《吴录》："魏文帝曾临江叹曰：'天所以隔南北也。'"本指长江，此处或借指黄河。 [5]泛槎何处狂客：古人认为黄河与天河相连，据说昔有一人乘槎寻河源，见一妇人浣纱，问之，其答曰："此天河也。" [6]银浦：银汉。即天河。 [7]扣舷：用手击打船边。多用为歌吟的节拍。 [8]海蟾：指月亮。孤白：指月的形状，应是已到下半夜。

【赏析】

与其他描写风大浪急的渡河凶险的词作不同，这首词写夜渡黄河，黄河风平浪静，草绿鸥闲，天高云淡，月挂夜空，而作者击弦而歌，闲适惬意。

# 宋无

（1260—1340年）元代词人。字子虚，号睎颜，苏州（今属江苏）人。元世祖至元末举茂才，以奉亲辞。工诗，有《寒斋冷语集》、《翠寒集》等。

## 公无渡河[1]

九龙争珠战渊底，洪涛万丈涌山起。
鳄鱼张口奋灵齿[2]，含沙射人毒如矢[3]。
宁登高山莫涉水，公无渡河，公不可止。
河伯[4]娶妇蛟龙宅，公无白璧[5]献河伯，
恐公身为泣珠客[6]。公无渡河公不然，
忧公老命沉黄泉，公沉黄泉，公勿怨天！

【注释】

[1]公无渡河：乐府相和歌辞曲调名，又名《箜篌引》。 [2]灵齿：灵威之齿。 [3]含沙射人：相传蜮居水中，听到人声，以气为矢，含沙射人，被射中的人皮肤生疮，被射中影子的生病。开头四句写黄河的惊涛险象。 [4]河伯：黄河神。 [5]白璧：古代以白璧为重宝。璧是平圆形，中心有孔的玉器。 [6]泣珠客：传说南海外有鲛人，流泪成珠。晋人张华《博物志》说：鲛人水居如鱼，能织绢，眼睛能泣珠。出水后，寄居人家卖绢，临走时，向主人家要一个器物，泣泪成珠，器满后酬谢主人。

【赏析】

这首歌词描写黄河的惊险万状，表现了真诚的劝诫之意。

# 枯鱼过河泣[1]

北冥有鲲[2]，喷薄昆仑[3]，气吞积石摧禹门[4]。

过河河水枯，踪迹困泥涂。

垂涎向海若[5]，能济涓滴无。

中流有鲂鲤[6]，不贷斗升水。

巨口走唸喁[7]，逆游莫若鲔[8]。

鲲兮鲲兮，尔泣何由龙伯[9]知。

决雨津，倒天池。

洚水[10]横行，随鲲所至。

扬鳍为谢鲂与鲤，还有桃花春涨时。

【注释】

[1]枯鱼过河泣：乐府杂曲歌辞曲调名。 [2]北冥：北方的大海。传说北海无边无际，水深而黑。又指太阳光照射不到的大海，在世界最北端。鲲：传说中北方海里的大鱼，其身体不知大到几千里。可变为大鸟叫鹏，能随着海上汹涌的波涛迁徙到南方大海。此处代指黄河。 [3]喷薄：汹涌激荡，形容事物出现时气势壮盛。昆仑：即昆仑山，黄河发源于此。 [4]积石：即积石山，在青海省东南部，延伸至甘肃省南部边境，为昆仑山脉中支，黄河绕流东南侧。禹门：即龙门，相传为夏禹治水时所凿；禹门口在山西河津县城西北二十多里的黄河峡谷中。 [5]垂涎：流口水。海若：传说中的海神。 [6]鲂鲤：鲂鱼和鲤鱼。 [7]唸喁（音 yǎn yóng）：鱼口开合貌。 [8]逆游：逆水流而游。鲔（音 wěi）：鲟鱼和鳇鱼的古称。 [9]龙伯：龙伯国的巨人。此处指黄河神河伯。 [10]洚水：洪水。

【赏析】

这首词用"河水枯"、"困泥涂"、"涓滴无"、"走唸喁"等词极写大鱼过河的艰难困苦。全词气势豪放、词语壮丽，但也充满等天靠神的意识。

# 张养浩

（1269—1329 年）元代著名散曲家。字希孟，号云庄，又称齐东野人，山东济南人。少有才学，被荐为东平学正。历仕御史台掾属、太子文学、监察御史、礼部尚书、中书省参知政事等。后辞官归隐，朝廷七聘不出。元文宗天历二年（1329年）关中大旱，出任陕西行台中丞。是年，积劳成疾，逝世于任上，谥文忠，追封滨国公，尊称为张文忠公。著有《三事忠告》、《云庄乐府》。《全元散曲》录其套曲两篇、小令一百六十三首。

## 山 坡 羊[1]

### 潼 关[2] 怀 古

峰峦如聚[3]，波涛如怒[4]，山河表里潼关路。

望西都[5]，意踌躇[6]。

伤心秦汉经行处，宫阙万间都做了土。

兴[7]，百姓苦；

亡[8]，百姓苦。

【注释】

[1]山坡羊：元散曲小令曲调名。 [2]潼关：古关隘，位于今陕西省潼关县，南有秦岭，北临黄河，西傍华岳，东扼函谷古道，地处秦、晋、豫三省要冲，形势险要，历来为兵家必争之地。 [3]峰峦如聚：写潼关一带山势。 [4]波涛如怒：写黄河水势。 [5]西都：长安。 [6]意踌躇：此处意为思潮起伏、心绪不平。 [7]兴：指封建王朝的兴起建立。 [8]亡：指封建王朝的衰落灭亡。

【赏析】

这首潼关怀古是作者散曲中的代表作，将写景与议论结合，揭示封建王朝的兴亡更替最终受苦受难的都是老百姓。词作气势恢弘、感情沉郁、寓意深远，堪称元曲中的一流佳作。

# 杨载

（1271—1323年）元代诗人、词人。字仲弘，浦城（今福建浦城县）人。元仁宗延祐二年（1315年）进士，授承务郎，官至宁国路总管府推官。颇有文名，与虞集、范梈、揭傒斯齐名，并称为"元诗四大家"。有《杨仲弘诗》八卷。

## 塞 上 曲[1]

沙塞何宵宵[2]，树短百草长。
大河屈曲流，不复辨四方[3]。
驱车日将夕，黑云隐长冈。
人马俱饥疲，解鞍饮寒塘。
张坐逐平地，击火烧乌羊。
挏酪过醇酎[4]，摇艳盈杯觞[5]。
既醉歌呜呜，顿蹋[6]如惊狂。
月从天外来，耿耿[7]流素光。
悲风动寥廓，拂面吹胡霜。
白雁中夜飞，参差自成行。
一箭落霜羽，挟弓负豪强。
中情无留滞，千载能鹰扬[8]。

【注释】

[1]塞上曲：乐府新乐府辞乐府杂题曲调名。 [2]宵宵（音yǎo yǎo）：遥远深邃貌。 [3]大河屈曲流，不复辨四方：黄河的弯曲太多，不容易辨别水流的方向。 [4]挏酪：摇动奶酪。醇酎：味厚的美酒。 [5]摇艳：摇曳。杯觞：酒杯。 [6]顿蹋：跳舞时踢脚踩脚。 [7]耿耿：明亮，鲜明。 [8]鹰扬：逞威，大展雄才。

【赏析】

这是首反映边塞生活的歌词，描写了塞上的苍凉寥廓和军队生活的艰辛困苦，但却没有悲愁凄凉之意，而给人一种昂扬向上之感。

# 胡助

(1278—1355年)元代词人。字履信,一字古愚,自号纯白老人,婺州东阳(今属浙江省东阳市)人。始举茂才,为建康路儒学学录,历任美化书院山长、温州路儒学教授、承事郎太常博士,两度为翰林国史院编修官,三为河南山东燕南乡试考官,秩满以承事郎太常博士致仕。著有《纯白斋类稿》三十卷。

## 龙 门 行[1]

龙门山险马难越,龙门水深马难涉。
矧当[2]六月雷雨盛,洪流浩荡漂车辙。
我行不敢过其下,引睇[3]雄奇心悸慑。
归途却喜秋泥干,飒飒[4]山风吹帽寒。
溪流曲折清可鉴,万丈苍崖[5]立马看。

【注释】

[1]龙门行:乐府杂曲歌辞曲调名。龙门,指黄河龙门峡谷,又称禹门;在今山西省河津市西北二十多里的黄河处。 [2]矧(音 shěn):况且。 [3]睇:看,斜着眼看。 [4]飒飒:形容风吹动树木枝叶发出的声音。 [5]苍崖:深青色或深绿色的山崖。

【赏析】

这首歌词写雨季黄河龙门峡谷山势水浪的雄壮奇险。语句凝练干净,意境开阔雄浑,读之有身临其境之感。

## 贾固

（生卒年不详，约1280—1368年在世）元代词人。字伯坚，山东沂洲（今山东临沂县）人。曾任山东金宪、西台御史、扬州路总管、淮乐廉访使、左司郎中、中书省左参政事。善乐府，谐音律，有（庆元贞）《失砂渍玉鼎》曲盛传于世。极富才华，且风流倜傥，在扬州路总管任满离职时，僚属举行送旧迎新宴会，新太守以《上高竿》为题，请作曲一首。他欣然咏《水仙子》一阕，赢得满座称赏。《元史》和《沂州府志》皆无其传，诗曲创作大部分散佚。

### 醉高歌过红绣鞋[1]

#### 寄金莺儿[2]

乐心儿比目连枝，肯意儿新婚燕尔[3]。
画船开抛闪的人独自，遥望关西店儿[4]。
黄河水流不尽心事，中条山[5]隔不断相思。
当记得夜深沉，人静情，自来时。
来时节三两句话，去时节一篇诗，
记在人心窝儿里直到死。

**【注释】**

[1]醉高歌过红绣鞋：元小令中吕曲调名。 [2]金莺儿：当时山东名妓，美姿色，善谈笑；挡筝合唱，鲜有其比。作者当时任山东金宪，一见属意焉。 [3]乐心儿比目连枝，肯意儿新婚燕尔：形容二人像比目鱼、连理枝一样形影不离、快乐开心，如新婚燕尔的夫妻似地心意相通、恩爱甜蜜。比目，即比目鱼，两只眼睛长在一边，被认为需两鱼并肩而行，故名。连枝，即连理枝，两棵树的枝干合生在一起；又称相思树、夫妻树，喻夫妻恩爱。 [4]关西店儿：当时的青楼名。 [5]中条山：是山西省南部主要山脉之一，横跨临汾、运城、晋城三市，居华山与太行山之间，黄河北岸，因山势狭长而得名。

**【赏析】**

这首小令曲写得情意深沉缠绵，由衷抒发了对金莺儿的眷恋真情。曲中以"黄河水流不尽心事，中条山隔不断相思"、"记在人心窝儿里直到死"等词句表白了作者刻骨铭心、永世难忘的情意。

# 许有壬

（1287—1364年）元代词人。字可用，彰德汤阴（今河南省汤阴县）人。元仁宗延祐二年（1315年）进士，授同知辽州事。历任吏部主事、江南行台监察御史、监察御史、中议大夫、两淮都转运盐司使、集贤大学士、中书左丞。谥文忠。著有《至正集》。

## 水 龙 吟 [1]

### 渡 黄 河

浊波浩浩东倾，今来古往无终极。

经天亘地，滔滔流出，昆仑东北。

神浪狂飙，奔腾触裂，轰雷雪沃日[2]。

看中原形胜，千年王气，雄壮势、隆今昔。

鼓枻[3]茫茫万里，棹歌声、响凝空碧[4]。

壮游汗漫[5]，山川绵邈[6]，飘飘吟迹。

我欲乘槎，直穷银汉，问津深入。

唤君平一笑，谁夸汉客，取支机石[7]。

【注释】

[1]水龙吟：词牌名，又名"龙吟曲"、"庄椿岁"、"小楼连苑"，双调一百〇二字。 [2]沃日：冲荡日头。形容波浪大。 [3]鼓枻（音yì）：划桨，谓泛舟。 [4]棹歌：行船时唱的歌。响凝空碧：歌声响彻澄碧的天空。 [5]汗漫：形容水势浩荡。 [6]绵邈：长久，悠远。 [7]"我欲乘槎"以下二句意为：我要乘船直到天河，通过问路深入天宫织房，取来织女支机石。支机石，汉代传说为天上织女用以支撑织布机的石头。传说中说：昔有一人乘船上寻黄河源，见一妇人浣纱，以问之，曰："此天河也。"乃与一石而归。问卜人严君平，云："此支机石也。"或说寻河源者乃汉代张骞。

【赏析】

这首词描写黄河之壮美和景色之秀丽，并借神话传说抒发自己的雄心壮志和理想抱负。全词把黄河的雄壮气势和作者自己的豪迈胸襟巧妙结合，风格雄浑闳肆，气势磅礴。

# 贡师泰

（1298—1362年）元代著名散文家、词人。字泰甫（父），宣城（今属安徽）人。元泰定帝泰定四年（1327年）进士，官至礼部、户部尚书。生性倜傥，形貌伟岸，以文学知名当时，为元朝"名高一代，文明千古"的显赫人物。著有《诗经补注》、《玩斋集》、《东轩集》。

## 黄 河 行[1]

黄河水，水阔无边深无底，其来不知几千里。
或云昆仑之山出西纪[2]，元气凝结自兹始[3]。
地维崩兮天柱折，于是横奔逆激日夜流不已[4]。
九功歌成四载止，黄熊化作苍龙尾[5]。
双锁凿断海门开[6]，两鄂崭崭尚中峙[7]。
盘涡荡潋，回湍冲射，悬崖飞沙，断岸决石，瞬息而争靡[8]。
洪涛巨浪相邳[9]，怒声不住从天来。
初如两军战方合，飞炮忽下坚壁摧。
又如丰隆[10]起行雨，鞭笞铁骑驱奔雷。
半空澎湃落银屋，势连渤澥吞淮渎[11]。
天吴九首[12]兮，魍魉[13]独足。
潜潭雨过老蛟吟，明月夜照鲛人[14]哭。
扁舟侧挂帆一幅，满耳萧萧鸟飞速。
徐邳[15]千里半日程，转盼青山小如粟。
吁嗟雄哉！
其水一石，其泥数斗[16]。
滔滔汩汩[17]兮，同宇宙之悠久。
泛中流以击楫兮，招群仙而挥手。
好风兮东来，酬河伯[18]兮杯酒。

【注释】

[1]行：乐府杂曲歌辞曲调名。 [2]纪：同基，基址。 [3]元气：指天地未分前混一之气。兹始：从这开始。 [4]地维崩兮天柱折，于是横奔逆激日夜流不已：此二句写地崩天裂、洪水横流时代的情景。地维，古人以为大地四方，四角有大绳维系，故称地维；天柱，传说天有八柱承之；横奔，横行乱跑；逆激，此处指水流互相冲突撞击而涌起浪涛。 [5]九功歌成四载止，黄熊化作苍龙尾：此二句写大禹管理天下、治理洪水的功德。九功，九职之功，《周礼·天官·太宰》云"以九职任万民"。四载，古时的四种交通工具，《书·益稷》："予乘四载。"谓禹治洪水时，水行乘舟，陆行乘车，泥行乘辅，山行乘樏。"黄熊"句，相传鲧治水失败被诛，化为黄熊，入于羽渊。其子禹治洪水时，有神龙以尾画地导水所注。 [6]谼（音hóng）：深沟，大谷。海门：通向海的门。 [7]鄂：边际。崿崿：突出貌。峙：耸立，屹立。 [8]争靡：形容两岸碎石土块被河水冲刷而争相坍塌。 [9]豗（音huī）：撞击，撞击声。 [10]丰隆：古代神话中的云神。一说雷神。 [11]渤澥：古代称东海的一部分，即渤海。淮渎：淮河。 [12]天吴：古代神话传说中的水神，人面虎身。九首：《山海经·海外北经》："共工之臣曰相柳氏……九首人面，蛇身而青。" [13]魖魋（音qī tuí）：传说中的独足神兽。魖，古代人驱疫鬼时所戴的面具。魋，浅赤黄色的形似小熊的野兽。 [14]鲛人：传说中的人鱼。 [15]徐邳：黄河下游经徐州、邳州。 [16]其水一石，其泥数斗：此句意为黄河水带有大量泥沙。 [17]滔滔：大水奔流的样子。汩汩：水流声；急流貌。 [18]酬：答谢。河伯：神话传说中的黄河水神。

【赏析】

这首《黄河行》长歌，从黄河源头写到入海口，从远古写到未来，从神话传说写到历史现实，从洪水泛滥写到河运之利。大开大合，转承得当。山河激荡，气势恢泓，真乃千古一河。风格豪放，意境开阔。

# 王沂

（生卒年不详）元代词人。字思鲁，先世云中人，后徙真定（今河北省正定县）。元仁宗延祐二年（1315年）进士，曾任职临淮县尹、国史院编修官、国子学博士、翰林待制、待诏宣文阁、中大夫、礼部尚书。参与编撰《宋史》《金史》《辽史》。"三史"完成后，其可能辞官，少有其消息。元顺帝至正二十二年（1362年），"中原盗起"，年过七十的王沂携家人回到老家，并侨居山阴、应川间。后又携家人南度，不知所终。有《伊滨集》。

## 御街行[1]（二首选一）

### 送 王 君 冕

君行广武山[2]前路。
是阮籍、回车处[3]。
问他孺子竟何成，落日大河东注。
无人说与，遥岑[4]远目，也会修眉妩。

离宫别馆空禾黍[5]。
啸木魅啼苍鼠[6]。
悠悠往事不经心，只有闲云来去。
停云得句，归云洞府[7]，领取渊明[8]趣。

【注释】

[1]御街行：词牌名，又名"孤雁儿"，双调七十六字。 [2]广武山：又名三皇山、三室山，在今河南省荥阳市东北广武镇北五里，黄河从其北山脚下流过。楚汉争霸时刘邦的汉王城与项羽的霸王城即筑在此山上。 [3]阮籍：三国时魏诗人，竹林七贤之一。在政治上有济世之志，曾登广武城，观楚、汉古战场，慨叹"时无英雄，使竖子成名"。回车处：春秋时孔子带弟子周游列国，从鲁国往晋国，走到一处路上，有群童玩筑城游戏而不肯让道，一个名叫项橐的七岁男童还以"只闻车避城，不闻城避车"诘难孔子。孔子见其虽小，却有过人之处，于是躬拜为师，令弟子回车绕路而行。 [4]岑：寂静，寂寞。 [5]离宫别馆空禾黍：离宫别馆里长着荒草野黍。离宫别馆，供帝王出巡时居住的宫室。 [6]苍鼠：又名地鼠，鼠类的一科。此句意

为，风啸树木、鬼魅啼哭，老鼠乱跑。　［7］云洞府：修仙习道之人居住的岩洞。　［8］渊明：指陶渊明，晚年更名潜，别号五柳先生，东晋时人；受道教思想影响，崇尚自然，不喜官场，著名的《归去来兮辞》是其作品；被誉为"隐逸诗人之宗"、"田园诗派之鼻祖"。

【赏析】

　　这是首送别词，作者与朋友游览了广武山历史遗迹，感叹古人古事古迹，"闲云来去"，"归云洞府"，流露出向往自然之意。

落日大河东注　摄影／王伟

## 周权

（约元成宗贞初前后在世）元代词人。字衡之，号此山，处州（今浙江省丽水县）人。磊落负隽才。元仁宗延祐六年（1319年）持作游京师，以诗贽翰林学士袁桷，桷深重之，称之为磊落湖海之士，谓其诗意度简远，议论雄深，可预馆职，力荐不就。有《此山集》。

### 百 字 谣[1]

东坡[2]昔守彭城，既治决河，乃修筑其城，作黄楼城上，以临河以土实制水，因以黄名楼。楼成，子由作赋[3]，坡翁为书之，刻于石。予回自京师登楼怀古，并感项籍[4]遗事，末章及之。

登临把酒，问黄楼人去，几番风雨。
绝妙颍滨楼上赋，坡老龙蛇飞舞[5]。
千载风流，两翁笑傲，淮泗归谭尘[6]。
衣冠[7]安在，我来空自延伫。
下视阛阓[8]喧尘，惨昏烟落日，西风鼙鼓[9]。
昔日争雄怀楚霸[10]，百万屯云貔虎。
世事茫茫，山川历历，不尽恁阑思。
城头今古，黄河日夜东去。

【注释】

[1]百字谣：词牌名，即"念奴娇"；双调一百字，前四十九字，后五十一字。 [2]东坡：即苏轼，字子瞻、和仲，号铁冠道人、东坡居士，世称苏东坡、苏仙。 [3]子由：即苏辙，字子由，一字同叔，晚号颍滨遗老。苏轼之弟。黄楼落成，为之赋《黄楼赋》 [4]项籍：即项羽，名籍，字羽。秦朝末年起义军领袖，杰出军事家。自称西楚霸王，定都于彭城（今江苏省徐州市）。最终为刘邦所败，退守垓下（今安徽省灵璧县），突围乌江（今安徽省和县乌江镇），自刎于乌江。 [5]龙蛇飞舞：指苏东坡所书《黄楼

赋》。　［6］淮泗：淮河下游第一大支流，位于山东省中部。谭尘：清谈。　［7］衣冠：衣服和帽子，代指绅士。这里指苏轼。　［8］阛阓（音 huán huì）：街市，闹市。　［9］鼙鼓：古代军队用的小鼓。　［10］楚霸：指楚霸王项羽。

【赏析】

　　这首词是登高怀古之作。上片思苏轼兄弟治洪水建黄楼、作赋勒碑的往事，下片怀西楚霸王项羽与刘邦争夺天下的历史。感叹世事沧桑，历史人物与故事都淹没在了历史的洪流里。

黄河日夜东去　摄影／孟宪明

# 兀颜思忠

（生卒年不详）元末词人。女真族，字子中，居东平（今属山东）。元顺帝至正元年（1341年）为南台御史，历任湖南宪佥、淮西廉访副使、浙西廉访使。诗文均有时名，所作流传不多。

## 水 调 歌 头

偕宪掾分司尉邑，偶得友人招隐之章，率尔次韵[1]。

白云渺何许，目断楚江天。

悲风大河南北，跋涉几山川。

手线征衫尘暗，雁足帛书[2]天阔，恨入短长篇。

青镜晓慵看[3]，华发早盈颠[4]。

叹流光，真逝水，自堪怜。

明年屈指半百，勋业愧前贤。

霄汉骖鸾[5]无梦，桑梓[6]归耕有计，醉且付高眠。

寄谢鹿门老[7]，待我共谈元。

【注释】

[1]偕：共同，一起。宪掾：掌刑狱的佐贰官。分司：唐宋制度，中央之官有分在陪都执行任务者，称为分司。招隐之章：指乐府古琴曲《招隐》。率尔：急遽貌，轻率貌。次韵：和诗的一种方式，即按照原诗的韵和用韵次序来和诗。也叫步韵。 [2]雁足帛书：系于雁足的用帛写的书信。 [3]慵看：懒得看。 [4]华发早盈颠：早已是满头的花白头发。 [5]骖鸾：谓仙人驾驭鸾鸟云游。 [6]桑梓：古代人常在家屋旁栽种桑树和梓树，后人用此比喻家乡。 [7]鹿门老：也称鹿门翁。鹿门，即鹿门山，在湖北襄阳县，后汉庞德公携妻子登鹿门山采药不返。"鹿门老"指庞德公，借指隐士。

【赏析】

这首词作者写自己华发早生，半百已过，老之将至。感叹时光如流水般逝去，却"勋业愧前贤"，产生了归乡隐居的思想。

# 李序

（生卒年不详）元代词人。约元仁宗延祐年（1314—1320年）前后在世，字仲伦，婺州东阳（今浙江金华）人。许谦弟子，为文以《左传》、《国语》、《史记》、《汉书》为标格，唐宋以下勿论。隐东白山，与陈樵相唱和。著有《絧缊集》。

## 昆仑山牧童歌[1]

昆仑丘，云上头，河西之子牧牦牛[2]。

野田蓬莱[3]牛不食，直上昆仑几千尺。

凌絪缊[4]，上昆仑。

牛背上，弄碧云。

牦牛努角[5]旁无人，与云同入天之门。

天门高高向西极[6]，月华烂烂飞五色。

云间夜食明月光，身上斓斌[7]虎文碧。

昆仑郁嵯峨，中高四下流黄河。

黄河水流东入海，牧人自唱蓬莱歌。

神刀断截牦牛尾，析木[8]津头献天子。

【注释】

[1]歌：乐府杂曲歌辞曲调名。 [2]牦（音 máo）牛：一种珍贵的野牦牛，体形较大。 [3]蓬莱：野草，蓬蒿一类的草本植物。 [4]絪缊：古代指天地阴阳二气交互作用的状态。亦作"氤氲"，形容云烟弥漫、气氛浓盛的景象。 [5]努角：突出撅着角。 [6]西极：西边的尽头。谓西方极远之处。 [7]斓斌：颜色驳杂，灿烂多彩，文采鲜明。 [8]析木：星次名。十二星次之一，配十二辰为寅。《尔雅·释天》："析木谓之津。"析木包括尾、箕二宿，是东方三次的最末一次，与北方三次中的星纪相邻。

【赏析】

这首歌用牧童的口气和视角，描写牧童骑着牦牛从黄河源昆仑山走到天上所见的奇异景色。随意唱来，轻松自然，朗朗上口。辞藻华丽，美不胜收。

# 邵亨贞

（1309—1401年）元末明初文学家。字复孺，号清溪，云间（今上海市松江区）人。元时曾任松江府学训导。入明后近三十年，终于儒官，足迹不出乡里。著有《野处集》四卷、《蚁术诗选》一卷、《蚁术词选》四卷。词作大部分描写伤春感秋、忆旧怀人和咏物赠答，一部分直接反映了元明之际的社会动乱。现存词一百四十三首。

## 鹊　桥　仙[1]

### 中　原　怀　古

残阳陇树，寒烟塞草，戏马台[2]前秋老。

黄河日日水东流，断送却、英雄多少。

西秦笳鼓[3]，东山寄傲[4]。

万事付之一咲[5]。

闲来系马读残碑，又目断、江南飞鸟。

【注释】

[1]鹊桥仙：词牌名，又名"鹊桥仙令"、"忆人人"、"金风玉露相逢曲"、"广寒秋"等，双调五十六字。　[2]戏马台：是徐州现存最早的古迹之一。公元前206年，项羽灭秦后，自立为西楚霸王，定都彭城（即今徐州），于城南里许的南山上，构筑崇台，以观戏马，故名戏马台。　[3]西秦：因秦国在西边，故称西秦。笳鼓：笳声与鼓声，借指军乐。　[4]寄傲：寄托旷达高傲的情怀。　[5]咲（音xiào）：古同"笑"。

【赏析】

作者站在戏马台上凭吊怀古，项羽一般的多少英雄人物、历史故事都随着黄河东流水而送走了，感叹世间"万事付之一咲"。充满悲壮苍凉之感。

明清

龙门往上　摄影/孟宪明

**刘基**（1311—1375年）元末明初军事家、政治家、文学家。字伯温，处州青田县南田乡（今属浙江）人。元明宗至顺四年（1333年）进士，曾任江西高安县丞等。后应朱元璋之邀，助其统一中国建立明朝，任御史中丞兼太史令，封诚意伯。明太祖洪武四年（1371年）赐归。身后追赠太师，谥号文成。有《诚意伯刘先生文集》。

## 公 无 渡 河

丈夫不爱死，成仁心所安。

殒身苟无故[1]，哀哉徒自残。

水能杀人人共知，公独茫然狂以痴。

黄河渺渺无津涯[2]，乃欲绝流[3]而渡之。

公也溺死人谁悲！

世路如何？险恶实多。

平地倏忽[4]，滔天风波。

利淫欲饵[5]，孰知其佗[6]？

不见不闻，从横罔罗[7]。

固不必如公之痴，可揕以鱼中之铍[8]。

亦不必如公之狂，可禽以伏甲[9]之觔。

眼前言笑百媚出，宁知兵刃罗心肠？

公无渡河河无津，箜篌一曲[10]愁杀人。

【注释】

[1]殒身：死去，丧失生命。苟：如果，假使。无故：没有原因和理由。 [2]渺渺：悠远的样子。津涯：范围，边际。 [3]绝流：横流而渡。 [4]倏忽：很快地，忽而间。 [5]利淫欲饵：用利欲作诱饵。 [6]佗：负荷。 [7]从横：同纵横。罔罗：渔猎用的网兜。罔，即网。 [8]揕（音zhèn）：用刀剑等刺。铍：小刀或长矛。 [9]伏甲：谓埋伏武士或军队。 [10]箜篌一曲："公无渡河"亦名"箜篌引"。

【赏析】

作者以写黄河的水大浪凶，引出人世间的险恶：平地风波，利欲引诱，各种陷阱网罗，各种阴谋诡计、包藏祸心等。揭露了社会的黑暗和世事的艰辛。

# 高启

（1336—1374年）明代词人。字季迪，长州（今江苏苏州）人。元末曾隐居吴淞青丘，自号青丘子。博学工诗，与杨基、张羽、徐贲齐名，称"吴中四杰"。明太祖洪武初年，召修《元史》，为翰林院国史编修。授户部右侍郎，不受。写诗常有所讽刺，后被朱元璋借故腰斩。其诗词风格豪放清逸，笔调沉雄悲壮。有《高太史全集》。

## 凉州词（二首选一）[1]

关外垂杨早换秋，行人落日旆悠悠[2]。
陇头高处愁西望[3]，只有黄河入汉流[4]。

【注释】

[1]凉州词：乐府横吹曲辞曲调名，又名"出塞"。唐代开元中西凉府传入《凉州》曲，歌词则是当时词人们的作品。歌词写西北边境壮阔苍凉的自然景色。唐时凉州治所在今甘肃武威县。 [2]旆悠悠：旗帜安闲静止的样子。 [3]陇头：据《三秦记》，陇山顶陇头上有清水倾注而下，即陇头水。 [4]入汉流：流入汉族所居住之地。

【赏析】

所选是原歌第二首，写关外秋天苍茫阔大的自然景色，如最后一句"只有黄河入汉流"，表现了诗人的茫然愁绪。

## 王越

（1426—1499年）明代词人。字世昌，大名府浚县（今河南浚县）人。明代宗景泰二年（1451年）进士，官至兵部尚书，以武功封威宁伯。曾三次出塞，收河套地。身经十余战，出奇取胜，动有成算，奖拔士类，笼络豪俊，人乐为用。诗词性情流露，不须雕饰，悲歌感慨，有河朔激壮之音。谥襄敏。有《王襄敏公集》。

### 春从天上来[1]

#### 贺董侯治水功成

河决中州[2]。

看卷地洪涛，截断张秋。

东南贡赋[3]，千里停舟。

上勤宵旰[4]之忧。

命廷臣捍患，选俊杰、争荐贤侯。

真个是，凤楼枳棘[5]，蛟隐吴钩[6]。

试展拿云手段，谈笑障飞流，指日功收。

花簇乌纱，春围彩币[7]，酒香熏透貂裘。

更黎阳[8]父老，领儿童、齐拥骅骝[9]。

沸歌讴。

唤回卫水[10]，惊倒浮丘[11]。

【注释】

[1]春从天上来：词牌名，双调一百○四字。　[2]中州：即古豫州，位居九州正中，故称为"中州"。　[3]贡赋：土贡和赋税。臣民和藩属向君主进献的土特产品称作贡；臣民向君主缴纳的军车、军马等军用物品称作赋。　[4]宵旰（音gàn）：宵衣旰食，即天不亮就穿衣起床，天晚了才吃饭歇息。　[5]凤楼：宫内的楼阁，借指朝廷。枳棘：枳木与棘木，因多刺而称恶木。比喻恶人、小人或艰难险恶的环境。　[6]蛟：蛟龙，能发洪水的恶龙。吴钩：春秋时期流行的一种青铜弯刀。一说是一种内侧开刃的钩状武器。　[7]彩币：赏赐的财帛。　[8]黎阳：黎阳县，

西汉置，治今河南省浚县东，黎山在其南，河水经其东。黎阳渡，黄河古渡口，在河北岸，与河南岸的白马渡隔河相望。　[9]骅骝：泛指骏马。　[10]卫水：水名，即卫河。有两源，一支源出山西太行山；一支源出河南辉县太行山南麓的百泉池。流经山西、河南、山东、河北、天津，汇进海河流入大海；因主要流经古卫国之地，故称"卫水"。　[11]浮丘：浮丘山，位于河南浚县城西南。

【赏析】

　　这首词上片写河决中州的凶险形势和朝廷选派能臣前往治水；下片赞扬"董侯"以超强的能力手段很快治水成功，"黎阳父老"感恩其功，大街小巷都是讴歌之声。

河边青草　摄影/孟宪明

# 史鉴

（1434—1496年）明代词人。字明古，号西村，别署西村逸史，苏州府吴县（今属江苏）人。平生酷爱读书，尤熟于史学。隐居不仕，留心往世之学。居住西村，人称西村先生。有《西村集》八卷。

## 玉女摇仙佩[1]

### 中　原

神州赤县[2]，尽在中原，知是几遭分剖[3]。
洛邑王城[4]，秦关[5]天府，形胜俨然依旧。
算隋堤[6]杨柳。
枉风流，怎及孔林[7]长久。
叹往日英雄何在，野草闲花，不堪回首。
天开我皇明，四海一家，民安物阜[8]。

况乃岱宗[9]孕秀，嵩岳[10]降神，河水盘回左右。
太华终南[11]，恒山王屋[12]，总是神仙渊薮。
故人同去否。
且莫管、家计谁无谁有。
趁早早、膏车秣马[13]，东驰西上，登山临水相携手。
休教落在他人后。

**【注释】**

[1]玉女摇仙佩：词牌名，双调一百三十九字。　[2]神州赤县：中国的别称。上古时，炎帝统辖的土地叫赤县，黄帝统辖的土地叫神州，两方统一起来后就叫作神州赤县或赤县神州。　[3]分剖：分析，分开。　[4]洛邑王城：洛邑是周朝都城洛阳的古称。洛邑瀍水岸边还有周朝都城之一王城。　[5]秦关：指秦地关中地区。　[6]隋堤：隋朝通济渠（汴河）河堤，两岸遍植柳树，后人称之隋堤。　[7]孔林：孔子及其家族墓地，位于曲阜城北三里处。　[8]民安物阜：形容社会安定、经

济繁荣的景象。　[9]岱宗：即泰山，隶属于山东省泰安市。　[10]嵩岳：即嵩山，位于河南省登封市西北部。　[11]太华：指西岳华山，在陕西省华阴市南。终南：指终南山，又名太乙山、地肺山、中南山、周南山，在长安南五十里处。　[12]恒山：即北岳恒山，位于山西省大同市浑源县南。王屋：指王屋山，位于河南省济源市。据说是轩辕黄帝祭天之所，故又称天坛山。　[13]膏车：在车轴上涂油，使之润滑。秣马：饲马，喂马。

【赏析】

　　这首词描写中原各地山川河流的秀丽壮美以及社会的安定繁荣。展现了作者对祖国大好河山的热爱之情和积极进取精神。

隋堤杨柳　摄影/孟宪明

# 顾鼎臣

（1473—1540年）明代词人。初名仝，字九和，号未斋，苏州府昆山（今属江苏）人。明孝宗弘治十八年（1505年）进士，授修撰，官至吏部右侍郎、武英殿大学士。历弘治、正德、嘉靖三朝，谥文康。有《未斋集》、《顾文康公词》、《文康公全集》。

## 念 奴 娇[1]

### 和桂洲相公黄河词二首

#### 一

黄河九曲，付安乐窝[2]翁，寻尝观物。
东荡西倾知几许，无论金城[3]铁壁。
短蜮[4]喷沙，长鲸[5]咽浪，白昼飞晴雪。
穹龟罔象[6]，夜深争目雄杰。

可笑博望穷源，何曾有眼，云自昆仑发。
屈指中原兴废，不抵浮沤[7]明灭。
驭气[8]乘风，何人凌倒，景看如丝发。
周游八表[9]，海艖[10]长挂星月。

### 【注释】

[1]念奴娇：词牌名，双调一百字。 [2]安乐窝：北宋学者邵雍隐居处。起初邵雍隐居苏门山（今河南省辉县百泉镇）中，为其所居起名为"安乐窝"。后迁洛阳天津桥南，仍用此名。 [3]金城：甘肃省会兰州的别称，黄河在市北的九州岛山脚下穿城而过。 [4]短蜮（音 yù）：传说中一种在水中暗中害人的怪物。 [5]长鲸：海洋中一种大型哺乳动物，大的身长六七丈。此处比喻黄河水流。 [6]穹龟：大龟。罔象：古代传说中的水怪。 [7]浮沤：水面上的泡沫。比喻变化无常的世事和短暂的生命。 [8]驭气：驾驭云气，乘风。 [9]八表：又称八荒，指极远的地方。 [10]艖（音 chā）：泛指船。

## 二

大河南北,数千里、一望中原民物。
迤逦江山开锦障[11],尽是名城坚壁。
楚汉交争[12],曹刘割据[13],戈甲明霜雪。
一时闲气,算来有甚豪杰。

青春三月南征,柳色连天,满路花争发。
时拂彩毫吟丽句,不问古今兴灭。
圣主中兴,太平有道,德泽沾穷发[14]。
何年沧海,钓竿时弄烟月。

【注释】

[11]迤逦:曲折延绵。锦障:遮蔽风尘或视线的锦制屏幕。 [12]楚汉交争:西楚霸王项羽和汉王刘邦的争战。 [13]曹刘割据:指三国时代曹操、刘备和孙权三国鼎立的割据局面。割据,指以武力占据部分地区在一个国家内形成独立地区而对抗中央朝廷的局面。 [14]德泽:恩惠。穷发:指极北不毛之地。

【赏析】

这是两首写黄河中原的词,第一首写黄河景色的雄阔壮美和游黄河的豪气适意;第二首在怀古叹古的同时,赞美歌颂圣主盛世。两首词意境开阔,豪迈气魄,轻松流畅。

# 卢雍

（1474—1521年）明代词人。字师邵，江苏吴县人。明武宗正德六年（1511年）进士，授监察御史。明武宗正德十三年（1518年）巡抚四川，有惠政。后迁四川提学副使，未到任卒。有《古园集》。

## 蝶 恋 花[1]

### 徐 州 晚 泊

野树烟生斜日坠。

千里帆樯[2]，又向黄楼[3]过。

自据胡床[4]船上坐。

东山月出浮云破。

细细波流声绕舵。

风苇萧萧，两岸明渔火[5]。

吹罢洞庭歌楚些[6]。

坡仙[7]恍惚相逢我。

【注释】

[1]蝶恋花：词牌名，原为唐教坊曲，后用作词牌，本名"鹊踏枝"，又名"黄金缕"、"卷珠帘"、"凤栖梧"、"明月生南浦"、"细雨吹池沼"、"一箩金"、"鱼水同欢"、"转调蝶恋花"等，双调六十字。　[2]帆樯：船桅杆，船帆与桅樯。　[3]黄楼：楼阁名，位于徐州城东门城墙上，墙外是黄河故道。宋神宗元丰元年（1078年）八月，徐州知府苏轼率领军民战胜黄河洪水后所建，取土克水之意，取名黄楼。　[4]胡床：古代一种可以折叠的轻便坐具，类似于今天的马扎。[5]渔火：渔船上的灯火。　[6]洞庭歌：洞庭地区的传统渔歌。楚些（音 chǔ suò）："些"是古代楚国民间流行的招魂词句尾用字。后因以"楚些"指招魂歌，亦泛指楚地的乐调。　[7]坡仙：指苏东坡，其有"苏仙"之别称。

【赏析】

这首词写作者夜泊徐州，在黄河船中观赏河上及两岸风景，展现出夜晚黄河渡口图画般的美丽景色。意境闲适淡然。

## 陆深

（1477—1544年）明代文学家、书法家。初名荣，字子渊，号俨山，南直隶松江府（今上海）人。明孝宗弘治十八年（1505年）进士，授编修，改南京主事。官至四川左布政使、詹事府詹事。谥文裕，赠礼部右侍郎。其书法遒劲有法，如铁画银钩。著述宏富，为明代上海人中所仅有，上海陆家嘴亦因其故宅和祖茔而得名。有《瑞麦赋》、《俨山集》、《俨山词》。

### 念奴娇[1]

**同费钟石宗伯再和桂洲扈驾南巡**

六飞南下，大河上、多少祯祥[2]云物。
紫气[3]平明浮水面，向晚更穿奎壁[4]。
画舫盘龙，楼船彩凤，两岸沙如雪。
开头捩柂[5]，长年也是人杰。

休夸碧汉银潢[6]，天上人间，一派灵源[7]发。
界断华夷[8]奔大海，岛屿烟波明灭[9]。
一曲一千[10]，三门三级[11]，惊起冠中发[12]。
圣人康济[13]，太史[14]大书年月。

【注释】

[1]念奴娇：词牌名，双调一百字。 [2]祯祥：吉祥的兆征。 [3]紫气：紫色的云气，古人以为祥瑞之气。附会为帝王、圣贤等出现的预兆。 [4]奎壁：二十八星宿中奎宿与壁宿的并称。旧谓二宿主文运，故常用以比喻文苑。 [5]捩柂（音lì duò）：扭转，沟通。 [6]碧汉：碧天银汉的合称，即天空。银潢：银河，天河。 [7]灵源：此指黄河泉源。 [8]华夷：中原部族与边地部族。 [9]岛屿烟波明灭：此句意为，岛屿在水雾烟波中忽隐忽现。 [10]一曲一千：黄河每流千里就有一个大弯曲。《初学记》卷六引《河图》载：古传黄河源出昆仑山，河水九曲，一曲千里，流入渤海。 [11]三门：指黄河三门峡谷的神门、人门和鬼门。三级：黄河河道的地势从西到东呈三级阶

梯下降,第一级为上游的青海高原;第二级大致为太行山以西,包括河套平原、鄂尔多斯高原、黄土高原等;第三级为太行山以东直至入海。 [12]惊起冠中发:此句意为,走黄河过三门很惊险,吓得帽里的头发都竖立起来。 [13]康济:安抚救济,安民济世。 [14]太史:指西汉史官、太史公司马迁。此泛指史官。

【赏析】

这首词描写行船黄河的雄险壮美,也歌颂明君盛世。行文大气,通篇充满赞颂溢美之词。

大河上 摄影/王伟

# 卢襄

（1481—1531 年）明代词人。字师陈，号五坞山人，江苏吴县人，卢雍弟。明世宗嘉靖二年（1523 年）进士，授刑部主事，改兵部，至兵部郎中。为人所评，下狱。事白，迁陕西布政司左参议。有《五坞草堂集》、《石湖文略》。

## 蝶恋花[1]

### 望黄楼

城上危楼惊欲坠。

北楫南樯[2]，日日城边过。

犹记昔年楼上坐。

楼前景物都题破。

今日长年催捩舵[3]。

万景萧条[4]，落日稀烟火。

坡老[5]不归招楚些。

云山隔水如留我。

【注释】

[1]蝶恋花：词牌名，原为唐教坊曲，后用作词牌，双调六十字。 [2]北楫南樯：北来南往的船。楫，划船的桨。樯，船上的桅杆。楫樯在此处代指船。 [3]捩舵：掌舵，扳舵。 [4]萧条：寂寥冷落。 [5]坡老：指黄楼修建者苏轼，因其号谓"东坡先生"。

【赏析】

作者远望黄楼，不禁想到当年苏轼治理洪水救灾安民、筑造黄楼的往事，发出物是人非的感叹。

## 夏言

（1482—1548年）明代政治家、文学家。字公谨，号桂洲，贵溪（今江西贵溪）人。明武宗正德十二年（1517年）进士，初授行人，累官少师、光禄大夫、上柱国、首辅。后遭严嵩诬陷被处死。谥文愍。所作诗文宏整，以曲词擅名。部分创作能揭露社会矛盾，一些写景抒情之作技巧比较纯熟。有《桂洲集》十八卷、《南宫奏稿》、《桂洲奏议》。

### 大 江 东 去[1]

扈跸[2]渡河日进呈御览[3]

九曲黄河，毕竟是天上，人间何物。

西出昆仑[4]东到海，直走更无坚壁。

喷薄三门[5]，奔腾积石[6]，浪卷巴山[7]雪。

长江万里，乾坤两派雄杰。

亲随大驾[8]南巡，龙舟凤舸[9]，白日中流发。

夹岸旌旗围铁骑，照水甲光明灭。

俯仰中原、遥瞻岱岳[10]，一缕青如发。

壮观盛事，己亥嘉靖三月[11]。

【注释】

[1]大江东去：词牌名，即"念奴娇"，双调一百字。 [2]扈跸（音hù bì）：随侍皇帝出行至某处。跸，指帝王的车驾或行幸之处。 [3]御览：皇帝观览。 [4]昆仑：即昆仑山，黄河发源地。 [5]三门：指黄河三门峡，位于河南省三门峡市东北。 [6]积石：指黄河积石山，藏名阿尼玛卿山，意为黄河之祖，相传是女娲炼石补天后剩下的石头堆积而成。《尚书·禹贡》载：大禹"导河自积石，至龙门，入于沧海"。山在青海东南部，黄河水绕积石山而东南流。 [7]巴山：位于四川、陕西、湖北、甘肃四省边境山地的总称。 [8]大驾：此处指皇帝的车驾。 [9]龙舟凤舸：指皇帝乘坐的豪华美丽的大船。 [10]岱岳：即泰山。 [11]己亥嘉靖三月：即明世宗嘉靖十八年（1539年）三月。

【赏析】

这首词写出了黄河景色的壮观俊美和皇帝出行的雄壮气派。辞藻华丽，风格大气豪迈。

# 大江东去

## 答未翁阁老

大河东下,走万里、包纳许多灵物。
推荡中原无砥柱[1],那问全城半壁。
静影涵空,洪涛浴日,巨浪翻银雪。
蛟鼍[2]出没,神龙羞与争杰。

曾谁醉卧三山[3],飞游八极[4],独驾天风[5]发。
毕竟此河经万古,看尽人间生灭。
老子[6]胸中,久吞云梦[7],乌帽今华发。
圆通朗照,心知天上明月。

【注释】

[1]砥柱:即黄河砥柱山,位于河南省三门峡以东的黄河中流,以山在黄河激流中矗立如柱,故名,也称"中流砥柱"。中流砥柱亦比喻能负重任、支危局的人或力量。 [2]蛟鼍(音tuó):水中凶猛的鳄类动物。 [3]三山:三神山。古代相传神仙居住的蓬莱、方丈、瀛洲。 [4]八极:八方极远的地方。 [5]天风:风行天空。 [6]老子:姓李名耳,字聃,春秋末期楚国苦县(今河南省鹿邑县)人;中国古代思想家、哲学家、文学家和史学家,道家学派创始人和主要代表人物,被尊为道教始祖,称"太上老君";著有《道德经》。 [7]云梦:指云梦泽,传说其范围跨长江南北。

【赏析】

这首词写黄河奔腾的雄浑状况和作者由此生发的思想,写得壮阔灵透。

# 何景明

（1483—1521年）明代文学家。字仲默，号白坡、大复山人，信阳（今河南信阳）人。明孝宗弘治十五年（1502年）进士，授中书舍人，官至陕西提学副使。与李梦阳齐名，同致力于文学复古运动，是"前七子"中有影响的人物。有《大复集》三十八卷。

## 公无渡河[1]

公无渡河，河浊不见日，汝今欲往何时出？

公无渡河，河广浩无涯，往而不返化为泥与沙。

夸父渴走成邓林[2]，至今丘冢犹腔嵚崟[3]。

河中蛟龙见人喜，纵有舟楫谁救尔[4]？

噫嗟嗟[5]，公无渡河！

渡河而亡不如陆死。

噫嗟嗟，公无渡河！

【注释】

[1]公无渡河：乐府相和歌辞曲调名，又名"箜篌引"。 [2]夸父：古代神话人物。他立志追赶太阳，到了太阳入口处，焦渴难忍，便喝了黄渭两河的水，仍感不足，往北去大泽再饮，渴死在半道上。他的手杖化成了"邓林"。 [3]丘冢：坟墓。嵚崟（音qīn yín）：高耸的样子。 [4]尔：你。 [5]噫嗟嗟：语气词，无实义。

【赏析】

这首歌词从"河浊"、"河广"、"河中蛟龙"等几方面，具体写出了黄河的凶险。

# 胡侍

（1492—1553年）明代词人。字奉之,一字承之,号濛溪,宁夏卫(今属银川市)人。明武宗正德十二年(1517年)进士,授刑部云南司主事,后历任刑部员外郎、鸿胪寺右少卿、山西潞外同知。一生勤于读书,著有《蒙豁集》三集、《续卷》一卷、《墅谈》二卷、《真珠船》八卷、《清凉经》一卷。

## 凉 州 词[1]

落日黄河水倒流,沙场旌旗[2]风悠悠。
新降胡儿不解语[3],笛中吹出古凉州[4]。

【注释】

[1]凉州词:乐府横吹曲辞曲调名,又名"出塞"。唐代开元中西凉府传入《凉州》曲,歌词则是当时词人们的作品。歌词写西北边境壮阔苍凉的自然景色。唐时凉州治所在今甘肃武威县。 [2]沙场:平沙旷野。此指战场。旌旗:泛指旗帜。 [3]胡儿:胡兵,古时泛指北方边地和西域的民族为胡。不解语:不懂汉人语。 [4]凉州:即"凉州曲"、"凉州词"。

【赏析】

这首歌词写黄河岸边一场大战过后的战场和战俘情况。苍凉,悠旷。

# 刘尧诲

（1522—1585年）明代词人。字君纳，晚年自号凝斋，湖广临武（今属湖南）人。明世宗嘉靖三十二年（1553年）进士，历任新喻知县、南京都刑科给事中、上海丞、晋金都御史、江西巡抚，官终户、兵二部尚书。在江西时创办濂溪书院；在两广时，适逢张居正令毁书院，其抗命不遵，以此两广书院得全。著有《虚籁集》、《岭南议》、《临武志》、《留垣吟稿》、《凝斋文集》。

## 大 江 东 去[1]

### 渡河读夏桂洲[2]大江东去词碑用韵

一派长河，流不尽、今古许多人物。
星宿[3]西来横割地，直捣汉关秦壁[4]。
势迥[5]粘天，波惊转石，镇日飞晴雪。
神州百二，美哉谁与争杰。

我来满泛春风，扬帆截浪，击节悲歌发。
万里乾坤孤棹[6]稳，飞鸟夕阳沉灭。
塞上阴云，海天氤祲[7]，怒指英雄发。
百年勋业，无端过却时月。

【注释】

[1]大江东去：词牌名，即"念奴娇"，双调一百字。 [2]夏桂洲：即夏言，号桂洲（见前"夏言"条）。 [3]星宿：指星宿海，位于黄河源头。黄河之水流到此处，因地势平缓，河面展宽，流速变缓，四处流淌的水使这里形成大片沼泽和众多湖泊，登高远眺，这些湖泊在阳光照耀下，宛如夜空中闪烁的星星，星宿海之名便由此而来。 [4]汉关：在今河南省新安县东一里，西距秦关三百里，亦称作汉函谷关。秦壁：战国时秦军筑的防御工事，唐时名为秦长垒。 [5]势迥（音 jiǒng）：遥远貌。 [6]棹：和船桨作用相似的划船工具。 [7]氤祲（音 jìn）：雾气，云气。

【赏析】

这首词描写了黄河波澜壮阔的流水波涛，也抒发了对历史事件、世事人物的感慨悲叹。

合阳的黄河　摄影/孟宪明

# 王翃

（音 hóng）（1603—1653 年）明代词人。字介人，浙江嘉兴人。本为染工，而勤学不辍，遂以布衣工诗词。明亡后拒绝与官府来往，有任职清朝官府的故人来访，拒不会见。后渡江遭盗而身亡。有《二槐堂词》。

## 蝶恋花[1]

### 醉登戏马台[2]

官舍[3]东风人醉矣。

酒倦飞杯，一啸空中起，平野山围云表里。

青徐[4]接望青无已。

戏马台高临楚尾[5]。

天落河黄[6]，春水三千里。

南客愁来仍独倚。

夕阳斜处伤心每。

【注释】

[1]蝶恋花：词牌名，原为唐教坊曲，后用作词牌，双调六十字。 [2]戏马台：是徐州现存最早的古迹之一。公元前206年，项羽灭秦后，自立为西楚霸王，定都彭城（即今徐州），于城南里许的南山上，构筑崇台，以观戏马，故名戏马台。 [3]官舍：官吏办事的场所。 [4]青徐：青州与徐州。 [5]楚尾：指古代楚地下游一带。 [6]天落河黄：意为，从天上落下的黄河水。河黄，即黄河。

【赏析】

作者登临戏马台，一边饮酒，一边眺望四周景色，山川平野河流尽入眼底，历史人物旧事亦浮上心头。这首词写得闲适淡然，也有着淡淡的悲凉之意。

# 来集之

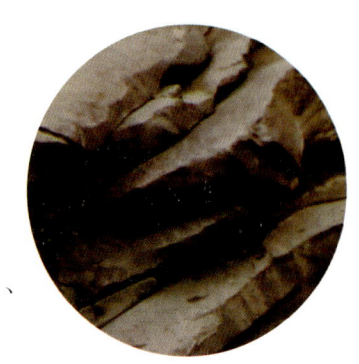

（1604—1682年）明代词人。初名伟才，又名镕，字符成，号倘湖、元成子，萧山长河（今属浙江杭州）人。明思宗崇祯十三年（1640年）进士，授皖城司理，迁兵部主事，官至太常寺少卿。后隐居倘湖之滨，课耕读以自给。有《倘湖樵书》、《倘湖诗余》。

## 应 天 长[1]

孙硕肤夫子，其先以抚军阻宸濠逆谋而死义[2]，谥忠烈者，乃高祖也。夫子初登贤书，即梦国初丁丑状元周信同晏。阅丁丑，擢礼闱[3]，仅列二甲。又初出仕时，卜之关神，有曰："北山门外好安居。"及殉义，卜葬。其山曰北门山，与周信之墓，相去咫尺。

黄河来星宿[4]，溯[5]一派根株，枝枝叶叶。
子孝臣忠，定有家风延接。
宸濠初发难，最气壮、抚军殉侠[6]。
清白吏、燕翼贻谋[7]，文章廉节。

雄才思报国，便协佐中枢[8]，扫清氛孽[9]。
义愤投戈，不愧先人忠烈。
北门符好梦[10]，恨陨志、出师未捷。
真不朽、夕汐朝潮[11]，吐吞雄杰。

【注释】

[1]应天长：词牌名，又名"应天长令"、"应天长慢"；此调有小令、长调两体，小令五十字，长调九十四字。　[2]其先：其先人。指孙硕肤夫子的先祖孙燧，明朝忠臣。抚军：孙燧时任江西巡抚。阻：劝阻。宸濠逆谋：指宁王朱宸濠谋反事。死义：指孙燧因阻朱宸濠谋反而被杀害。　[3]擢：提拔，提升。礼闱：指古代科举考试之会试，因其为礼部主办，故称礼闱。　[4]星宿：指星宿海，位于黄河源头。黄河之

水流到此处，因地势平缓，河面展宽，流速变缓，四处流淌的水使这里形成大片沼泽和众多湖泊，登高远眺，这些湖泊在阳光照耀下，宛如夜空中闪烁的星星，星宿海之名便由此而来。　[5]溯（音 sù）：追求根源。　[6]殉侠：为侠气正义而牺牲生命。　[7]燕翼：指辅佐。贻谋：指父祖对子孙的教诲。　[8]中枢：指朝廷，以君主为首的中央统治机构。　[9]孽：恶因，恶事，邪恶。　[10]北门符好梦：指题记中所说卜神解梦及"北山门外好安居"之言。　[11]夕汐朝潮：潮汐是海水周期性涨落现象，夜晚出现的海水涨落为"汐"，故说夕汐；白天出现的海水涨落为"潮"，故说"朝潮"。

【赏析】

这首词由黄河的源正流长引出忠义传家的孙家，赞颂他们忠君爱国的侠义行为和精神风骨。表达出对忠烈侠义之士的敬重仰慕之情。

# 御　街　行[1]

## 赠何彝仲北上

江南江北多春草。

春鸟啼归[2]好。

偏教游子片帆[3]飞，直北上、长安渺[4]。

黄河线若[5]，泰山拳似[6]，胜景知多少。

丈夫[7]有志须分晓。

肯把柔肠绕。

出门何处不天涯，独帝里[8]、春光早。

御街[9]柳色，上林[10]花影，听取莺声巧。

【注释】

　　[1]御街行:词牌名,又名"孤燕儿",双调七十六字,另有双调七十七字、双调七十八字等变体。　[2]春鸟啼归:指布谷鸟。　[3]帆:挂在船上的幔。　[4]长安:代指京都。渺:茫茫然,看不清楚。　[5]黄河线若:黄河仿若一条线。　[6]泰山拳似:泰山好似一个拳头。　[7]丈夫:指男人,男子汉。　[8]帝里:帝都,京都。　[9]御街:京城中皇帝出行的街道。　[10]上林:古宫苑名。秦旧苑,汉初荒废,至汉武帝时重新扩建。故址在今西安市西。

【赏析】

　　这是首送别友人的词,但没有一般送别词作的哀伤忧愁,而是充满旷达向上的积极精神。

青铜峡大坝　摄影/孟宪明

## 李渔

（1611—1680年）明末清初文学家、戏曲家。初名仙侣，后改名渔，字谪凡，号笠翁，浙江金华兰溪人。十八岁补博士弟子员，明末中过秀才。入清后无意仕进，从事著述和指导戏剧演出。后居于南京，居所名为"芥子园"。开设书铺，编刻图籍。著有《凰求凤》、《玉搔头》等戏剧以及《无声戏》等小说和《闲情偶寄》等书。

### 送入我门来[1]

舟中飓风大作，尘飞蔽天，时泊清江闸[2]口。

河伯[3]惊心，封姨[4]聒耳，终朝幞被[5]蒙头。
满案飞尘，堆起别乡愁。
南方花鸟盈车弃，把北地、风沙论斛[6]收。

若为荣华博取，便食土羹[7]尘饭，也类珍馐[8]。
雨笠烟蓑，来此欲何求。
漫携清水滩头钓，去远泛、黄河淖[9]里舟。

【注释】

[1] 送入我门来：词牌名，双调七十八字。　[2] 清江闸：位于江苏省淮安市运河上。　[3] 河伯：黄河河神。　[4] 封姨：亦作封夷，古代神话传说中的风神。聒耳：声音杂乱刺耳。　[5] 幞被：铺盖卷，被子。　[6] 斛（音 hú）：旧量器名，亦是容量单位，一斛原为十斗，后来改为五斗。　[7] 羹：用蒸煮等方法做成的糊状食物。　[8] 珍馐：珍奇名贵的食物。　[9] 淖：烂泥，泥沼。

【赏析】

这首词中作者用夸张的手法，描写舟中遭遇飓风、泥沙飞扬、尘土堆积的情景，并以"若为荣华博取，便食土羹尘饭，也类珍馐"来自嘲。

# 侯方域

（1618—1654年）明末清初词人。字朝宗，河南商丘人。曾游江南，寓居南京，组织"复社"，为当时文人所推重。明亡降清，清顺治八年（1651年）中举，后从事著述。有《壮悔堂文集》、《四忆堂诗集》传世。

## 塞下曲[1]（二首选一）

黄河柳岸出青条，三月榆关[2]雪未消。
回首征人齐下泪，冠军独有霍嫖姚[3]。

【注释】

[1]塞下曲：新乐府杂题曲辞曲调名。 [2]榆关：山海关。这里泛指边地关塞。 [3]冠军：将军名号。霍嫖姚：指汉时嫖姚校尉霍去病，后被封为冠军侯。

【赏析】

这首歌词以黄河上下、边关内外的春色作比，赞扬了疆场征人保家卫国的业绩。

风陵渡南岸的女娲湖 摄影/孟宪明

# 吴易

（？—1646年）明末词人。字日生，号朔清，吴江（今属江苏苏州）人。明思宗崇祯十六年（1643年）进士，官兵部主事、兵部侍郎、兵部尚书等，封长兴伯。明亡坚持抗清，率兵三次占领吴江城，兵败被杀。有《东湖唱和词》、《北征小咏词》。

## 金 缕 曲[1]

### 戏 马 台[2]

九曲黄河泻。

似重瞳、风流豪宕，美人骏马[3]。

蓦涧[4]注波三十万，盖世喑呜叱咤[5]。

目断处、高邱[6]浩野。

成败难平广武[7]叹，尽纷纷竖子王和霸[8]。

君莫笑，拔山者[9]。

卯金龙种[10]堪无价。

下梢头、使君匕箸，寄奴田舍[11]。

玉帐茱萸歌吹满，旧楚楼船台榭。

对寂寞、山川图画。

斗虎英雄争鹿[12]地，付乌骓赤兔渔樵话[13]。

藉草[14]坐，泪盈把。

**【注释】**

[1]金缕曲：词牌名，又名"贺新凉"、"贺新郎"、"乳燕飞"、"貂裘换酒"、"金缕词"、"金缕歌"、"风敲竹"，双调一百十六字。　[2]戏马台：是徐州现存最早的古迹之一。公元前206年，项羽灭秦后，自立为西楚霸王，定都彭城（即今徐州），于城南里许的南山上，构筑崇台，以观戏马，故名戏马台。　[3]重瞳：一个眼睛里有两个瞳孔，古代人认为有重瞳的人皆非凡。据说项羽是有重瞳的人。豪宕（音dàng）：意气洋溢，器量阔大。　[4]美人骏马：指项羽的美人虞姬和骏马乌骓。　[5]蓦

（音mò）涧：突然的，意外的。注波：注入，灌进去，导入水波。喑呜：怒喝声。叱咤（音chì zhà）：怒斥，呵斥，怒喝。　[6]高邱：丘形高地。　[7]广武：指广武古城，在今河南省荥阳市东北广武山，有东西二城，中隔一涧曰广武涧，刘项隔涧对峙。　[8]竖子：小子，对人的蔑称。王和霸：指汉王刘邦和霸王项羽。　[9]拔山者：指项羽。其《垓下歌》："力拔山兮气盖世。时不利兮骓不逝。骓不逝兮可奈何！虞兮虞兮奈若何！"　[10]卯金：指姓刘的人，此指刘邦。龙种：帝王的子孙。　[11]下梢头：结果，结局。使君匕箸：是说刘备与曹操"煮酒论英雄"之事。"曹公从容谓先主曰：'今天下英雄唯使君与操耳，本初之徒，不足数也。'先主方食，失匕箸。"使君，指刘备；匕箸，汤匙筷子。寄奴：南朝宋高祖刘裕的乳名，彭城绥舆里人。田舍：农家。　[12]争鹿：喻争夺政权。　[13]付乌骓赤兔渔樵话：乌骓、赤兔的故事成了渔夫和樵夫口中的闲话。乌骓赤兔，骏马名，乌骓是项羽的马；赤兔是三国时武将吕布的坐骑，吕布死后，被曹操赠予关羽。渔樵：指打鱼的人和砍柴的人。　[14]藉草坐：坐在草上。

**【赏析】**

　　这首词是登临怀古之作。作者站在戏马台上，远望滔滔黄河、山川平野之如画，不禁想起项羽、刘邦以及曹操、刘备等历史英雄人物逐鹿争雄的故事，发出"斗虎英雄争鹿地，付乌骓赤兔渔樵话"的慨叹。

# 曹元芳

（生卒年不详）明末词人。字介皇，别字耘庵，海盐人。明思宗崇祯十六年（1643年）进士，授吏部验封司郎中。后隐硖石以终。有《淳村词集》。

## 归 朝 欢[1]

### 七夕送查王望八都[2]

杨柳渡头残月上。

锦缆长江开画舫。

黄河闻道近焦枯[3]，鱼龙寂寞[4]才通桨。

高堂欢倚杖。

抱头孙弄月麻姑[5]想。

骊歌[6]奏，雪藕调冰，正鹊驾[7]称赏。

青蒲慷慨陈言谠[8]。

持橐埋轮[9]君不让。

四方采得民生病[10]，何者为先奏对[11]爽。

鱼水君臣畅。

绿鬓[12]功名及时往。

莫淹留，苍生济了，雒社常凝望。

【注释】

[1]归朝欢：词牌名，又名"菖蒲绿"、"归朝歌"、"归田歌"，双调一百〇四字。 [2]八都：八方。 [3]黄河闻道：古代用来形容人因为无知而自满。庄子在《秋水》中说：黄河之神河伯以为自己的黄河广大无边，当看到大海的时候才知道自己是多么孤陋寡闻。焦枯：干燥枯萎。 [4]鱼龙寂寞：指入秋以后，鱼龙等水族潜伏，不在水面活动。相传龙以秋为夜，秋分以后潜于深渊。 [5]麻姑：神话传说中主长生不老的女神仙。 [6]骊歌：指告别的歌。 [7]鹊驾：犹鹊桥。 [8]青蒲：谓犯颜直谏。陈言：陈述的言论、言辞。谠：正直的。 [9]持橐：拿着装纸笔

的袋子随时帮助书写记录。后用以比喻皇帝的近臣。埋轮：埋车轮于地，以示坚守。喻刚正不阿、不畏权贵。　[10]民生病：民生方面的问题弊病。[11]奏对：臣属当面回答皇帝提出的问题。[12]绿鬓：乌黑而有光泽的鬓发。形容年轻美貌。

【赏析】

　　这首词先点出了送别的时间地点，接着谦虚地称自己孤陋寡闻、不成大事，而赞扬朋友正直敢谏、致力苍生，是朝廷的贤能之臣。最后，用盼望朋友功成名就归来表达二人的深厚情谊。

黄河闻道近焦枯　摄影/王伟

# 屈大均

（1630—1696年）明末清初著名学者、词人。初名邵龙，又名绍隆，号非池，字骚余，又字翁山、玲君、介子，号菜圃，广东番禺（今属广东省广州市）人。曾剃度为僧，后还俗，改名大均。与陈恭尹、梁佩兰并称岭南三大家，有广东徐霞客之称。其诗词有屈原、李白遗风。著作多毁于雍正、乾隆两朝，后人辑有《翁山诗外》、《翁山文外》、《翁山易外》、《广东新语》、《四朝成仁录》，合称《屈沱五书》。

## 念 奴 娇[1]

### 潼 关[2] 感 旧

黄流[3]鸣咽，与悲风昼夜，声沈潼谷。

天府徒然称四塞，更有关门东束。

未练全军，中涓[4]催战，孤注无边腹。

阌乡[5]秋早，乍寒新鬼频哭。

谁念司马[6]当年，魂招不返，与贼长相逐。

麾下兴平余大将，难作长城河曲[7]。

朔骑频来，秦弓未射，已把南朝覆[8]。

乌鸢[9]饥汝，国殇[10]今已无肉。

【注释】

[1]念奴娇：词牌名，双调一百字。 [2]潼关：古关隘，位于今陕西省潼关县，南有秦岭，北临黄河，西傍华岳，东扼函谷古道，地处秦、晋、豫三省要冲，形势险要，历来为兵家必争之地。 [3]黄流：黄河水流。 [4]中涓：官名，宫中清洁洒扫的太监，后世一般指宦官。 [5]阌乡：县名，隋开皇十六年（596年）置，属陕州。治所在今河南省灵宝市西北双桥河入黄河口处东岸。 [6]司马：指三国时期曹魏的主要人物司马懿，其孙子司马炎后来取代曹魏政权建立西晋王朝。 [7]河曲：黄河拐弯的地方。 [8]覆：倾倒，败，灭。 [9]乌鸢：乌鸦与老鹰。 [10]国殇：死于国事，为国牺牲的人。

【赏析】

这首词是感旧之作。作者在潼关这个兵家必争之地的古战场,怀古凭吊历史,描写了战争的残酷、惨烈和悲凉。

## 八 声 甘 州[1]

### 榆林镇吊诸忠烈[2]

大黄河、万里卷沙来,沙高与城平。

教红城明月,白城积雪,两不分明。

恨绝当年搜套[3],大举事无成。

长把秦时塞,付与笳[4]声。

最好榆林雄镇,似骆驼横卧[5],人马皆惊。

更家家飞将[6],生长有威名。

为黄巾、全膏原野,与玉颜、三万血花腥[7]。

忠魂在、愿君为厉[8],莫逐流萤[9]。

(榆林镇流寇[10]号为骆驼城,马见畏之。)

【注释】

[1]八声甘州:词牌名,亦是曲牌名。词牌"八声甘州"又名"甘州"、"潇潇雨"、"宴瑶池",是从唐教坊大曲《甘州》截取一段改制的,后用为词牌。因全词前后共八韵,故名八声,双调九十七字。 [2]榆林镇:即延绥镇,明代九边之一。明成化七年(1471年)延绥镇移治榆林卫(今陕西省榆林市),此后通称榆林镇,防地东至黄河,西至定边营(今陕西定边县)。诸忠烈:明崇祯十六年(1643年)李自成遣七万军队攻打榆林城,城内军民死守孤城七日夜,力竭城崩,城内军民死伤无数。"诸忠烈"即指当年守榆林城的明朝将士和民众。 [3]搜套:是明代时针对蒙古各部对河套地区的侵扰开展的驱逐活动。河套,地理范畴指现在内蒙古自治区和宁夏回族自治区境内贺兰山以东、

狼山和大青山以南、黄河沿岸的地区。　[4]笳：古代北方民族的一种乐器，类似笛子。　[5]似骆驼横卧：榆林镇的地形似一骆驼横着躺在地上。　[6]飞将：飞将军。　[7]黄巾：代指李自成领导的起义军。此句概括了当年的情景。　[8]厉：锋利，凶猛。　[9]流萤：飞行不定的萤火虫。　[10]流寇：应是指李自成的军队。

【赏析】

这首凭吊怀古的词作，写了榆林镇的地势环境和社会形势，赞颂了忠烈们当年抗敌守城、不怕牺牲的英勇忠义之举，表达了敬慕之意和感佩之情。

# 满　江　红[1]

## 山　阴　道　中

咫尺阴山[2]，黄水外、龙堆相接[3]。

最愁见、边云群起，牛羊无别。

白草已将青草变，平城[4]并与长城没。

倩芦笳、吹出汉宫春[5]，梅休折。

天断处、沙如雪。

天连处，沙如月[6]。

总茫茫冰冻，未秋寒彻。

柳未成条风已断，莺将作语春频歇[7]。

劝行人、莫滞紫游缰[8]，教华发[9]。

【注释】

　　[1]满江红：词牌名，又名"念良游"、"烟波玉"等，双调九十三字。　[2]阴山：内蒙古自治区中部山脉，东西走向，西起狼山，向东有乌拉山、色尔滕山、大青山等，绵延二千五百里，南北纵横一百四十余里。[3]黄水：黄河水。龙堆：代指沙丘。　[4]平城：北魏中期都城，今山西省大同市。　[5]芦笳：古代用芦管做的管乐器。汉宫春：

词牌名。　［6］"天断处"以下二句，写沙多得天地不分，入眼都是沙。　［7］"柳未成条"以下二句，写春天极短、春日极少。　［8］紫游缰：贵重的紫色马缰绳。代指出游的车马。　［9］华发：白发。

【赏析】

　　这首词描写了阴山地区荒漠寒冷的苍凉景色，表露了厌倦长期在外的行旅生活及盼望归乡安居的情思。

天连处沙如雪　摄影/王伟

# 曹贞吉

（1634—1698年）清代词人。字升六，又字升阶、迪清，号实庵，安丘（今山东省安丘市）人。清康熙三年（1664年）进士，曾任中书舍人、户部员外郎、礼部郎中、湖广学政等官职。后以病辞归。工诗文，与嘉善诗人曹尔堪并称"南北二曹"。词尤有名，《四库全书总目》说其词"大抵风华掩映，寄托遥深，古调之中，伟以新意"。被誉为清初词坛上"最为大雅"者。著有《珂雪集》一卷、《珂雪二集》一卷、《珂雪词》二卷。

## 满 庭 芳[1]

### 和人《潼关》

太华垂旒[2]，黄河喷雪，咸秦[3]百二重城；

危楼[4]千尺，刁斗[5]静无声。

落日红旗半卷，秋风急、牧马悲鸣。

闲凭吊，兴亡满眼，衰草汉诸陵[6]。

泥丸封未得[7]，渔阳鼙鼓[8]，响入华清[9]。

早平安烽火，不到西京[10]。

自古王公设险，终难恃、带砺之形[11]。

何年月，铲平斥堠，如掌看春耕[12]。

【注释】

[1]满庭芳：词牌名，又名"锁阳台"、"满庭霜"、"潇湘夜雨"、"话桐乡"、"满庭花"，双调九十五字，另有变体双调九十六字、双调九十三字。　[2]太华：指华山。垂旒（音liú）：王冠前面的垂玉。此处是说，华山如同潼关的垂旒。　[3]咸秦：指秦地，秦建都咸阳，故称咸秦。　[4]危楼：高楼，此指潼关关楼。　[5]刁斗：军中用具，用来做饭，铜或铁制，容纳一斗。夜里击打刁斗以巡更报时。　[6]汉诸陵：即诸汉陵，长安一带的汉朝皇帝的陵墓。　[7]泥丸封未得：指守关将士在安史之乱中未能守住潼关。　[8]渔阳鼙鼓：指公元755年安禄山于渔阳举兵叛唐事。鼙鼓，骑兵用的小鼓。后亦用为外族侵略之典。　[9]华清：华清宫，在临潼骊山，

为唐玄宗与杨贵妃游宴之所。　［10］早平安烽火，不到西京：此句意为，因为长安陷落，烽火台上再也没有报平安的信号传递到西京长安。　［11］带砺之形：黄河如衣带，潼关如磨刀石，护卫着长安。带砺，衣带与磨刀石。　［12］何年月，铲平斥堠，如掌看春耕：此句意为，什么时候能够没有战争，军人归乡耕田，老百姓安居乐业！斥堠，古代用以瞭望敌情的土堡；如掌，如手掌之平；春耕，春天翻地耕田。

【赏析】

　　这首词描写了潼关的雄险地势和独特景象，斥责唐玄宗养虎为患，导致安史之乱，百姓饱受战乱之苦；表达了作者反对战争、渴望和平安定的思想。全词开阔博大，意境豪迈悲壮，立场鲜明，感情强烈。

黄河喷雪　摄影/王伟

# 董元恺

（？—1687年）清代词人。字舜民，号子康，江苏武进（今属常州市）人。清顺治十七年（1660年）举人，次年即罹"奏销案"被黜。是清初武进籍词人中最重要的一位，因遭诖误，际遇坎坷，故其词激昂哀怨。著有《苍梧词》十二卷，今《全清词》（顺康卷）存录六百九十三首。

## 永 遇 乐[1]

### 过 虎 牢 关[2]

千古崤关[3]。

是英雄、战守纷争处。

废垒寒沙，荒原宿草，精灵[4]自来去。

汜水[5]滔滔，河流[6]滚滚，日夜何曾少住。

把当年、袁曹刘项[7]，一样销沈龙虎[8]。

有恨兴亡，无端成败，赢得横鞭指顾。

西去荥阳[9]，东来嵩渚[10]，险设成皋[11]路。

风响鸣环，霜飞断镞[12]，隐隐犹闻金鼓[13]。

惊心问、长陵[14]抔土，今犹在否。

【注释】

[1]永遇乐：词牌名，又名"消息"，双调一百〇四字；亦是曲牌名，有南曲商调和北曲歇指调。 [2]虎牢关：位于河南省荥阳市汜水镇，因周穆王曾将进献的老虎圈养于此而得名。是洛阳东边门户和重要的关隘，南连嵩岳，北濒黄河；为兵家必争之地，是历史上的古战场。 [3]崤关：即虎牢关，《清一统志·开封府二》："明洪武二年（1369年）改虎牢为古崤关，置巡司戍守，成化十七年（1481年）裁。" [4]精灵：指野地里的小动物。 [5]汜水：发源于今河南省巩义市东南，北流经荥阳市汜水镇西，东入黄河。 [6]河流：黄河水流。 [7]袁曹：指汉末军阀袁绍和魏王曹操。

双方曾在虎牢对战。刘项：指秦末争夺政权的最强两支力量刘邦和项羽，双方曾在虎牢一带长时间对峙。 ［8］龙虎：代指历史英雄人物。 ［9］荥（音 xíng）阳：古县名，秦前即有县置，即今河南省荥阳市一带，郑州市西，虎牢关东，嵩山以北，黄河之南。 ［10］嵩渚：即嵩渚山，又名少泾山、小泾山；在今河南省荥阳市南部，包括五云山、三山、万山、岵山一带山体。 ［11］成皋：旧县名。今荥阳市汜水镇虎牢关村西北有成皋故城。 ［12］镞：箭头。 ［13］金鼓：军队用的锣鼓。 ［14］长陵：又名长山，位于陕西省咸阳市东约四十里的窑店镇三义村北，是汉太祖高皇帝刘邦与汉高后吕雉同茔不同穴的陵墓地，其地面建筑已经毁坏。

【赏析】

作者站在虎牢关古战场，看河水滚滚、山河依旧，可袁曹刘项这些龙虎人物却已被历史的尘土埋没，不禁发出"犹闻金鼓"声、英雄"今犹在否"的诘问。全词读来颇有悲壮之气。

隐隐犹闻金鼓　摄影／孟某

# 赵执信

（1662—1744年）清代词人，字伸符，号秋谷，晚号饴山老人，山东益都（今山东淄博）人。清康熙十八年（1679年）进士，授翰林院编修，官至右赞善。因佟皇后丧服期内观演《长生殿》被革职。是王士禛甥婿，初颇相引重，后来论诗反对王之神韵说。其诗作以思路峻刻为主。有《饴山堂集》。

## 公 无 渡 河[1]

### 为从弟德瑞作

大河落自天，崩腾东北走[2]。

神禹不敢干[3]，裂土疏为九[4]。

冯夷拗怒却南回[5]，泛滥徐兖吞长淮[6]。

沧海畏威亟延纳[7]，逝川附势[8]争趋陪。

岱岳当前设巨堑，地灵卷局愁摧颓[9]。

长篙大舸，日有沉溺。

被发之叟胡为哉[10]？

褰裳而前不自止[11]，子黙妻痴笑相视[12]。

旁人见者涕泪流，疾声呼公公且休[13]。

波涛如此不闻睹，下有宝藏将探求。

珠宫贝阙，守以蛟龙[14]，鼋鼍鱼鳖，皆以啖[15]公。

所得未尺寸，所丧齐华嵩[16]。

虽有好身手，展转将安从[17]？

吁嗟乎[18]！

人生夷险非偶然[19]，死生翻覆须臾间[20]。

大河之水入海不上天，问公一渡何当还[21]？

## 【注释】

[1]公无渡河：乐府相和歌辞曲调名，又名"箜篌引"。　[2]崩腾：形容水势汹涌。东北走：指古时黄河奔东北方向入海。　[3]神禹：大禹的敬称。不敢干：言只能顺势疏导，不敢违势堵截。干，冒犯。　[4]裂土：指开凿河道。疏为九：疏通为九条河道。九河为徒骇、太史、马颊、覆釜、胡苏、简、絜、钩盘、鬲津。　[5]冯（音píng）夷：传说中的水神。拗怒：抑制愤怒。南回：指黄河改道南流。　[6]徐兖：即徐州和兖州。吞长淮：指黄河南流夺淮。　[7]畏威：惧怕黄河威势。亟（音jí）：赶忙。延纳：容纳。　[8]逝川：沿途支流流入黄河。附势：指依附黄河水势。　[9]岱岳：泰山。巨壑：巨大的沟壑，此指黄河。地灵：地神。卷局：屈缩身躯。摧颓：坍塌。以上二句，极状黄河形势之威。　[10]被发：披发。胡为：为何。以上二句，说长篙大船尚遭倾覆之祸，那披发老叟为何还徒步涉河？　[11]褰裳：撩起衣裳。不自止：不肯停止。　[12]黠（音xiá）：聪敏。　[13]公且休：制止披发老人之语。公：古时对老人之尊称。　[14]珠宫贝阙：代指黄河水神的宫府。守：驻守。　[15]啖（音dàn）：吃。　[16]齐华嵩：高比华山、嵩山，形容损失之大。　[17]展转：即辗转。安从：从何处脱身？　[18]吁嗟乎：感叹词。　[19]夷险：安危。非偶然：指各有其因。　[20]翻覆：指人生的成败得失、升降荣辱等。　[21]何当还：何时才能归来？意即同黄河东流入海一样，一去不复返。

## 【赏析】

诗人之弟赵德瑞曾代理淮安府山清外河同知，负责黄河的事务。诗人以乐府旧题写成的这首古曲歌，目的在于寄言其弟：高官厚禄决非轻易能得，人生安危茫然莫测；如果一味贪图富贵，就可能身败名裂，翻覆于须臾之间。

# 王时翔

（1675—1744年）清代词人。字皋谟，又字抱翼，号小山，江苏镇洋（今太仓）人。博学能文。清雍正六年（1728年）授福建晋江县知县，官至成都知府。有《小山全集》二十卷。

## 应 天 长[1]

### 金 堤[2]

黄河远泻，高浪驾天，中原几许盘折。

无数名城腴壤[3]，时时被冲啮[4]。

奔流驶，何处泄。

况更是、浊沙难刷。

赖千里、屹起坚堤，今古如铁。

忧旱祷桑林[5]，一滴甘泉，方比眼中血。

那晓怒涛秋涨，翻飞半空雪。

长虹[6]遭暗揭，看浩渺、化蛟龙穴。

水收后，颓屋荒邨[7]，只剩呜咽。

【注释】

[1]应天长：词牌名，又名"应天长令"、"应天长慢"；此调有小令、长调两体，小令五十字，长调九十四字。　[2]金堤：指修筑得很坚固的江河堤坝。西汉时东郡、魏郡、平原郡界内黄河两岸，都有石筑的金堤，高者至四五丈。东汉时自汴口以东，沿河积石，通称金堤。今西起河南省卫辉市、滑县，经濮阳县、范县及山东阳谷县，东至阳谷县张秋镇东，长约近二百五十里，有古金堤。相传宋时所筑，一说东汉王景所修。　[3]腴(音yú)壤：肥沃的土地。　[4]冲啮(音niè)：谓水浪侵蚀堤岸。　[5]忧旱祷桑林：此处引用的是商汤王桑林祈雨的传说故事。《吕氏春秋·顺民》："昔者，汤克夏而正天下，天大旱，五年不收，汤乃以身祷于桑林……用祈福于上帝，民乃甚

悦，雨乃大至。"商汤逢大旱以身祈雨，后因以"汤祷桑林"谓仁德爱民。　[6]长虹：指虹彩。亦喻长拱桥。　[7]颓（音tuí）屋：破败、即将倒塌的房屋。荒邨（音cūn）：指偏僻荒凉、人烟稀少的村落。邨，同村。

【赏析】

　　这首词写黄河洪水漫溢全靠千里坚堤的束缚控制，借商汤桑林祈雨之事，说明旱时一滴水贵似眼中一滴血，而河水暴发时冲毁田地庄稼、房屋村落的事实。由此揭示筑堤筑坝、防洪防汛的重要性。

黄河金堤　摄影/孟宪明

# 纳兰常安

（1684—1748年）清代词人。字履垣，满洲镶红旗人。以诸生授笔帖试，自刑部改隶陕西巡抚署。陆续迁广西按察使、江西巡抚、盛京兵部侍郎、浙江巡抚。后因案下狱，卒于狱。著有《明史评》、《从祀名宦传》、《受宜堂宦游笔记》、《受宜堂集》。

## 满 江 红[1]

### 渡 黄 河

浩浩汤汤，无晨夕、奔流如箭。

连沙卷、浊泾清渭，淆然[2]不辨。

青嶂干霄横翠黛，白波夺目翻银练。

看长风、蹙浪[3]接天流，云中电。

穿山过，三门[4]断。

通海去，九州贯[5]。

负舟航如叶，荡摇波面。

汹涌千寻浮日月，混茫一色无浓淡。

吼涛声、震耳响如雷，心寒颤。

【注释】

[1]满江红：词牌名，又名"念良游"、"烟波玉"等，双调九十三字。 [2]淆然：混乱错杂的样子。 [3]蹙（音cù）浪：谓波浪涌聚。 [4]三门：指黄河三门峡口，即神门、人门与鬼门，位于今河南省三门峡市黄河中。 [5]通海去：流到大海去。九州贯：贯穿九州。

【赏析】

这首词写渡黄河所见的水流波涛、山峦壁崖和水天景色，写得视野开阔、气势宏大，读来荡气回肠。

# 郑燮

（音 xiè）（1693—1765年）清代学者、词人。字克柔，一字近人，号理庵，又号板桥、樗散人，人称板桥先生，江苏兴化人，祖籍苏州。清乾隆元年（1736年）进士，官山东范县、潍县知县。后辞归，客居扬州，以鬻画为生。一生只画兰、竹、石，自称"四时不谢之兰，百节长青之竹，万古不败之石，千秋不变之人"。其诗书画世称"三绝"。著有《板桥诗钞》四卷、《板桥词钞》一卷。

## 贺 新 郎[1]

### 送顾万峰之山东常使君幕

掷帽[2]悲歌起。

叹当年、父母生我，悬弧射矢[3]。

半世销沉[4]儿女态，羁绊难逾乡里[5]。

健羡尔、萧然揽辔[6]。

首路春风冰冻释，泊马头、浩渺[7]黄河水。

望不尽，汹汹势。

到看秦岱[8]从天坠。

矗空青、千岩万嶂，云揉月洗。

封禅碑铭[9]今在否，鸟迹虫鱼怪异[10]。

为我吊、秦皇汉帝[11]。

夜半更须陵日观，紫金球、涌出沧溟底[12]。

尽海内，奇观矣。

【注释】

　　[1]贺新郎：词牌名，原名"贺新凉"，又名"金缕曲"、"金缕衣"、"金缕词"、"金缕歌"、"风敲竹"、"雪月江山夜"等，双调一百十六字。　　[2]掷帽：这是个因善赌而得意忘形的典故。《世说新语·任诞》上说，袁彦道善于博戏，桓温赌输了钱，去找袁彦道帮忙，袁不顾正在守丧，亲与债主博戏，十万一掷，每掷必赢，很快将数

百万赢回，高兴得掷帽大呼："你可认得我袁彦道吗！" 　[3]悬弧射矢：民间传统风俗，家中生了男孩，要悬木弓于房门左边三天，然后由"射人"以桑弓木箭射天地四方。弧，即弓。矢，指箭。　[4]销沉：犹消沉。谓衰退没落。　[5]羁绊：受牵制而不能脱身。难逾：难以越过，难以超过。乡里：家乡或同一个地方的人。　[6]萧然：闲远的样子。揽辔：挽住马缰。　[7]浩渺：水面广阔。　[8]岱：指泰山。　[9]封禅碑铭：帝王祭祀天地后留下的碑铭。碑铭，碑文和铭文。　[10]鸟迹虫鱼怪异：指碑铭上的文字。　[11]秦皇汉帝：指秦始皇嬴政和汉武帝刘彻。　[12]紫金球：指太阳。沧溟：大海。

### 【赏析】

　　这首词写送别，多为鼓励奋进之语：冰融春来，高山峻耸，天暖气爽，黄河奔流，海上日照，秦皇汉帝，英雄辈出。言词明朗，意境豪迈。

望不尽，汹汹势　摄影/孟宪明

# 黄图珌

（1699年至约1760年后）清代词人。字容之，号守贞子，别号蕉窗居士，江苏松江（今上海市）人。曾为杭州府同知、衡州府同知，三任浙闱监试。著有《看山阁全集》六十四卷，收词四卷。

## 千秋岁[1]

### 渡黄河

荣光相照。

九曲[2]源流抱。

云影淡，波光渺。

静时疑是睡，鸣处浑如啸。

相检点，金堤竹落依然好。

源向河宗[3]讨。

远自昆仑到。

环地腹[4]，依天表[5]。

恭逢昭瑞[6]目，得睹澄清妙。

万世利，不知大禹功[7]多少。

【注释】

[1]千秋岁：词牌名，又名"千秋节"、"千秋万岁"，为宋人根据旧曲另制新曲，双调七十一字。 [2]九曲：代指黄河。 [3]河宗：即河源。 [4]地腹：犹言内地，腹地。 [5]天表：上天的显示。 [6]昭瑞：昭示祥瑞。 [7]大禹功：指大禹治水之功。

【赏析】

这首词为作者渡黄河所观所感而写，描写了黄河的美好景色，并歌颂了大禹治水的万世之功。

# 董元度

（1709—1787 年）清代词人。字讷孙，又字曲江，号寄庐，山东平原人。清乾隆十七年（1752 年）进士，入翰林院，不久外任江西定远县知县，一年后改任山东东昌府教授，任教十年，晚主莲池书院。精心攻读诗文，诗名大扬。和纪晓岚是好友，爱好游山玩水。著有《旧雨草堂集》八卷。

## 金 缕 曲[1]

### 渡 黄 河

河水从天泻。

挟清淮、怒涛千里，东流奔下。

横渡小舟真似叶，敢恃轻帆如马。

指彼岸、迢迢一坝。

有客舵楼吹玉笛，奈中年、哀乐难陶写[2]。

空目断，苍茫野。

蒹葭柽柳[3]纷河汉。

隔长堤、鱼罾蟹簖[4]，几间茅舍。

白袷[5]临风惊瑟瑟，游子悲秋情乍。

应羡煞、垂竿渔者。

极目乡关何处是，笑扬州、梦醒归来也。

云外鹤，谁能跨。

【注释】

[1]金缕曲：词牌名，即"贺新郎"，双调一百十六字。　[2]哀乐难陶写：此处作者自注"时闻先兄讣未久"。　[3]蒹葭：芦苇。柽（音 chēng）柳：木名。亦称观音柳、垂丝柳、西河柳、三春柳、红柳等。落叶小乔木，赤皮，枝细长，多下垂。　[4]鱼罾（音 zēng）：渔网。蟹簖：捕蟹的工具，状如竹帘，横置河道之中以断蟹的道路。　[5]白袷（音 jiá）：白色的夹衣。

【赏析】

这首词作者写渡黄河，既描写了河上的波涛奔流，也写出了黄河两岸的苍凉秋色。抒发了游子的悲伤哀怨之情。

# 张四科

(1711—？年）清代词人。字喆士、喆生，号渔川，陕西临潼人，寓居江都（今扬州）。贡生，曾官候补员外郎。有《宝闲堂集》和《响山词》四卷。

## 台 城 路[1]

### 潼关驿楼题壁

盘回崚阪[2]凌空上，参差渐分关树。

浩浩河声，蒙蒙岳色，闲引行人来去。

寒鸡唱午。

向古驿荒凉，小楼延伫。

短发狂搔，眼明初识故园路。

况吟残照未久，早风陵堆[3]畔，归客争渡。

形胜依然，英雄安在，几度消沉今古。

阑干漫抚。

盼犯斗仙人[4]，茹松毛女[5]。

冻月苍苍，玉莲花半吐。

【注释】

[1]台城路：词牌名，又名"齐天乐"、"五福降中天"、"如此江山"，双调一百〇二字。 [2]盘回：同盘回，盘旋回绕。崚阪：山势高峻重叠，崎岖硗薄。 [3]风陵堆（音 dui）亦名风陵堆，在山西省永济市南，传说因有风后之陵而得名。或说此处有女娲之陵。《水经注·河水四》："关之直北，隔河有层阜，巍然独秀，孤峙河阳，世谓之。" [4]犯斗仙人：登天仙人。神话传说天河通海，有个住在海边的人，乘槎入黄河到天河，见到了牛郎、织女。 [5]茹松：吃松柏之枝叶。毛女：传说中得道于华山的仙女，字玉姜，形体生毛，自言秦始皇宫中人，秦亡入山，食松叶，遂不饥寒，身轻如飞。百七十余年，所止岩中有鼓琴声。

【赏析】

作者登临潼关驿楼，望滔滔黄河波涛，观茫茫山川景色，看匆匆渡口行人，缅怀历史征战英雄，不禁起了归乡安居之意。雄杰已去，不如修仙好。

# 点　绛　唇[1]

花落江南，四条弦[2]上离情诉。

陇云关树。

极目斜阳暮。

白帝宫[3]前，记买神盘去。

相逢语。

郎家何处。

妾住风陵渡[4]。

【注释】

[1]点绛唇：词牌名，又名"点樱桃"、"十八香"、"南浦月"、"沙头雨"、"寻瑶草"等，双调四十一字。　[2]四条弦：指四弦琴。　[3]白帝宫：道教庙观，在华山顶。　[4]风陵渡：黄河古渡口，位于山西省芮城县西南六十里黄河处。与河南省三门峡市、陕西省渭南市为邻。风陵渡处于黄河东转的拐角处，是山西、河南、陕西三省的交通要道，自古是黄河上最大的渡口。

【赏析】

这是一首思念情郎的词，以一个船女的口气平实诉来，语言朴素自然，抒情大胆直白、深切真实，但又没有哀愁悲苦之意，颇有民歌之风格。

# 朱云翔

(1712—? 年）清代词人。字遂佺，江苏元和（今苏州市）人。曾登科场，屡试不第，遂以文酒自娱。著有《蝶梦词》。

## 侧　　犯[1]

### 任城登太白楼[2]

危楼百尺，人传太白登临地。

曾记。

想偶尔凭阑、渺思虑。

青回海黛色，爽挹长安翠。

风细。

云暮滴，江山正秋霁。

谪仙[3]潇洒，身世蜉蝣[4]寄。

鲸背去[5]。

□虚窗，终古黄河倚。

我暂留连，高城凝睇[6]。

空际明月，故乡千里。

【注释】

[1]侧犯：词牌名，双调七十七字。　[2]任城：地名，今属山东省济宁市。太白楼：古楼阁式建筑，位于山东省济宁市任城区黄河附近。其原为唐代贺兰氏经营的酒楼，后因李白在此居住二十余年，遂更名为太白楼。　[3]谪仙：指唐代诗人李白。　[4]蜉蝣：为蜉蝣目原变态类的水生昆虫，据说其"朝生而暮死，而尽其乐"。　[5]鲸背去：李白自谓"海上骑鲸客"。　[6]凝睇：凝视，注视。

【赏析】

作者站在太白楼上，遥想太白事迹，歌颂太白洒脱的人生。流露出对李白潇洒游世界的生活方式的羡慕与追随之意。

黄河晚眺　摄影 / 董保华

# 许开基

（生卒年不详）清代词人。字勋宗，海宁人。清雍正八年（1730年）进士。官至户部郎中。

## 蝶恋花[1]

### 荥泽[2]阻渡

潇洒琴樽[3]无计住。

哽喧车铃，问宿斜阳渡。

欲济无舟良可悟。

底须杜宇[4]催归去。

拍岸惊涛河伯怒。

滚滚中流，那觅千金瓠[5]。

只影浓愁待谁诉，明朝更向云深处。

【注释】

[1]蝶恋花：词牌名，原为唐教坊曲，后用作词牌，本名"鹊踏枝"，又名"黄金缕"、"卷珠帘"、"凤栖梧"、"明月生南浦"、"细雨吹池沼"、"一箩金"、"鱼水同欢"、"转调蝶恋花"等，双调六十字。　[2]荥泽：古县名，上古时黄河南、荥阳北一带是沼泽地，隋仁寿元年（601年）改广武县置为荥泽县，治所在今河南省郑州市西北古荥镇北五里。　[3]琴樽：琴和酒杯，常指文人宴集。　[4]底须：何须，何必。杜宇：即杜鹃，又称子规鸟，别称望帝。传说杜鹃为古时蜀王望帝杜宇魂魄所化，啼声悲切。闻杜鹃初鸣的人，将有伤别之事。　[5]千金瓠：大葫芦。比喻物虽轻贱，关键时得其所用，便十分珍贵。瓠，瓠子，状如葫芦。

【赏析】

这首词是写作者参加文人宴会归去渡黄河时因日暮又遇风浪被阻之事。黄河惊涛拍岸，如河神发怒；天已晚暮，却无舟可渡，道途茫然，前行受阻。这使他愁绪满怀，而又无人能诉。整首词把词人的离愁别绪表现得淋漓尽致。

# 金兆燕

（1718—1789年）清代词人。字钟越，号棕亭，安徽全椒人。清乾隆三十一年（1766年）进士，官国子监博士，改扬州府学教授。幼有神童之称，工诗词曲，与吴敬梓、吴锡麒等交游。青年时壮游名山大川，开阔了眼界，诗词奇崛雄伟，名震淮扬。著有《棕亭古文钞》十卷、《骈体文钞》八卷、《诗钞》十八卷、《词钞》七卷，总为《国子先生集》。

## 沁 园 春[1]

### 送仁趾叔之中州

短剑褒衣[2]，此去中原，慨当以慷。

怪金鞍几载，岱宗嵦岉[3]，鞭丝更指，汝水[4]苍茫。

小阁论心[5]，晴原侧帽[6]，才得春来醉几场。

浓阴下，又骊歌[7]欲唱，珠泪沾裳。

知君立马神伤。

看九曲浑河绕太行[8]。

叹雀台[9]零落，分香妙伎[10]，丛台[11]磨灭，挟瑟名倡[12]。

三月莺花，两河关塞，吊古怀人总断肠。

东风外，想侯嬴[13]空馆，一片斜阳。

【注释】

[1]沁园春：词牌名，又名"东仙"、"寿星明"、"洞庭春色"等，双调一百十四字。 [2]褒衣：宽大的长衣。 [3]岱宗：指泰山。嵦岉（音zé lì）：高大峻险貌。 [4]汝水：即汝河，《水经注》："汝水出河南汝州梁县勉乡西天息山。"上游即今河南北汝河。 [5]论心：谈心，倾心交谈。 [6]侧帽：北周独孤信斜戴帽子的典故，借用以说风流潇洒美仪容。 [7]骊歌：告别之歌。 [8]九曲浑

河：即九曲黄河。太行：指太行山，中国东部重要山脉，跨越北京、山西、河北、河南四省市，北起北京西山，向南延伸至河南、山西交界的王屋山，呈东北至西南走向，绵延八百余里。　[9]雀台：即铜雀台，汉建安十五年（210年）曹操所建，在今河北省临漳县西南古邺城的西北隅。　[10]分香：曹操临终，曾嘱让其婢妾及伎人皆住铜雀台。后指临死念妻妾。伎：古代称以歌舞为业的女子。　[11]丛台：指武灵丛台，位于今邯郸市中心丛台公园内。相传始建于战国赵武灵王时期（前325年至前299年），是赵王检阅军队与观赏歌舞之场所。　[12]瑟：弦乐器，似琴，古有五十根弦，后为二十五根或十六根，平放演奏。倡：古指歌舞艺人。　[13]侯嬴：战国时期魏国人，信陵君门客，曾献计于信陵君窃符救赵。

【赏析】

　　这首词写送别朋友去中原。描述中原山川风物、历史人物事件。苍凉悲壮，尽情抒发了自己的离情别绪。

看九曲浑河绕太行　摄影/孟宪明

# 张九钺

（1721—1803年）清代词人。字度西，号陶园，又号紫岘山人，晚号罗浮花农，湖南湘潭人。清乾隆二十七年（1762年）举人，历任南丰、南昌、保昌、海阳等地知县。后主郡中昭潭书院。诗学太白，得其真气，落想浩然。著有《陶园文集》八卷、《秋篷词》二卷、《拾翠词》一卷、《诗集》二卷、《历代诗话》四卷，还有《峡江志》、《偃师志》、《永宁志》、《巩县志》等。

## 沁 园 春[1]

### 行虎牢关[2]下

噫吁哦乎，危兮壮哉，此虎牢关。

有寒雪遥霏[3]，壁悬积铁，雄风横吼，梯响刀镮。

落叶斜阳，荒壕野寺，直接嶙峋广武山[4]。

天涯客[5]，只残铃瘦马，踥蹀[6]其间。

大河日夜潺湲[7]。

洗不尽、怏石幽花战血斑。

叹板渚[8]沉沙，金戈安在，玉门[9]生磷，断碣[10]犹殷。

逝矣英雄，咄哉竖子，千古兴亡转瞬间。

角声寂，看长空一点，倦鸟飞还。

【注释】

[1]沁园春：词牌名，又名"东仙"、"寿星明"、"洞庭春色"等，双调一百十四字。 [2]虎牢关：位于河南省荥阳市汜水镇，因周穆王曾将进献的老虎圈养于此而得名。是洛阳东边门户和重要的关隘，南连嵩岳，北濒黄河，为兵家必争之地，是历史上的古战场。 [3]霏：云气飘扬。 [4]嶙峋：形容山石峻峭、重叠。广武山：又名三皇山、三室山，在今河南省荥阳市东北广武镇北五里，黄河从其北山脚下流过。楚汉争霸时刘邦的汉王城与项羽的霸王城即筑在此山上。 [5]天涯客：行走天涯的人。此处作者自指。 [6]踥蹀（音dié xiè）往来徘徊。 [7]潺湲：水缓缓流动的样子。 [8]板渚：古津渡名，板城渚口的简称。在今河南省荥阳汜水镇东北黄河南岸。 [9]玉门：

黄河古渡名，在今河南省荥阳汜水镇口子村。　［10］断碣：断碑。

【赏析】

　　这首词为作者经行虎牢关之作，上片写了昔日的古战场虽仍有痕迹，但已是满目荒凉；下片写感怀，黄河水日夜冲刷也洗不净斑斑血迹，英雄逝矣，千古兴亡也不过是转瞬间罢了。全词悲壮苍凉，流露出了作者的落寞失意。

# 满　江　红[1]

## 大梁[2]吊古·铁塔[3]

渺渺蒲卢，谁削出、一针天半[4]。

旛竿直、霞蒸露濯，琉璃彩绚[5]。

豪客来看车打队，雏姬[6]罗拜香成串。

闻中秋、灯似烛龙悬，烧银汉[7]。

绝顶立，黄河见[8]。

四牖启，中原面[9]。

对隔城婆塔[10]，沉沉双线。

宫观楼台都荡了，仗他佛力蛟龙战。

坐松棚、独酌上方泉，迦陵啭[11]。

【注释】

　　［1］满江红：词牌名，唐人名"上江虹"，后改此名，又名"念良游"、"烟波玉"等，双调九十三字。　［2］大梁：战国时魏（梁）国都城，在今河南省开封市西北。秦始皇二十二年（前225年），王贲攻魏，决黄河水灌大梁，城毁魏降。隋唐以后，又通称今开封市为大梁（后改称汴梁）。《满江红·大梁吊古》组词共十三首，此选《铁塔》

与《周宫》两首。　　[3]铁塔：即开宝寺塔，位于开封城东北角。原为木塔，大火烧毁后。宋仁宗皇祐元年（1049年）于开宝寺上方重修，材料为砖和琉璃砖，八角十三层，高约十七丈。因通体为褐色琉璃砖，混似铁铸，民间习惯称其为铁塔。　　[4]谁削出、一针天半：此句意为，是谁削出一根长针插到了半天空。　　[5]旛竿：挑挂旗子的竹竿或木杆。霞蒸露濯：云霞熏蒸，雨露洗刷。琉璃彩绚：琉璃表面绚烂多彩。　　[6]雏姬：年幼的女子。　　[7]烛龙：火龙。银汉：银河，天河。　　[8]绝顶立，黄河见：站在铁塔顶上，黄河便呈现眼前。　　[9]四牖启，中原面：在铁塔最高层，把四面的窗户打开，中原景色就到了面前。　　[10]婆塔：即繁（音pó）塔，位于开封城东南角。兴建于北宋开宝七年（974年），由于建在天清寺内繁台之上，又称天清寺塔，民间俗称繁塔。原为六角九层，二百四十尺，元代遭雷击毁去两层，明代受"铲王气"事件影响，铲去四层余三层。清初在残塔上筑六级小塔，封住塔顶，形成了现在的独特面貌。　　[11]松棚：用松树枝叶搭的棚舍。上方泉：泉水名。迦陵：是佛经中的一种鸟，叫妙音鸟。

【赏析】

　　这首词写出了铁塔雄伟绚烂的形象以及旺盛的香火，写出了站在塔顶看到的绮丽壮美的景观。视野开阔，语言明朗，给人以不一样的感受。

## 大梁吊古·周宫[1]

玉笛吹残，何处觅、宪王[2]乐府。

凄凉煞、一番拥泣，白头宫女。

凤钿鸾钗[3]飘宿雾，龙楼鸳瓦埋秋雨。

祇金鳌[4]、桥上柳年年，青如故。

兴亡事，荒狐语。

慷慨气，孤雕舞。

也黄金百万，挥如尘土。

壮士营中争洒血，美人城上曾擂鼓。

剩黄河、长绕旧宫墙，滔滔去。

【注释】

［1］周宫：应是指明代周王朱橚的王府宫殿。朱元璋封其第五子朱橚为周王，属地开封，明洪武十四年（1381年）周王就藩开封。　［2］宪王：指周王的长子朱有炖，承袭父亲周王爵位，死后谥号为"宪"，后人便称他为周宪王。宪王多才多艺，精通音律，一生写了三十一种杂剧，著有二部散曲集以及较多的诗文。　［3］凤钿鸾钗：凤鸾样式的女性头饰。　［4］衹金鳌：神话中的一种金色神龟。

【赏析】

这首词写了周王宫的败落，一切都随着时间去了，荣华、辉煌皆成昨，只剩下黄河流水"长绕旧宫墙，滔滔去"。

# 满　江　红

## 广武山唐纪功碑[1]

天半黑云，有唐显庆[2]，纪功碑立。

压一片、孤城广武，西风吹急。

雨洗霜磨都过了，凝成万古香台[3]湿。

闻其巅、飞下五苍龙，长河蛰[4]。

鹊渚[5]马，谁争絷。

牛口犊[6]，谁教入。

是天启、英雄事业，东都[7]呼吸。

孤柏展旗灵虎怒[8]，长刀砍阵苍鹰挚。

便当时、祭酒进阴谋，嗟何及。

【注释】

[1]唐纪功碑：唐代立的记载功绩勋业的石碑。　[2]有唐显庆：显庆是唐高宗李治的年号，从公元656年至661年共六年。[3]香台：用以烧香摆供的台案。[4]闻其巅、飞下五苍龙，长河蛰：广武山山巅有五龙峰，相传是五条龙的化身。远古时候，此地干旱无雨，地里不长庄稼，百姓很多人饥渴而死。天上的五条龙知道后非常同情，偷偷下凡降雨，却被上帝以私自降雨的罪名处罚，被辟死在黄河边。五条龙死后化为山峰，龙首伸进黄河，龙身聚集一体向西延伸，状如五龙吸水。　[5]鹊渚：银河鹊桥。　[6]牛口犊：老牛舔犊，喻人爱子。　[7]东都：指洛阳。　[8]孤柏：黄河古渡口，黄河南岸，广武山西侧。灵虎：指虎牢关，在广武山西。

【赏析】

这首词为凭吊怀古之作。写五龙救民的功德、历代豪杰搏杀征战的功业。英雄事业，波澜壮阔，后人仰慕叹息。

长河蛰　摄影/孟宪明

# 靳荣藩

（1726—1784年）清代词人。字价人，号绿溪，又号镇园，山西黎城人。清乾隆十三年（1748年）进士，历官新蔡、龙门、迁安知县，蔚州、遵化知州，直隶大名府知府。以注吴伟业《吴诗集览》二十卷名世。著有《吴诗谈薮》、《咏史偶稿》、《绿溪词》。

## 满 江 红

### 丁丑自荥泽渡河

九曲黄河，奔流到、荥陂[1]城北。

天际涌、淼茫烟树，郁森舟楫[2]。

篷底追寻乘陇赋[3]，舱中自煮敖仓粟[4]。

问东岸、践土[5]有高台，谁人识。

行山路，从兹隔。

中州道，由斯得。

看开封陈汝，一天秋色。

赈贷[6]殊恩沾欲早，萧条行李程须亟。

鸿雁多、队队向沙滩，飞还集。

【注释】

[1]荥陂（音 pí）：即荥泽。荥泽古称荥陂。 [2]舟楫：船和桨。 [3]赋：念诗或作诗。 [4]敖仓粟：敖仓中的粮米。敖仓，秦代建的国家粮仓，在今河南荥阳东北敖山，地当黄河和济水分流处。中原漕粮由此输往关中和北部地区。 [5]践土：地名，荥阳的前身。践土有会盟高台，称践土台，在今郑州市西北古荥村东南荥阳故城内东北隅。公元前632年春，晋国晋文公在城濮大败楚军，于践土筑台营造宫殿，以迎接周天子并会盟诸侯。会盟时在盟台上将战利品献给周襄王，周襄王封晋文公为诸侯之长，于是晋文公被诸侯推为盟主，订立盟约。 [6]赈贷：救灾济民。作者在此自注，"是年水，河南大赈"。

【赏析】

这首词描写了黄河的秀丽景色和荥泽一带的名胜古迹，并对朝廷放粮赈贷救百姓给予赞扬。语言凝练，明丽流畅。

# 李葇

（约1728—1800年后），字芬宇，一字瘦人，江苏上元（今南京市）人。诸生，授徒为业。著有《瘦人诗余》四卷。

## 念 奴 娇[1]

### 赠王郎铁仙

黄河远上，羡雄才磊落，旗亭[2]画壁。
别后相思已八载，同作天涯孤客。
鄂渚依人[3]，芜城跨鹤[4]，两下无消息。
今逢一笑，玉颜依旧如昔。

殷勤赠我新词，桃源何处，犹有故人忆[5]。
看了又吟吟又看，对影怎生忘得。
青眼怜君，白头故我，泪向愁肠滴。
何时樽酒，翦镫同话岑寂[6]。

【注释】

[1]念奴娇：词牌名，双调一百字。 [2]旗亭：汉代市场内建筑，市官的官舍。汉代称市亭、市楼，以其上高悬旗帜亦被称为旗亭。 [3]鄂渚依人：在鄂渚依附于他人。鄂渚，相传在今湖北省武昌黄鹤山上游三百步长江中。隋置鄂州，即因渚得名，世称鄂州为鄂渚。此处作者自注，"余客武昌"。 [4]芜城跨鹤：在芜城游玩客住。芜城，今属江苏省扬州市。此处作者自注，"君客邗（音hán）江"。邗江，今扬州市有邗江区。 [5]桃源何处，犹有故人忆：此处作者自注，"赠余词《桃源忆故人》调"。 [6]岑寂：寂静，寂寞，清冷。

【赏析】

　　这首赠朋友"王郎铁仙"的词，写得两人情谊深厚而真挚，思念绵长悠远。许是"同作天涯孤客"之故，言语之间充满悲伤哀愁。

# 张埙

（1731—1789年）清代词人。字商言，一作商贤，号吟芗，又号瘦铜，别号石公山人、锦屏山人，江苏吴县（今苏州市）人。清乾隆三十年（1765年）举人，官内阁中书。后入四库馆任编校。诗文、金石、词曲皆有成。著有《竹叶庵文集》三十三卷。

## 雪 花 飞[1]

### 雨 雪 曲

都护[2]三年不调，黄河一路冰。

浑留得、羊裘老卒[3]，炊火辕门[4]。

葱岭[5]枯如粉，阴山[6]夜似银。

何处羌儿碧眼，又裹红巾。

【注释】

[1]雪花飞：词牌名，起始于北宋年间，双调四十二字。 [2]都护：官名。西汉宣帝神爵二年（前60年）置"西域都护"，为驻守西域地区的最高长官，监管西域各国。 [3]羊裘老卒：穿羊皮袄的老兵。 [4]炊火辕门：在营帐辕门处生火做饭。 [5]葱岭：即帕米尔高原，古代称葱岭。地处中亚东南部、中国最西部。 [6]阴山：山名。今河套以北、大漠以南诸山的统称。

【赏析】

这首词字虽不多，却极写边地冰雪之大和天气之寒，反映了边地军营的颓废荒凉。

## 阳 关 引[1]

### 出 门 行

九曲黄河涝。

四扇潼关墺[2]。

空墙古驿[3]，萧萧柳，离离枣。

有官人带剑，岂是夷门老[4]。

络马头，朱缨一点太行小。

某某名都[5]势，乡团[6]堡。

但飞鸿逝，霜花白，戍楼[7]晓。

听楼中芦管[8]，绿鬓为翁媪。

不些时、离人一夜首蓬葆[9]。

【注释】

[1]阳关引：词牌名，双调七十八字。 [2]墺：可以居住的地方。 [3]古驿：古驿站、古驿馆。 [4]夷门老：指战国时期魏国人侯嬴，晚年为魏国都夷门吏。七十岁时为信陵君门客，曾献计于信陵君窃符救赵。 [5]名都：大都邑，有名的都市。 [6]乡团：隋朝左右卫诸府、东宫领兵开府置下属组织，有团主一人、佐二人，掌领乡居军户，检查户口，劝课农桑。 [7]戍楼：边防驻军的瞭望楼。 [8]芦管：芦苇做的管乐器。 [9]蓬葆：蓬草和羽葆。比喻头发散乱。

【赏析】

这首词写关塞、边地之行所见的荒凉、寂寥的景象，反映了行人的辛苦，流露了对长期行旅生活的厌倦。

# 贺 新 郎[1]

天妃闸[2]不得上,换船泊黄河渡[3]。微云澹月[4],颇可人意。夜半渔者得鲜鳞[5]数尾以献,款酒家门,烹饪小饮,归舟,乡园风景,忽忽入梦。

空说兰陵酒[6]。
且高歌、桃源世外,疏罾[7]挂柳。
珠斗斒斓[8]云汉迥,驯熟龙乖蛟瘦。
水响处、浪花圆绣。
侬欲寄愁天上月,碧玲珑、沙石粼粼溜。
直送到,胥江[9]口。

芦科矮岸裴回[10]久。
倩当垆、银丝斫鲤,烛煤烬后。
何处调筝深院落,笑挼[11]红衫携手。
廊小折、洞门双扣。
娇语唤茶声未竭,玉奴儿、背绕酴醾[12]走。
倚翠竹,去年袖。

【注释】

[1]贺新郎:词牌名,原名"贺新凉",又名"金缕曲"、"金缕衣"、"金缕词"、"金缕歌"、"风敲竹"、"雪月江山夜"等,双调一百一十六字。 [2]天妃闸:京杭大运河上的闸口,在今江苏淮阴区西南运河上。 [3]泊黄河渡:那时黄河下游向东南夺淮入海,天妃闸附近是黄河、运河、淮河交流处。 [4]澹月:清淡的月光。亦指月亮。 [5]鲜鳞:指刚捕捞上来的新鲜的鱼。 [6]兰陵酒:美酒名,产于山东省兰陵县兰陵镇。 [7]疏罾:渔网。 [8]斒斓(音 bān lán):同斑斓。 [9]胥江:是指公元前506年,伍子胥主持开挖的从苏州出发的运河,长二十八里,在今苏州胥门外。 [10]裴回:徘徊不进貌。 [11]挼(音 ruó):揉搓。 [12]酴醾:酒名。

【赏析】

　　这首词是作者夜泊黄河所写。描写了夜色下黄河渡口安静美丽的景色和梦中回乡与妻儿欢聚的情景。抒发了深切的思乡思亲之情。

黄河古渡　摄影 / 孟宪明

# 郑澐

（1737—1795年）清代词人。字晴波，号枫人，江苏仪征人。清乾隆二十七年（1762年）举人，赐内阁中书，历官浙江杭州知府、浙江督粮道。工辞章，著有《玉句草堂诗集》和《玉句草堂词》三卷。

## 壶 中 天[1]

### 晓 渡 黄 河

车尘初洗，尚依依望极，浮云西北。

一叶中流容与处，沙鸟风帆历历。

岸日翻红，林霜点素，山近长淮直。

旧盟[2]犹在，狎鸥知迎来客。

因甚断梗飘萍，浪游轻绝险，年年陈迹。

梦隔星源[3]槎路杳，独倚危樯[4]闲立。

小葺荷衣[5]，行装钓艇，清啸寥天[6]碧。

有如此水，誓归休怅头白。

【注释】

[1]壶中天：词牌名，即"念奴娇"、"百字令"、"大江东去"，双调一百字。 [2]旧盟：指白鸥盟的典故，《列子》"黄帝篇"中讲：有一个住在海边的少年喜欢划船出海，与海鸥嬉戏玩耍，他们成为很好的朋友。一天少年的父亲要他再去和海鸥玩时捉几只海鸥回来，少年答应了。少年再次出海，海鸥飞来却只在船的上空盘旋，不再落在他身边，因为海鸥们觉察了少年神情的异样。后来用此典寓意人之间的交往不可互相猜忌利用，朋友要真诚交往、真心相对。 [3]星源：指黄河源头星宿海。 [4]危樯：高大的桅杆。 [5]葺：重叠。荷衣：荷叶做的衣服。 [6]寥天：辽阔的天空。

【赏析】

这首词写晓渡黄河，描写了黄河早晨白帆片片、沙鸟飞旋、天碧如洗、朝日艳红、林霜素洁的美丽风光，表达了自己的归乡之意。词句自然流畅。

## 彭云鹤

（1739—1789年）清代词人。字匊与，号秋圃，山东历城人。弱冠补诸生，清乾隆五十四年（1789年）进士，寻卒。著有《清代漕运概说》、《灯前即景》。

### 声声慢[1]

#### 黄河夜泊

黄尘乍息，黄水仍翻，黄昏又起风声。

响打篷窗[2]，中流撼涌涛声。

惊心游子闷坐，似长江、夜听潮声。

向谁语，看灯摇明灭，暗自吞声。

倒枕难安客梦[3]，怕行舟漂泊，频转肠声。

岸嘴沙唇，撞来轰若雷声。

长堤月轮已上，气浑浑、纷过车声。

作伴古，但有那、滩上雁声。

【注释】

[1]声声慢：词牌名，又名"胜胜慢"、"人在楼上"、"寒松叹"、"凤求凰"等，双调九十九字。 [2]篷窗：船窗。 [3]倒枕难安客梦：此句意为，翻来覆去睡不好觉。

【赏析】

这首词写夜泊黄河，黄河水翻波涌，浪涛拍岸响声若雷，月上长堤，渔火明灭，声敲舷窗，潮声纷纷，行客在船中难以安睡。写出了黄河水流的宏大气势和惊涛拍岸的壮观。

## 风 入 松[1]

### 黄 河 舟 行

客身摇荡渡中流。

风涌浪花稠。

归心似箭偏迟滞,东南望云树悠悠。

棹转宜牢把柁[2],程遥[3]未肯停舟。

征帆过去任优游。

触目莫生愁。

翻澜黄水原长作,况今日、并力[4]难休。

但愿波涛声息,篷窗日影明眸。

【注释】

[1]风入松:词牌名,又名"风入松慢"、"松风吟"等,原是晋代嵇康琴曲,双调七十四字或七十六字。 [2]柁:同舵。 [3]程遥:路途遥远。 [4]并(音bìng)力:合力,一齐用力。

【赏析】

这首词写行船过河,虽然水大浪急,风涌涛翻,但主人公归心似箭,仍把舵撑船,众人合力向前。整首词通透轻松,洋溢着奋发向前的积极精神。

## 山 花 子[1]

### 望 黄 河

舟荡中流帆影斜。

翻波作浪拥黄沙。

堤上涛声听不断,怅天涯。

过客往来难寄语,乡书一纸付烟霞[2]。

云树苍茫浑在望,倍思家。

【注释】

［1］山花子：唐教坊曲名，后用为词牌，用"浣溪沙"添字而成，故又名"摊破浣溪沙"、"添字浣溪沙"，双调四十八字。　［2］烟霞：烟雾，山水。

【赏析】

这首词写望黄河所见，河水翻波作浪，涛声不断；帆影片片，云树苍茫。作者描写出了黄河的优美景色，同时抒发了强烈的思乡之情。

风涌浪花稠　摄影／孟宪明

## 沈振鹭

（约1739—1807年后）清代词人。字君白，号江田，浙江嘉兴人。曾随父宦游甘、陕十年。后因家贫，为生计奔走于秦、晋、燕、赵各地，晚年始返乡。著有《红树山房词集》四卷。

### 水 龙 吟[1]

**登宁夏郡城[2]楼**

青铜峡[3]锁黄河，银川[4]百里连平野。

登楼纵目，边隅形胜，客游清暇。

马市通番[5]，驿铹宁朔[6]，崇墉[7]辽跨。

看渠流膏沃，邨氓被襏[8]，秧针[9]绿、熏初夏。

历历蒲汀[10]渔舍。

远烟浮、溪桥堪画。

何来塞北，江南风景，都应夸讶。

屏障孤城[11]，丹崖翠壁，贺兰山[12]也。

览苍茫古意，营荒灵武[13]，夕阳西下。

**【注释】**

[1]水龙吟：词牌名，又名"龙吟曲"、"庄椿岁"、"小楼连苑"，双调一百〇二字。 [2]宁夏郡城：也叫宁夏府城，在今银川市兴庆区老城，周围十八余里，东西长长于南北长，大约东西长倍于南北。元代至元二十年（1283年）设宁夏府路；明代设宁夏府，后改卫；清代在宁夏设巡抚，后撤，改宁夏府。 [3]青铜峡：黄河上游有名的峡谷，位于宁夏回族自治区吴忠市青铜峡市境内。 [4]银川：古称兴庆府、宁夏城。清代早期泛指银川平原引黄河灌区，后来逐渐成为宁夏府城的代称。 [5]马市通番：开通与外番的骡马市场交易。 [6]驿铹（音yáo）：驿站的马匹、马车。宁朔：历史县名，雍正三年（1725年）在宁夏右屯卫的基础上设置，属宁夏府。 [7]崇墉：高墙，高城。高大的城垣。 [8]邨氓（音cūn méng）：泛指乡民，农人。被襏（音

bó shì）：古时农人穿的蓑衣之类。　[9]秧针：秧苗。　[10]蒲汀：长满水草的湿地。　[11]孤城：边远的孤立城寨或城镇。　[12]贺兰山：山名，位于宁夏回族自治区与内蒙古自治区交界处，北起巴彦敖包，南至毛土坑敖包及青铜峡，南北长四百五十里，东西宽四十至八十里。　[13]灵武：古县名，也称灵州。西汉惠帝四年（前191年）置县，位于宁夏中部，今属宁夏回族自治区银川市。

【赏析】

这首词是作者登高望远之作。介绍了宁夏的山河地势形胜和市井的繁华繁荣景象，描写了宁夏之塞北江南的美丽景色。整首词视野开阔，大气豪放。

青铜峡，锁黄河　摄影/王伟

# 孙梅

（1739—？年）清代词人。字松友，号春圃，浙江湖州人。清乾隆三十四年（1769年）进士，任内阁中书，出为安徽太平府同知。辑著《四六丛话》，被称为是中国古代骈文理论批评的集大成之作，在骈文学研究史上具有里程碑的意义。著有《旧言堂集》。

## 沁 园 春[1]

### 督漕艘[2]夜渡黄河

天地何心，万里长河，界破[3]此中。

看千堆波浪，声堪震耳，当空星斗，寒欲罗胸。

南国牙樯[4]，大堤杨柳，终古啼鸦入暮钟。

惊心处，正宵驰阵马，夜走虬龙[5]。

朦胧隔岸灯红。

不信道苍茫霄汉通。

念王程风雨，盘涡挽粟[6]，征人岁月，客路飞鸿。

北去三更，南来九曲，忆到当年类转蓬[7]。

须还我，有淮南丛桂，江上夫容[8]。

【注释】

[1]沁园春：词牌名，又名"东仙"、"寿星明"、"洞庭春色"，双调一百十四字或一百十六字。 [2]督漕艘：督押漕运的船。 [3]界破：划破。 [4]牙樯：桅杆的美称。 [5]虬龙：传说中有角的龙。 [6]盘涡：水旋流形成的深涡。挽粟：运送粮食。 [7]转蓬：随风飘转的蓬草。 [8]夫容：即芙蓉，荷花的别名。

【赏析】

这首词写押送运粮船夜渡黄河，描写了黄河风大浪高、惊涛撞击，船行河中颠簸不定。反映出运粮船夜行黄河的艰难凶险，但主人公不畏艰险，相信自己有更美好的前程，心中充满了自信与乐观。

黄流滔滔　摄影 / 陈维达

# 何承燕

（1740—？年）清代词人。字以嘉，号春巢，又号巢仙，自署六桥词客、卖花道人，浙江仁和（今杭州市）人。清乾隆三十九年（1774年）顺天乡试副贡，官浙江建德教谕、东阳训导。后随父宦居高邮。嘉庆元年（1796年）尚在世。著有《春巢诗余》四卷。

## 浪淘沙[1]

### 渡河

高浪怒掀天。

浩淼无边。

箜篌[2]曾写十三弦。

驾得长风公竟渡，可算神仙。

爽气满前川。

星海[3]光悬。

昆仑九曲自回旋[4]。

正好乘槎飞去也，我是张骞[5]。

【注释】

[1]浪淘沙：唐教坊曲，后用为词牌；原为七言四句二十八字，到五代南唐后主李煜因旧调另制新声，乃变作双调五十四字，每段存七言二句。 [2]箜篌：古代传统弦乐器，产生于汉代，有卧箜篌、竖箜篌和凤首箜篌三种形制。古乐府有相和歌辞《箜篌引》曲调，即《公无渡河》。 [3]星海：指黄河源头星宿海。 [4]昆仑九曲自回旋：此句意为，黄河从昆仑山上下来九曲十八弯来回旋绕。 [5]张骞：西汉外交家、探险家，曾奉汉武帝之命出使西域。民间传说张骞曾乘船寻黄河源，从黄河入海口一直往上，一天见一女子在河边浣纱，问之，女子曰："这里是天河。"并给张骞一块石头，张骞便携石而归。据说那块石头是织女支织布机的石头。

【赏析】

这首词写得潇洒浪漫，既写出了黄河的阔大雄壮、浪高惊险的气势，也写出了主人公的宽阔胸襟和宏大气魄。

# 满 江 红[1]

## 渡 河

万里横流,波乍起、轻舟如簸。

重渡处、悔教河伯,怜吾空过。

漫说狂蛟霜齿[2]利,却惭巨浪长风破。

溯河源、九曲水凝寒,冰澌[3]大。

舷独扣,歌谁和。

酒易醒,愁无那。

有三分清兴,七分寒饿。

柔舻声停船渐稳,孤帆力劲风难挫。

待归来、收拾旧仙槎,来秋坐。

【注释】

[1]满江红:词牌名,又名"念良游"、"烟波玉"等,双调九十三字。 [2]霜齿:白牙齿。 [3]冰澌:河流解冻时流动的冰块。

【赏析】

这首词写重渡黄河,虽然长河万里风波起,巨浪滔天挟冰来,但主人公却无惧意。词中流露出的哀伤悲愁之绪从另一方面反映了世事的艰辛和人生的不易。

# 杨抡

（1742—1806年）清代词人。字方叔，一字莲跌，江苏金匮（今无锡市）人。清乾隆四十三年（1778年）进士，官浙江天台县知县。后以养亲告归。著有《春草轩诗存》四卷和《春草轩词》。

## 凤来朝[1]

### 过齐河县[2]

一抹苍烟古。

莽河流[3]、绕城东注。

听铃声、一样含宫徵[4]。

刚和了、断肠语[5]。

苦病更愁当暑[6]。

后栖鸦[7]、欲归何处。

总是销魂[8]路。

柳树下、凉凉去。

【注释】

[1]凤来朝：词牌名，双调五十一字。 [2]齐河县：位于济南市西，今属山东省德州市，与济南市槐荫区、长清区隔黄河相望。 [3]莽河流：指黄河。 [4]宫徵：古代五音中宫音与徵音。 [5]断肠语：指悲伤的曲辞。 [6]苦病更愁当暑：此句意为，疾病的折磨再加上炎热的酷暑更使人愁苦。 [7]栖鸦：比喻稚嫩拙劣的字。多作谦辞。 [8]销魂：心神迷惑。形容伤感或欢乐到极致，若魂魄离散躯壳。

【赏析】

病体加上炎夏的折磨，使主人公愁苦又添烦闷，这时候没有好心情，渡黄河也看不到好风光，听到的亦是哀伤的"断肠语"。整首词被一种愁苦所笼罩。

# 熊宝泰

（1742—1816年）清代词人。字善惟，一字芸眉，安徽潜山人，居江苏江宁。著有《藕颐类稿》。

## 桂 殿 秋[1]

### 渡 河

人语杂，
马声喧。
匆匆行色夕阳边。
帆随柁影当风饱[2]，
冰带河流触岸坚[3]。

【注释】

[1]桂殿秋：词牌名，单调二十七字。 [2]帆随柁影当风饱：船帆随着舵的转动而迎风涨满。柁，同舵。 [3]冰带河流触岸坚：挟带着冰块的河流撞击着坚硬的堤岸。

【赏析】

这首词短短二十七个字，点明了渡河的时间、环境，描写了渡船过河的情景。简洁明快。

# 吴锡麒

（1746—1818年）清代词人。字圣征，号穀人，浙江钱塘（今杭州市）人。清乾隆四十年（1775年）进士，为翰林院庶吉士，授编修。官至国子监祭酒，入直上书房，转侍讲侍读，礼遇如大学士，两度充会试同考官。后以亲老乞养归里，晚年主泰州安定书院。长于骈文，工书，亦善度曲。著有《有正味斋集》七十三卷、《有正味斋续集》、《有正味斋词集》等。

## 满 江 红[1]

### 渡 黄 河

滚滚黄河，绕底柱[2]、一支而入。

经千古、龙愁鼍愤，可怜陈迹。

铁券[3]铸成如带誓，金堤费尽防秋策[4]。

让君平、缥缈说神仙，支机石[5]。

心与腹，投醪[6]结。

清与浊，投胶别。

喜波澜不起，桃花春色。

一片健帆香象渡[7]，中间圆溜神鱼折。

供书生、五斗[8]坐船头，蒲萄[9]碧。

【注释】

[1]满江红：词牌名，唐人名"上江虹"，后改此名，又名"念良游"、"烟波玉"等，双调九十三字。　[2]底柱：即黄河砥柱山，位于河南省三门峡以东的黄河中流，以山在黄河激流中矗立如柱而得名，也称"中流砥柱"。中流砥柱亦比喻能负重任、支危局的人或力量。　[3]铁券：外形如筒瓦状的铁制品，是封建时代皇帝赐给功臣、重臣的一种带有奖赏和盟约性质的凭证，类似于现代流行的勋章，允其世代享有优厚待遇及免死罪的一种特别证件，也叫免死券。　[4]金堤：石筑的坚固的河堤。防秋策：

指唐代安史之乱后开始建立的防秋制度。即于每年入秋时节，备御边塞，以应对防止北方游牧民族的抢掠侵扰。甚至有防秋军。　［5］支机石：汉代传说中，为天上织女用以支撑织布机的石头。昔有一人乘船上寻黄河源，见一妇人浣纱，以问之，曰："此天河也。"乃与一石而归。问卜人严君平，云："此支机石也。"　［6］醪：汁滓混合的酒。　［7］香象渡：即香象渡河，佛教用语，比喻悟道精深彻底。亦形容评论文字精辟透彻。　［8］五斗：即五斗米，是晋代县令的俸禄。晋代彭泽县令陶潜曾说："吾不能为五斗米折腰，拳拳事乡里小人邪。"于是赋《归去来兮辞》，辞职归田。　［9］蒲萄：即葡萄。

**【赏析】**

　　这首词写了渡黄河的凶险和社会的清浊混杂，流露出独善其身、归乡隐居的思想。

三门峡的黄河　摄影／王伟

# 张云璈

（1747—1829年）清代词人。字仲雅，一字简松，晚号复丁老人，浙江钱塘（今杭州市）人。本姓陈，入继钱塘张氏。清乾隆三十五年（1770年）举人。曾任湖南安福县、湘潭县知县。工诗词，其诗凭衿发咏，无寒苦秾纤之意。著有《简松草堂诗集》二十卷、《简松草堂文集》十二卷、《三影阁筝语》四卷、《选学胶言》二十卷，另有著书八种三十七卷。

## 齐 天 乐[1]

### 渡 黄 河

浑河[2]千尺奔雷动，胸怀万里初泻。

大海澜生，长江浪涌，一样鼋鼍[3]难架。

危樯直下。

抵汉使槎乘[4]，星郎鹊驾。

笑倚篷窗，回帆百面鼓频打。

临流休更心怕。

正桃花命薄，鲤鱼身假。

天上船来，云中柁转，岂有双蛟堪射。

离情忽惹。

又宋子[5]诗成，石尤风乍[6]。

酾酒狂歌，阳侯[7]声叱咤。

【注释】

[1]齐天乐：词牌名，又名"台城路"、"五福降中天"、"如此江山"，双调一百〇二字。　[2]浑河：指黄河。　[3]鼋鼍（音 tuó）：神话传说中的巨鳖和猪婆龙。　[4]抵汉使槎乘：此句是说汉使张骞乘船寻河源到天河的故事。　[5]宋子：指宋玉，战国时期鄢人，宋国公族后裔；屈原之后的辞赋家，代表作有《九辩》、《风赋》、《高唐赋》、《神女赋》、《登徒子好色赋》等。　[6]石尤风：打头逆风。乍：刚刚，忽然。　[7]阳侯：古代传说中的波涛之神。代指波涛。

【赏析】

这首词写黄河的波翻浪涌、奔腾怒吼以及渡河的艰难凶险。整首词谋篇大气豪爽，反映了主人公笑对挫折、不畏困苦、积极明朗的人生态度。

# 曹玢

（生卒年不详）清代词人。字文尹，号竹溪，安徽歙县人。康熙中曾客游扬州。著有《自怡集》。

## 水 调 歌 头[1]

**闻诗儿南归，词以询之**

驿路[2]三千里，来往半年间。
黄河北渡而上，何处恣盘桓[3]。
料有新诗几首，曾有新知几个，得意写笔端。
细与老人说，也胜舞衣斑[4]。

长安道，名利客，事多般。
如今太平盛世，天子重英贤。
想见西山紫气，光映九重宫阙[5]，汝得近前看。
何不更努力，咫尺觐天颜[6]。

【注释】

[1]水调歌头：词牌名，又名"元会曲"、"凯歌"、"台城游"、"水调歌"、"花犯念奴"、"花犯"，双调九十五字。　[2]驿路：驿道，大道。　[3]恣：放纵，没有约束。盘桓：徘徊，逗留住宿。　[4]舞衣斑：此语从"老莱彩衣娱亲"的故事而来，谓孝养父母。　[5]九重宫阙：代称皇宫。　[6]觐：臣民朝见君主或宗教徒朝拜圣地。天颜：帝王的容颜。

【赏析】

这首词是写给儿子的话语，询问儿子又有什么进步成长，儿子的成绩就是对父母的孝敬，不必回乡探望盘桓浪费时光；嘱咐鼓励儿子在太平盛世的帝都，努力做事，建功立业，争取得"觐天颜"。全词充满拳拳爱心和舐犊之情。

# 韦佩金

(1752—1808年)清代词人。字书成，号酉山，江苏江都(今属扬州市)人。清乾隆四十三年(1778年)进士，历任苍梧县、怀集县、马平县、凌云县知县。后涉案罢官，被谪戍伊犁。清嘉庆八年(1803年)释归，以授徒为生。精地理之学，诗词皆工，尤深于时文，朋辈呼之为"文虎"。著有《经遗堂集》二十六卷。

## 贺新凉[1]

### 黄河渡月[2]

羽扇当风笑。

谢青天、一湾尚肯，荒荒垂照。

远上白云曾几度，不信龙门[3]遂杳。

把地上、闲愁推倒。

豪杰中原淘洗尽，袒胸怀、一泻乾坤小。

嫌碧海[4]，当头早。

天涯更觉蛾眉[5]好。

算家山[6]、等闲三五，良期负了。

此去登车心万里，不是绮罗年少[7]。

苦回首、江南水调。

醒酒前宵湖上月，卧扁舟、岸柳风吹晓。

打巳就，独游稿。

【注释】

[1]贺新凉：词牌名，始于苏轼，后来有人将"凉"字误作"郎"字，成为"贺新郎"，又有名"乳燕飞"、"金缕曲"、"金缕衣"、"金缕词"、"金缕歌"、"貂裘换酒"、"风敲竹"、"雪月江山夜"，双调一百十六字。　[2]黄河渡月：意为月夜渡黄河。　[3]龙门：指黄河龙门山峡谷。　[4]碧海：此处指青天。　[5]蛾

眉：代指美好的女子。　[6]家山：谓故乡。　[7]绮罗年少：意为青春年少。绮罗，华贵的丝织品或丝绸衣服。

【赏析】

　　这首"渡黄河"词一改往常词人的河流湍急、惊心动魄的场景描写，而是写黄河的山青水碧、月照扁舟、柳风吹晓的平和安稳景象。让读者感受到了黄河月夜的美丽，同时了解了主人公云游天下的心意。

龙门石壁高　摄影/孟宪明

# 戴澈

（1752—？年）清代女词人。晚号澈道人，江苏上元（今南京市）人。著有《澈道人词存》三卷。

## 一 箩 金[1]

括黄河远上诗意[2]

羌笛[3]声中愁已遍。

梅花[4]落后，处处征人怨。

杨柳楼头人倚倦。

塞垣[5]终岁音书断。

一片孤城山四面。

万里黄河，欲济愁无限。

玉门关[6]外春难见。

黄沙白草终年现。

【注释】

[1]一箩金：词牌名，即蝶恋花；本是唐教坊曲，最初名"鹊踏枝"，宋时晏殊改为"蝶恋花"，又有名"凤栖梧"、"黄金缕"、"卷竹帘"等；双调六十字。 [2]括：即栝，原义为矫正竹木弯曲或使成形的器具。引申为，就原有的文章、著作剪裁改写。黄河远上诗意：指唐代词人王之涣的《出塞》："黄河远上白云间，一片孤城万仞山。羌笛何须怨杨柳，春风不度玉门关。" [3]羌笛：羌族的传统单管乐器。 [4]梅花：指传统的琴曲《梅花曲》或《梅花引》。 [5]塞垣：边塞。 [6]玉门关：古关塞，故址在今甘肃敦煌西北小方盘城，和西南的阳关同为当时通往西域各地的交通门户，出玉门关为北道，出阳关为南道。

【赏析】

这首改写"黄河远上"的词，少了原词的苍凉豪放，多了哀伤悲愁；没有了原词开阔雄壮的气势，增加了温婉幽怨的情绪。

## 唐仲冕

（1753—1827年）清代词人。字六枳，号陶山居士，世称唐陶山，湖南善化（今长沙市）人。清乾隆五十八年（1793年）进士，授江苏宜兴县知县。历任江苏吴江、奉贤、吴县等县知县，江苏海州知州，苏州府管粮同知、知府，江苏按察使，福建按察使，陕西布政司等。晚年以疾辞官，客居金陵。著有《陶山集》、《露蝉吟词钞》等。

### 百字令[1]

#### 王营[2]渡河

大河东下，挟来数万里，鱼龙沙石。
袁浦西边只剩得，桃汛[3]波涛几尺。
清水低平，黄流倒漾，漕运筹通辟[4]。
平江[5]虽远，至今尚有遗迹。

回想屡上春明，公车[6]经过，后臣游于役。
杨柳渡头停辙[7]处，津吏[8]如同旧识。
断岸斜阳，洪波难照，见短髯[9]衰白。
红尘初轫[10]，一鞭回指江驿。

【注释】

[1]百字令：词牌名，即"念奴娇"、"大江东去"、"壶中天"等，双调一百字。　[2]王营：黄河古渡口名。位于今山东省平阴县西北王营村。　[3]桃汛：指每年三月的桃花春汛。　[4]漕运：利用水道调运粮食。通辟：开通航道。　[5]平江：即平江县，位于今湖南省长沙市东北，隶属岳阳市。　[6]公车：公家的车马。　[7]杨柳渡头：是古时黄河上重要渡口，曾为兵家必争之地，位于今山东省东阿县东北杨柳村。辙：车轮轧出的痕迹，或行车规定的路线方向。　[8]津吏：管理津渡的官吏。　[9]髯：两腮的胡子。也泛指胡子。　[10]轫：支住车轮不使旋转的木头。

【赏析】

这首词描述了春汛时期黄河渡口和河道运输的繁忙景象，抒发了思乡盼归之情。

# 许肇封

（1754—？年）清代词人。字州山，号韫亭，又号逗雨，浙江海宁人。清乾隆三十九年（1774年）举人，官安徽望江县知县。著有《旎香词》一卷。

## 贺新凉[1]

谒项王庙[2]。项王下相人，即今宿迁地[3]。庙在城南门外泮宫[4]之旁，像塑帝王冠服，白面长髯，一女像并坐，即虞姬[5]也。破屋三楹[6]，乌骓马[7]已无存矣。登舟剪烛，感赋此词。

庙枕黄河野[8]。
想重瞳、拔山扛鼎[9]，音容叱咤。
钜鹿[10]诸侯谁仰视，一战秦军而霸。
吊芒砀[11]、斜阳犹乍。
楚汉兴亡今已矣，论英雄、成败真聋哑。
知此乃，天亡也。

项庄舞剑[12]休惊怕。
释沛公、酒间数语，鸿门宴罢。
分尔杯羹成底事，戏置若翁聊且[13]。
叹不逝、乌骓名马。
剩有美人[14]心肯死，只数行、泣为虞兮下。
是千古，多情者。

【注释】

[1]贺新凉：词牌名，始于苏轼，后来有人将"凉"字误作"郎"字，成为"贺新郎"。又有名"乳燕飞"、"金缕曲"、"金缕衣"、"金缕词"、"金缕歌"、"貂裘换酒"、"风敲竹"、"雪月江山夜"；双调一百十六字。 [2]项王庙：项王即是项羽，项王庙也就是为项羽立的庙。位于宿迁城南门外。 [3]下相：即宿迁。宿迁：秦汉时为下相县，宋代为宿迁县。区域在今江苏省宿迁市境内。 [4]泮宫：古代的国家高等学校。 [5]虞姬：项羽的美人。 [6]三楹：三间。 [7]乌骓马：项羽的坐骑。当时号称天下第一骏马，通体黑色，四蹄白色，别名踏云乌骓。 [8]庙枕黄河野：庙旁边是长满荒草的黄河故道。 [9]重瞳：项羽是眼里长双瞳仁之人。拔山扛鼎：据说项羽力大过人，能"拔山扛鼎"。 [10]钜鹿：亦称巨鹿，一次项羽率领楚军在巨鹿破釜沉舟大败秦军，一战奠定项羽的霸王地位。 [11]芒砀：芒山与砀山，在今安徽北部砀山县东南。刘邦微时，为躲避秦朝当局的搜捕，曾从家乡逃入芒砀间隐藏。 [12]项庄舞剑：在鸿门宴上，项羽的谋士范曾安排项庄舞剑助兴，以寻机刺杀刘邦。所以后世有"项庄舞剑，意在沛公"之语。 [13]分尔杯羹成底事，戏置若翁聊且：公元前203年，刘邦、项羽双方在荥阳广武山对峙数月，项羽为逼刘邦出战，将刘父太公绑到高台上，说刘邦若不出战便把刘太公烹杀之。刘邦隔涧笑对曰：我与你约为兄弟，"吾翁即若翁，必欲烹而翁，则幸分我一杯羹"。 [14]美人：指虞姬。

【赏析】

这首词写谒项王庙、忆刘项事。作者简洁生动地概括了项羽的一生业绩及英武绝伦、重义多情的性格特征；叙事、抒情、议论相结合，塑造了生动的人物形象。语调铿锵，节奏感强。表达了对项羽这位悲剧英雄的崇敬仰慕之情。

# 李懿曾

（1755—1807年）清代词人。字拾珊，号渔衫，江苏通州（今南通市）人。清嘉庆六年（1801年）供事内廷，分校《西汉会要》，著《春明校余录》。嘉庆十二年（1807年）出为安徽铜陵县教谕，途经苏州卒。少负诗名，著有《扶海楼词钞》二卷、《乡乐府》一卷、《紫琅山馆诗钞》。

## 喝 火 令[1]

桃源阻雨，题众兴店壁[2]

客倦惟欹榻[3]，骡闲不驾轮。
天公可是妒归人。
强把机丝做雨，密织似吴绫[4]。

晓日三竿隐，春泥一寸深。
黄河咫尺阻邮程[5]。
好待云开，好待扫轻阴。
好待马当风便，送我故山行。

【注释】

[1]喝火令：词牌名，双调六十五字。 [2]桃源：黄河古渡口名。众兴店：黄河桃源渡附近的客店名。 [3]欹（音qī）：倾斜不正。 [4]"强把"二句意为：天公强把织布机上的经线丝当作雨，像密织的吴绫一样落下来。吴绫，古代江苏吴江的丝织物。 [5]邮程：驿道，驿路。

【赏析】

这首词写归家渡黄河却被雨阻留。作者描述了春雨密急、黄河阻行、在客店无聊的情景。连用三个"好待"表达盼望归家的急切心情。

## 杨揆

（1760—1804年）清代词人。字同叔，号荔裳，江苏金匮（今无锡市）人，祖籍陕西华阴。清乾隆四十五年（1780年）皇帝南巡，召试一等，赐举人，授内阁中书，入四库全书馆任编校。后充文渊阁检阅。历官川北道按察使、甘肃布政使、四川布政使。卒赠太常寺卿。著有《藤华吟馆集》、《藤华吟馆词稿》、《璎珞香龛词》。

### 菩 萨 蛮[1]

#### 黄河桥送伯兄之任灵武[2]

暮云无际山重叠。

天涯同此须臾[3]立。

风力夜冰河[4]。

行人冰上过。

休言相见易。

去去仍千里。

明岁水生时。

知余归未归。

【注释】

[1]菩萨蛮：原为唐教坊曲，后用为词牌，也用作曲牌；又名"子夜歌"、"重叠金"、"花间意"、"梅花句"、"花溪碧"等；此调为双调小令，四十四字。　[2]灵武：古县名，也称灵州。西汉惠帝四年（前191年）置县，位于宁夏中部，今属宁夏回族自治区银川市。　[3]须臾：表示一段十分短的时间，片刻之间。　[4]冰河：结冰的黄河。

【赏析】

这首词作者借描写冰冻黄河表达自己送别伯兄的沉重心情，强调相见不易，抒发对伯兄的深厚亲情。语言自然流畅，叙情朴实真切。

# 金 缕 曲[1]

## 送黄药林先生之官大荔[2]

风雪旗亭下。

问长年、蓬飘萍聚[3],是何为者。

记得征车初卸日,正好绿阴槐夏。

销几度、月沉灯灺[4]。

到底相逢还草草,向尊前、不尽缠绵话。

骊歌唱,袖重把。

长河东去惊流泻。

渺秦云、盼公来处,送公行也[5]。

回首曾经征战地,烽火关心犹怕。

道此日、余氛潜化[6]。

从古关中形胜在,典名区、人总称同华。

来非暮,冠君借。

【注释】

[1]金缕曲:词牌名,又名"贺新凉"、"贺新郎"、"乳燕飞"、"貂裘换酒"、"金缕词"、"金缕歌"、"风敲竹",双调一百十六字。 [2]大荔:大荔县隶属于陕西省渭南市,位于陕西关中渭北平原东部,黄、洛、渭三河汇流地区。 [3]蓬飘:飞蓬飘荡,喻人之流徙无定。萍聚:浮萍的聚集。喻人的相聚短暂无定。 [4]灺(音xiè):灯烛熄灭。 [5]盼公来处,送公行也:此句意为,在期盼迎接你的地方,又为你送行。 [6]余氛:残留的妖氛,借指残存的寇贼。潜化:无形中发生变化。

【赏析】

这首词写送别,回忆了以前的经历,重温了两人交往。整首词自然流畅、感情真实,反映了与朋友的深情厚谊。

# 杨涛

（生卒年不详）清代词人。字澄如，号月溪，江苏金匮（今无锡市）人。诸生。著有《月溪词》。

## 贺 新 凉[1]

冬日送三女之东平州舅氏[2]任，渡黄河作。

猎猎[3]西风作。
渡黄河、排空浊浪，势摇山岳。
我快满酬宗志愿[4]，长啸尘襟顿拓。
怜膝下、依依质弱[5]。
车马长途劳已甚，涉洪涛、那不惊心数。
聊一语，慰闺阁。

红颜自古伤漂泊。
喜儿夫、人如玉润[6]，终身堪讬。
咫尺东平姑舅拜，安稳官衙绣幕。
又何必、家乡偏乐。
肠纵与河争九曲，解愁颜、且看轻帆落。
呼美酒，共斟酌。

**【注释】**

[1]贺新凉：词牌名，始于苏轼，后来有人将"凉"字误作"郎"字，成为"贺新郎"；又有名"乳燕飞"、"金缕曲"、"金缕衣"、"金缕词"、"金缕歌"、"貂裘换酒"、"风敲竹"、"雪月江山夜"，双调一百十六字。　[2]东平州：明洪武七年（1374年）降东平府为东平州，治须城县，即今山东省东平县州城镇，东接泰山，西临黄河。同年省须城县入州。"中华民国"二年（1913年）改东平州为东平县。舅氏：

指公婆。　[3]猎猎：拟声词，风的声音。　[4]宗悫（音 què）愿：宗悫，南北朝时期南阳人，从小志向远大，刻苦练武。叔父宗炳问他志向是什么，他说："愿乘长风破万里浪。"后来宗悫成为有名的南朝宋朝大将军。　[5]依依质弱：指其三女。　[6]玉润：美德，美貌。

【赏析】

　　这首词写送女儿渡黄河去公婆处。上片写黄河行船的凶险及对女儿的担心牵挂；下片写对女儿的劝解与安慰。语言家常朴实，让读者看到了一个老父亲对女儿的关切之情与爱护之心。

## 龚自珍

（1792—1841年）清末思想家、文学家。一名巩祚，字瑟人，号定庵，浙江仁和（今浙江杭州）人。清道光九年（1829年）进士，官礼部主事。主张改革内政、抵御外国侵略，是近代改良主义的先驱。曾与林则徐、魏源等结成"宣南诗社"。诗作反映鸦片战争前夕黑暗的社会现实，渴望改革，追求理想。文辞瑰丽清奇、别开生面，对近代文学影响很大。有《定庵全集》。

### 水调歌头[1]

《黄河归棹图》者，秣陵王竹屿观察凤生[2]之所作也。君老于河防[3]，当局甚向用君，由同知奏擢河北观察矣。君忽移病[4]归，指未可知，聊献感慨之辞焉。

落日万艘下，气象一何多！
何人轻掷纱帽，帆影掠天过？
郿上通侯[5]如彼，江左夷吾[6]若此，不奈怒鲸[7]何！
挥手谢公等，径欲卧烟萝[8]。

当局者，问何似？此高歌！
著书传满宾客，余事貌渔蓑[9]。
贱子[10]平生出处，虽则闲鸥野鹭[11]，十五渡黄河。
面皱怕窥景[12]，狂论亦消磨。

## 【注释】

[1] 水调歌头：词牌名，又名"元会曲"、"凯歌"、"台城游"、"水调歌"、"花犯念奴"、"花犯"，双调九十五字。　[2] 秣陵：古县名，今属南京。战国时期楚威王灭越后，在清凉山筑城，称金陵邑。秦始皇时改为秣陵，置县治。位于今南京市江宁区中部。王竹屿观察凤生：王竹屿名凤生，字竹屿，安徽婺源人。观察，王凤生当时任河北观察。　[3] 君老于河防：王凤生长时间任职江浙、湖北、河南、河北等地，从事防灾、救灾等事务，在江浙水道、黄河水道的灾患治理和水利工程方面做出了很大贡献。　[4] 君忽移病：王凤生患病归家养病。　[5] 鄃（音 shū）：古县名，在今山东夏津附近。通侯：爵位名，秦时二十等爵的最高一级，汉代沿用，又称彻侯、列侯。通，指其功德通于王室。　[6] 江左：即江东，魏禧《日录杂说》："江东称江左，江西称江右。盖自江北视之，江东在左，江西在右耳。"夷吾：即管仲，名夷吾，字仲，春秋初期著名政治家。　[7] 怒鲸：大波浪。　[8] 烟萝：草树茂密，烟聚萝缠。　[9] 渔蓑：渔人的蓑衣。　[10] 贱子：作者自己谦称。　[11] 闲鸥野鹭：比喻退隐闲散之人。　[12] 面皱怕窥景：此句意为，面上皱纹多害怕照镜子，指自己已经年老。

## 【赏析】

这首词是题在朋友王凤生画作《黄河归棹图》卷尾的，上片写画境画意，并赞颂友人治理河流的功绩，下片称赞友人的才华学问，并抒发感慨。全词意象开阔，气魄宏大。

# 杨夔生

（生卒年不详）清代词人。诗人杨芳灿（1753—1815年）之子。字伯夔，金匮（今江苏无锡）人，官至蓟州知州。有《真松阁诗词》、《过云精舍词》。

## 过砌歇[1]

### 青铜峡[2]

孤峭摩天路漫灭，双崖奇特，群峰四旁森列，似矛戟。
出峡奔涛何急，雷辊声轰砉[3]。
盲风[4]起，怒鹘惊飞响磔磔[5]。

洪蒙[6]谁凿，手斫断云根[7]，削成奇骨，终古无人迹。
苔蚀藤缠，老树杈枒，苍烟深处，往来惟见猿猱掷[8]。

【注释】

[1]过砌歇：词牌名，又名"过砌歇近"，双调八十字。　[2]青铜峡：黄河上游有名的峡谷，位于宁夏回族自治区吴忠市青铜峡市境内。　[3]雷辊（音 gǔn）：雷滚，雷鸣。砉（音 huā）：迅速动作的声音。这里形容水急流的声音。　[4]盲风：大风，疾风。　[5]怒鹘（音 hú）：大隼。鹘，隼属部分种类的旧称。飞得很快，属猛禽。磔磔（音 zhézhé）：象声词，鸟鸣声。　[6]洪蒙：同鸿蒙，指宇宙形成以前的混沌状态。　[7]斫：砍，斩。云根：深山高远云起之处。　[8]猿猱掷：猿猴攀援荡跳。

【赏析】

这首词描写青铜峡黄河山与水的奇观奇景，摩天崖壁，奇峰森列，黄河奔腾咆哮，水声风声鸟鸣声，苔藤老树猿猴跳跃。有声有色，景色奇特瑰丽、美妙动人。

# 蒋敦复

（1808—1867年）清末文学家，清词七家之一。原名尔锷，字克父，一字剑人，宝山（今上海市宝山县）人。曾因避祸削发为僧，法名妙尘，号铁岸。鸦片战争后还俗。晚年寓居上海。生性旷达，落拓不羁，诗词峻厉风发。著有《啸古堂诗文集》、《芬陀利室词》等。

## 大江西上曲[1]

### 博望访星[2]

黄河东走，落天上[3]一曲、一千余里。
银汉秋高通地脉[4]，有客乘查[5]而至。
摘袖星青，鸣机[6]锦绿，舵转红霞尾。
浩然[7]风露，不知今夕何世。

从此传遍人间，七月七日，牛女长相会。
恩眷[8]神仙犹未断，脉脉盈盈一水[9]。
色界[10]分明，情天缥缈，云海愁无际。
平生凿空[11]，归来还报天子。

【注释】

[1]大江西上曲：词牌名，又称"念奴娇"、"百字令"、"大江东去"、"壶中天"、"酹江月"等，双调一百字。　[2]博望访星：指张骞寻河源遇织女的传说故事。博望，张骞以军功被汉武帝封为"博望侯"。　[3]落天上：意为，（黄河）从天上落。　[4]银汉：银河，天河。地脉：地的经脉。　[5]客：指张骞。查：同楂、槎，木船和竹筏。　[6]机：指织女的织布机。　[7]浩然：形容广阔、盛大。　[8]恩眷：恩遇眷顾。　[9]脉脉盈盈一水：乐府古诗十九首《迢迢牵牛星》："盈盈一水间，脉脉不得语。"脉脉，含情相视的样子。盈盈，水清浅的样子。一水，指天河。　[10]色界：佛教用语，色界、欲界、无色界三界之一。相传生于此界之诸天，远离食色之欲，没有食色之欲，所以没有男女之别。　[11]凿空：汉史官司马迁称赞张骞出使西域为"凿空"，意思是开通大道。

【赏析】

　　这首词写张骞寻河源到天河遇织女的故事,并巧妙结合了牛郎、织女的爱情故事。作者运用神话传说歌颂张骞出使西域、开辟丝绸之路的功绩,也歌颂了美好的爱情。全词写得浪漫、轻松、自然,意境奇妙,富有情趣。

不知今夕何夕　摄影 / 孟宪明

# 林寿图

（1809—1885年）清代词人。初名英奇，字恭三、颖叔，别署黄鹄山人，闽县（今福州市区）人。清道光二十五年（1845年）进士，历官工部主事、陕西布政使、帮办总章京、山东道监察御史、浙江监察御史、顺天府尹、礼部给事中兼署兵部给事中，得赏四品顶戴。工诗，尤好古体。著有《黄鹄山人文集》、《黄鹄山人诗钞》等。

## 塞 下 曲[1]

天遣黄河界黑山[2]，穷边多事拓三关[3]。
玺书屡问翁孙策[4]，老守湟中未拟还[5]。

【注释】

[1]塞下曲：乐府新乐府杂题曲辞曲调名。 [2]天遣：上天派遣。界：界限。黑山：亦称黑山群，位于内蒙古呼伦贝尔市的额尔古纳市境内，黄河以北。 [3]穷边：边塞极远的地方。拓：开辟，扩充。三关：明代以今河北境内沿内长城的居庸关、倒马关、紫荆关为内三关；以今山西境内沿内长城的雁门关、宁武关、偏头关为外三关。 [4]玺书：皇帝的诏书。泛指古代用印章封记的公用文书。翁孙：指赵充国，其字翁孙，西汉名臣名将。为人有勇略，熟悉匈奴和氏羌的习性，屡建功勋。神爵元年（前61年），汉宣帝用他的计策平定了羌人的叛乱，又进行了屯田。 [5]湟中：地名，指今青海省东北部及青海省西宁市一带湟水流经之地，此指西宁西北的湟水城。未拟还：没有打算归来。

【赏析】

这首词赞颂边塞将士的英雄业绩和奉献精神，表现了作者的爱国情怀和进取精神。

# 王拯

（1815—1876年）清代词人。初名锡振，字定甫，号少鹤，亦作少和，别署忏甫、忏庵、茂陵秋雨词人，又号龙壁山人，广西马平人。清道光二十一年（1841年）进士，授户部主事，官至通政使。为桐城派古文广西五家之一，兼善诗词书画。著有《龙壁山诗文集》、《茂陵秋雨词》、《归方评点史记合笔》等。

## 菩 萨 蛮 [1]

荥泽[2]渡河，出都门遽千里[3]。忆自丙午春正渡柳堰时[4]，于今五年矣。

河声卷入东风疾，津亭[5]杨柳千丝碧。
相见几多时，少年轻别离。

柳花还似雪，此度伤心别。
愁上白云槎，征人先忆家。

【注释】

[1]菩萨蛮：原为唐教坊曲，后用为词牌，也用作曲牌；又名"子夜歌"、"重叠金"、"花间意"、"梅花句"、"花溪碧"等；此调为双调小令，四十四字。 [2]荥泽：古县名，上古时黄河南、荥阳北一带是沼泽地，隋仁寿元年（601年）改广武县置为荥泽县，治所在今河南省郑州市西北古荥镇北五里。 [3]都门：指当时京都北京城门。遽千里：匆忙间很快走过了千里。遽，匆忙，很快。 [4]丙午：指清宣宗道光二十六年（1846年）。柳堰：疑为柳园，黄河古渡口，在开封市北近二十里黄河南岸。 [5]津亭：渡口旁的凉亭。

【赏析】

作者于荥泽重渡黄河，描写了黄河渡口的美丽景色和春日风光；忆起五年前的那次渡河，牵动心底的哀愁，抒发了深深的离别之情和思乡思亲的心怀。